FATOR NERD 2

Obras do autor publicadas pela Galera Record:

Série Fator Nerd
Contatos imediatos do primeiro amor
Missão improvável

FATOR NERD 2
MISSÃO IMPROVÁVEL
ANDY ROBB

Tradução
Alda Lima

1ª edição

GALERA
—— *junior* ——

Rio de Janeiro | 2015

CIP-BRASIL. CATALOGAÇÃO NA FONTE
SINDICATO NACIONAL DOS EDITORES DE LIVROS, RJ

R545f
Robb, Andy
    Fator nerd: missão improvável / Andy Robb; tradução Alda Lima. – 1ª ed. – Rio de Janeiro: Galera Record, 2015.

Tradução de: Geekhood: mission improbable
Sequência de: Fator nerd: contatos imediatos do primeiro amor
ISBN 978-85-01-10273-7

1. Ficção juvenil americana. I. Lima, Alda. II. Título.

14-16963
CDD: 028.5
CDU: 087.5

Título original
Geekhood: Mission Improbable

Copyright © Andy Robb, 2013

Todos os direitos reservados. Proibida a reprodução, no todo ou em parte, através de quaisquer meios. Os direitos morais do autor foram assegurados.

Editoração eletrônica: Abreu's System
Adaptação de capa original por Renata Vidal da Cunha

Direitos exclusivos de publicação em língua portuguesa somente para o Brasil adquiridos pela
EDITORA RECORD LTDA.
Rua Argentina, 171 – Rio de Janeiro, RJ – 20921-380 – Tel.: 2585-2000, que se reserva a propriedade literária desta tradução.

Impresso no Brasil

ISBN 978-85-01-10273-7

Seja um leitor preferencial Record.
Cadastre-se e receba informações sobre nossos lançamentos e nossas promoções.

Atendimento e venda direta ao leitor:
mdireto@record.com.br ou (21) 2585-2002.

Para meu irmão Stu e minha irmã Linds, que são meus heróis. E sempre, sempre para meu filho, Hugh

"Eu penso em Sarah. O resto é fácil."

Jim Gordon, *O Cavaleiro das Trevas*
— Frank Miller

UM

Detesto me atrasar. Ainda mais quando não tenho escolha. Não me leve a mal, não me importo em fazer uma visita ao dentista em plena quarta-feira. No universo Nerd, é o mais próximo da emoção de matar aula. Até existe algo de satisfatório em ficar sentado numa cadeira, a boca cheia de dedos, olhando para cima, para dentro das narinas de um homem, sabendo que seus amigos estão mergulhados até as *oreilles* na aula de francês. E considerando o quanto eu *brosse mes dents*, há pouca ou nenhuma chance do Sr. Morgan sacar um instrumento remotamente parecido com uma broca.

É o fato de voltar para a escola no horário errado que me deixa nervoso. Quando você caminha até a escola com seus amigos, todos entram no mesmo estado de espírito. Para mim, Matt, Ravi e Beggsy, isso costuma acontecer durante uma discussão sobre a próxima partida de Dungeons & Dragons, talvez uma aula de Beggsy sobre novas técnicas de pintura em miniaturas ou uma apreciação altamente intelectual sobre as Qualidades Crescentes de Kirsty Ford, A Garota Mais Sexy da Escola®. Mas hoje vou ficar sem tudo isso. A sensação é a mesma de quando se pula o café da manhã.

Quando mamãe me deixa no portão, a escola parece grande e vazia, sem a confusão habitual de rostos conhecidos e papo furado. Os corredores, terreno de caça de Boçais como Jason Humphries, ecoam com o barulho dos meus passos. As escadas até a sala 3B parecem muito mais largas e espaçosas, de um jeito que me deixa desconfortável.

MI: *Chama-se estar sozinho. Acostume-se, Nerd.*

Acho que eu deveria explicar uma coisa: desenvolvi alguns mecanismos de defesa que me ajudam a enfrentar a rotina diária. O primeiro foi o Monólogo Exterior ou ME. Adoraria poder dizer que é uma fusão bem treinada de controle da linguagem corporal e camuflagem psicológica, que me permite manter meus pensamentos escondidos atrás de uma fachada de fria indiferença, mas ele não é tão confiável assim. Volta e meia, meu ME responde aos comandos como o batmóvel de Bruce Wayne. Mas é frequente ele reagir como o carro de algum palhaço, traindo meu humor com o grasnado de uma buzina metafórica.

A outra arma em minha armadura de autoproteção é o Monólogo Interior ou MI, que funciona de forma completamente independente de qualquer coisa que meu ME esteja fazendo. É a voz que ninguém mais consegue ouvir, a voz que me mantém com os pés no chão, que narra meu dia, que me aplaude quando sou *cool* e me repreende quando sou um idiota. O que parece acontecer na maior parte do tempo.

MI: *Faz uma reverência aos aplausos ensurdecedores*.

Hesitante, bato na porta da 3B e entro. Esta é a parte que realmente detesto, o momento em que você chega atrasado numa aula e todo mundo olha. Ser um Nerd significa jamais se destacar, apenas passar despercebido. Mas, neste momento, todos os radares estão apontados para mim enquanto entrego a autorização de minha mãe para a Sra. Moor. Quase consigo escutar as perguntas passando pelos cerca de trinta cérebros que deveriam, em vez disso, se dedicar às equações de segundo grau: "Por que ele chegou tarde?", "Onde esteve?", "O que está aprontando?".

MI: *Está presumindo que, de alguma forma, você é interessante para os outros. Detesto te informar, mas...*

Corando de forma enigmática, ando até meu lugar, tentando ignorar os olhares silenciosos, e me sento ao lado da única pessoa que parece mais irritada do que interessada: Beggsy.

— Cara! — sibila ele, mostrando irritação. — Onde você estava?

— Dentista — murmuro, tirando os livros da mochila para assistir aos improdutivos quinze minutos finais de aula. — O que foi?

É necessário apenas um nanossegundo para a irritação abandonar Beggsy e ele voltar ao estado normal hiperativo. Esse é meu amigo: parece um pouco com o personagem Tigrão, mas com uma voz que pode variar de algo similar ao choro de uma mandrágora à fala de Russell Crowe.

MI: *Com Transtorno do Déficit de Atenção.*

— Sabia que consegui aquele emprego no Casebre...?

Claro que sei. Todos sabemos. O Casebre do Goblin, comandado pelo Lorde Nerd, Big Marv, é a loja de jogos local. É onde nós, Nerds Menores, nos encontramos no fim de semana para conferir os novos livros de regras para RPG ou ficar olhando as prateleiras de miniaturas, decidindo quais vamos pintar. Big Marv sempre monta vitrines incríveis: dioramas com heróis em batalhas contra monstros inomináveis ou batalhões de algum exército fantástico. Na maior parte do tempo, ele mesmo pinta as miniaturas, mas, de vez em quando, um Acólito Acrílico® é honrado com a tarefa de pintar uma nova vitrine. Por dinheiro de verdade. E essa honra foi concedida a Beggsy.

O compromisso de meu amigo causou ondas de inveja em nosso pequeno grupo e confirmou seu status de Melhor Pintor®, há muito suspeito. Ravi e eu fomos os primeiros a dar relutantes parabéns, mas Matt pareceu levar aquilo como uma afronta pessoal.

MI: *Mas também, Matt leva tudo para o lado pessoal.*

— É. Como está indo? — balbucio de volta, indiferente, tentando descobrir o valor de X.

— Está sendo incrível, mas essa não é a parte importante!

— Então qual é a parte importante?

— Cara... — ele respira fundo, claramente à beira de um verdadeiro Nerdgasmo — "LAAARRRP!". — A essa altura, alguém do Departamento Vocal já deletara o arquivo Russell Crowe e o substituíra por um de *Alvin e os Esquilos*. Aquilo quase comprometeu a seriedade do que quer que estivesse tentando falar.

— Que diabos é LAAARRRP? — Eu só queria que ele contasse de uma vez o que estava acontecendo.

— Imersão total, cara! Imersão total! — Seu tom de voz apressado e semelhante ao de alguém que inspirou um balão de gás hélio transmite uma animação insuportável.

— Tá bom — explodo. — Mas o que é?

Seja lá o que Beggsy esteja prestes a me contar é sufocado pelo ruído estridente da nova campainha da escola, uma daquelas eletrônicas que fazem parecer que a escola está prestes a se autodestruir. O que eu até queria que fosse verdade, mas ainda preciso passar pela aula de artes depois do almoço.

— Cara! — *Demonstra decepção*. — Não posso te contar agora, preciso juntar todo mundo!

— Bem, então vamos pro refeitório. O pessoal vai estar lá.

— Não posso. Tenho que fazer pesquisa para um trabalho de física. Conto pra vocês no portão, na saída. Mas é coisa grande! Até mais! — Ele pega suas coisas e sai pulando porta afora: Tigrão num uniforme escolar. Apesar de ser meio frustrante ficar na ignorância sobre o que ele quer contar, é totalmente compreensível: somos Nerds. Nerds amam a ordem e amam regras, e, se a campainha da escola diz que você precisa estar em outro lugar, então é lá que você deve estar. Somos como a tripulação da *Enterprise* de *Star Trek*, confiáveis e eficientes.

MI: *Exceto que as garotas não usam uniformes tão apertados. Só estou comentando...*

Balançando a cabeça, reúno meus livros, pego meu casaco e vou até o refeitório em passos rápidos e anônimos enquanto um turbilhão de mochilas escolares e cutucadas de cotovelos descuidados se multiplicam ao meu redor.

Almoçar com Matt e Ravi meio que me ajuda a voltar ao clima escolar, mas isso é ofuscado pela sensação de Desgraça Iminente. A cada garfada, me aproximo mais da aula dupla de artes. Nem mesmo tentar adivinhar quais serão as grandes novidades de Beggsy me ajuda a esquecer. Com malicioso caráter definitivo, a campainha sinaliza o fim do almoço, e caminho resignado até a sala de artes.

MI: *Acho que encontrará Mordor na segunda porta à esquerda. A de cor preta.*

A segunda porta à esquerda enche meu estômago com a sensação de ter tomado Coca-Cola demais, algo meio efervescente e enjoado. Sarah, a Garota Mais Linda do Mundo® estará lá. Artes é a única matéria que fazemos juntos, e é uma droga. Há cerca de duas semanas a chamei para sair.

MI: *Isso não é bem verdade, é?*

OK. Há cerca de duas semanas estabeleci uma nova maneira de se passar por imbecil. Pense em se debulhar em lágrimas no quarto dela, pense em brigar com Jason Humphries, pense em vender todos os meus instrumentos de jogo numa tentativa de me desNerdizar, abandonar meus amigos e fingir algum tipo de habilidade psíquica latente. Não é nem a metade.

Como era de esperar, ela disse não e, desde então, não sei o que fazer quando ela está por perto. Esse é um livro de regras em branco, o que é desolador.

MI: *Também não é inteiramente verdade. Olhe: na primeira página, em letras bem pequenas, há uma única frase, "Peça desculpas". O que será que isso quer dizer?*

Significa que sei o que *deveria* fazer, mas simplesmente não consigo. Então preciso tentar pensar em outra coisa para me redimir. *Qualquer* coisa.

MI: *Deixe o bigode crescer. Garotas adoram bigodes, todo mundo sabe disso.*

Mas até meu rosto parece ter se juntado à conspiração. Apesar de uma tentativa sangrenta de me barbear pouco antes de chamar Sarah para sair, não houve nem sinal de um único pelo. Até chego a pensar na hipótese de ser um eunuco.

MI: **Escreve uma carta para a Kleenex, preparando-os para a falência*.*

Recuo um pouco, encostando-me na parede e tentando ver quem está entrando na sala em meio a tantos ombros e cabeças. Se isso fosse uma partida de Dungeons & Dragons, eu estaria rolando a Iniciativa como louco, apalpando a parede em busca de passagens secretas.

MI: *Vamos lá, Homem de Ferro, hora de vestir a armadura.*

Meu ME se conecta.

Ar de indiferença: ligado.

Andar casual: ligado.

Expressão de alguém imerso em pensamentos: ligada.

MI: *Thundernerds* hooo!

Respiro tão fundo que meus pulmões parecem não ter espaço e vou até a sala de Artes, alcançando as últimas pessoas que entravam. Sem sequer erguer a cabeça, meus scanners apontam onde Sarah está sentada: segunda fila, terceira cadeira a partir da esquerda. Está ao lado de Caitlyn, que parece ter se tornado sua "BFF". Assim que passo por sua linha de visão, percebo que Sarah olhou para cima. O gerador de betapartículas que eu queria ter instalado no peito de repente perde todo o poder, e meu ME regride ao Modo Carrancudo. Não consigo sequer olhar de volta para ela.

MI: *Você, meu caro, é um idiota.*

Sou mesmo e sei disso. Por que não posso apenas sorrir/assentir/acenar/puxar conversa e todas essas coisas que pessoas normais fazem? O que há de errado comigo?

MI: **Puxa a lista*. Então tá, por onde podemos começar...?*

Para minha sorte, acho a aula de Artes quase tão tranquilizante quanto pintar miniaturas: é um ambiente onde posso abstrair da constante confusão de imagens e pensamentos que parecem ocupar minha mente durante o dia. Logo depois de Sarah rejeitar meus avanços desajeitados, a Sra. Cooper passou um trabalho chamado "O Futuro". Enquanto o restante da turma se ocupou com fotos de tecnologia e ilustrações gráficas, busquei inspiração na cena de *O Senhor dos Anéis* em que Pippin segura o Palantír de Orthanc e vê a destruição de Minas Tirith. O resultado é a imagem de uma árvore solitária numa colina. Pessoalmente, eu teria preferido desenhar alguma coisa de minha imaginação, mas a Sra. Cooper insistiu que pesquisássemos, e tive que usar referências de árvores reais. Parece que "até mesmo a fantasia precisa ter base na realidade".

MI: *Você nunca reclama quando está fantasiando com Kirsty Ford.*

Dado meu estado mental quando comecei, a imagem parece bastante sombria, mas aprendi a apreciá-la.

MI: *Parece um ent deprimido. Só comentando...*

E estou até mesmo me acostumando a poeira e sujeira do carvão, com o qual não era muito bom no começo.

Justo quando estou acrescentando profundidade à imagem, escuto o barulho de uma cadeira sendo empurrada para trás. Olho para cima e vejo uma das garotas, Aisha, correndo para a porta, cobrindo a boca com as mãos daquele jeito "não olhem para mim, estou chorando". Então é claro que todo mundo olha.

Isso é uma das Coisas de Garota® que não entendo. Todos nos sentimos para baixo de vez em quando, mas tenho certeza de que a última coisa que você quer é chamar atenção para o fato, correto? Você nunca vê garotos choramingando e se lamentando pelos corredores da escola: apenas cerramos os dentes e marchamos em frente, como os Guerreiros de "Teenage Wastelands".

De repente, Sarah se levanta e segue os soluços cada vez mais distantes de Aisha.

— Deixe-a ir — pede a Sra. Cooper, como se já tivesse visto de tudo na vida.

E, considerando o aspecto de sua pele, semelhante ao de uma noz, é provável que já tenha visto mesmo.

— Só quero ter certeza de que ela está bem — responde Sarah. Não fala de modo rude ou desafiador, mas sim como quem constata o óbvio. Então a porta se fecha atrás dela, e as duas desaparecem na realidade paralela dos Banheiros Femininos, que parecem ser o Núcleo Nervoso de toda Atividade Feminina.

Percebo que estou encarando a porta por tempo demais. Até perceber que Caitlyn encarava, por sua vez, a mim. Tem um tipo de expressão de pena no rosto, como a que sua mãe faz quando você explica que prefere muito mais ficar em casa assistindo *Doctor Who* a ir ao baile da escola. Enfrento a situação com bravura, ficando vermelho e deixando meu carvão cair no chão.

MI: *Lá vai ele, o guerreiro das Teenage Wastelands! Ele mesmo, aquele que parece uma frágil beterraba!*

Durante toda a aula, me surpreendo olhando para a porta a cada dez segundos. Mas Sarah não voltou. Seja lá o que as garotas conversem em situações como aquela, com certeza é uma ameaça às leis do tempo e do espaço, e demanda sua total atenção.

MI: *Menstruação, então.*

Finalmente a campainha toca e todos à minha volta começam a recolher suas coisas. Fico apenas sentado, observando a cadeira vazia de Sarah com o canto do olho, sentindo que algum tipo de Oportunidade de Ouro está prestes a aparecer. Por sorte, Caitlyn está por perto para mostrá-la a mim: ela vem até minha mesa e aponta para o casaco e a bolsa de Sarah.

— Quer levar essas coisas para ela? — pergunta, me olhando por trás dos óculos.

MI: *Bingo! A oportunidade perfeita para restaurar o equilíbrio e a harmonia do universo!*

E ali está: a chance de reconstruir as pontes que eu e Sarah queimamos com tanta determinação. Mas o fato de

Caitlyn ter oferecido a oportunidade é sinal de que ela sabe o que aconteceu. Essa constatação apenas aumenta meu nível de humilhação e provoca uma enorme discussão entre meu cérebro e minha boca, que concordam mutuamente em se afastar no Momento Vital.

— É... acho que não seria uma boa ideia, não é?

MI: *Muito bem, Archie. Por que não esguicha logo uma bisnaga de tinta na cara dela? Roxo Condescendente, talvez?*

Sério. Não queria que tivesse soado como soou, mas agora que falei não tenho como voltar atrás. É como se um expresso mais rápido que a velocidade da luz estivesse em rota de colisão, propulsionado pelo pânico, com o Planeta Sarcasmo. Para completar, meu rosto adere à brincadeira, dando um daqueles secos sorrisos entediados, como o Imperador fazia toda vez que era ameaçado por Luke. Mas sem o humor.

Não era a resposta que Caitlyn esperava, a julgar pela expressão de desdém que substitui a de preocupação em seu rosto.

— Bem, não precisava ser tão imaturo a respeito! — explode ela antes de me dar as costas, pegar os pertences de Sarah e sair da sala toda empertigada.

MI: *BOOM! Bem na testa! Game over!*

Há uma distinta sensação de sal sendo esfregado numa ferida, mas o ofensivo cloreto de sódio parece estar vindo de minhas próprias mãos. Apesar de eu não querer admitir, Caitlyn está certa: não há um grama de maturidade na forma com a qual estou lidando com isso tudo. Um homem mais sábio simplesmente iria até Sarah, faria toda aquela cena de pedir desculpas e se esforçaria para voltar a ser seu amigo. Mas até agora não atingi esse nível.

Minha cabeça parece pesada enquanto sou arrastado pela crescente multidão de alunos que vão saindo em grupos das salas de aula em direção às diversas saídas. O clima de colmeia sempre é mais animado no final do dia, e vários encontrões e cotoveladas brincalhonas entram em cena conforme a escola perde a autoridade mais uma vez durante algumas horas. Mas nós, Nerds, gostamos daquela camisa de força em particular, gostamos da segurança das regras e regulamentos. É quando somos deixados por conta própria que o mundo se torna um pouco mais assustador.

MI: *Alerta Vermelho: ameaça detectada!*

Meu Detector de Boçais® identifica alguma coisa à frente. Num nível consciente, não sei o que é. Pode ter sido causado por uma mudança na linguagem corporal da multidão ou um novo ritmo para o falatório aparentemente caótico ao redor. É como o Sentido de Aranha: você apenas sabe que algo está errado.

MI: *Ah, merda.*

Merda mesmo. Uma pilha do tamanho de um Boçal. Toda vez que vejo Jason Humphries, fico impressionado por estarmos na mesma série. OK, pareço um pouco novo para minha idade, mas pelo menos dá para adivinhar que estou na adolescência. Humphries poderia ser muito mais velho. Ele tem o corpo do Hulk e o rosto com mais cicatrizes que pele. Crateras de acne e feridas de batalha parecem ter erradicado qualquer evidência de juventude. Isso e os olhos escuros e mortos que ardem debaixo de uma sobrancelha mais musculosa que meu braço direito.

MI: *E esse braço é bem exercitado.*

Ainda bem que ele está de costas para mim. Pena que está acompanhado de seus amigos e parceiros Boçais, Lewis Mills e Paul Green. Parece estranho que três caras interessados, na maior parte do tempo, em tentar sair da escola, passem a se movimentar com passos cada vez mais mais lentos, desacelerando o máximo possível, assim que a campainha toca. Em algum momento a multidão vai me forçar a passar por eles e serei notado: um Nerd Solitário num Mar de Normalidade. É como ser um hobbit em uma festa só de orcs.

MI: *Iniciar manobras evasivas!*

Elas não são muitas, mas tenho opções. Posso assumir a Postura Nerd padrão: ombros caídos, olhos direcionados para o chão, tentando passar despercebido. O problema é que isso costuma ter o mesmo efeito de quando Frodo coloca o Anel: enquanto você se torna invisível para todo mundo, de alguma maneira brilha como um farol para o Grande Olho de Humphries. Eu poderia optar por voltar e encontrar outra saída, mas não quero me atrasar para descobrir do que se trata toda aquela história LAAARRRP de Beggsy. Além disso, caminhar contra o fluxo de estudantes famintos pode atrair atenções indesejadas. A multidão me empurra cada vez mais para perto, então preciso tomar logo uma atitude.

MI: *Poderia fazer xixi nas calças.*

Enquanto debato minhas opções, outra coisa chama a atenção do pesado Bando de Boçais®. Como se eles fossem um só, as cabeças giram para a esquerda, parecendo ter detectado algum cheiro ou escutado algo que o resto de nós não captasse.

MI: *É um chamado de acasalamento, feromônios ou algo do tipo.*

Três garotas perambulam de modo igualmente lento, batendo no chão com os saltos altos demais. Exibem lábios com batom recentemente aplicado que fariam o Coringa corar;

mais sexo que senso. Humphries e seus amigos vão até elas, e os dois grupos iniciam uma imitação de conversa cheia de sorrisos e latidos.

MI: *Sem dúvida logo vão começar a catar pulgas uns nos outros.*

Aproveito a oportunidade e me apresso. Não corro, mas caminho de um jeito determinado. E rápido. Olho depressa por cima do ombro para ver se já estou fora de alcance, e marcho até os portões da escola.

Quando chego, Beggsy já está num estado de combustão espontânea, andando de um lado para o outro, pulando e batendo as mãos nas coxas de tão frustrado.

— Cara! — guincha ele. — *Onde* você esteve?

Meu ME providencia um sorriso e entra no modo Tudo Tranquilo.

— E aí, o que tá havendo?

Ravi, cuja voz engrossou muito mais que o normal, revira os olhos e suspira, parecendo um terremoto benevolente.

— Ainda bem que você chegou! Ele está nos perturbando o dia todo com essa "Grande Novidade"!

— Ah é? Bem, você vai se sentir um pouco mais humilde em um minuto! — retruca Beggsy. Ele assiste demais à TV americana.

— Bem, o que é, afinal? — Não consigo evitar e noto uma sombra acima da boca de Ravi, e, no meu atual estado de espírito, aquilo só me ajuda a lembrar de minhas glândulas inúteis.

Subindo em um palco imaginário, Beggsy vai para nossa frente, andando de costas, enquanto nos juntamos ao êxodo dos portões da escola.

— Senhores — começa —, apresento-lhes: Live. Action. Role. Play. — Há uma pausa dramática antes de ele acrescentar "LARP" numa voz muito mais grossa. É como se volta e meia ele fosse possuído pelo espírito de alguém com testículos.

MI: *Grandes.*

É uma pena que ele não receba exatamente a reação que esperava: Ravi, Matt e eu damos de ombro, confusos.

— Tá. Então, o que isso significa? — Gostei da parte de "role play", mas não saquei o resto.

— Cara — começa Beggsy com sua voz séria —, levei uns lordes vampiros até o Casebre ontem à noite, e Big Marv me falou para guardá-los nos fundos. Tinha um flyer na sua mesa de pintura, convocando para uma coisa chamada "Quest Fest". — Segue-se mais uma pausa enquanto ele tenta acalmar a tempestade de hiperatividade que obviamente cai sobre sua cabeça. — Acontece que tem um monte de gente que joga Dungeons & Dragons mas, tipo, *de verdade!* Eles se encontram num lugar, vestidos como os personagens, e há um Mestre e um time de caras maus, todos vestidos como monstros, e eles jogam uma aventura, mas de verdade! Big Marv disse que é como uma "imersão total", como se você estivesse vivenciando seu filme de fantasia favorito!

Nossa confusão se desfaz em uma nuvem de fumaça. Aquilo é uma Grande Novidade, e por uma série de razões. Primeiro, é uma versão bastante imaginativa, talvez até mesmo um pouco ridícula, de nossas Noites de Jogo. Em geral, sentamos em volta de uma mesa, jogamos dados e discutimos sobre as regras. Fazer o que Beggsy sugeria seria levar tudo a um nível completamente novo. Sem aviso, minha mente é invadida por imagens de armaduras brilhantes, espadas se chocando e monstros vivos — isso pode ser real! Segundo, significa que não estamos sós. Graças à própria natureza,

Nerds são difíceis de detectar. Emanamos uma *vibe* discreta, para não atrair atenção indesejável. Mas outros estão por aí. E nós podemos ter a chance de conviver com pessoas que concordam: *Star Trek* versus *Star Wars* é um debate sério. Terceiro, significa que tenho uma coisa nova em que pensar no lugar de Sarah.

Matt e Ravi me olham com expectativa, como se esperassem algum tipo de aprovação.

— Parece maneiro! — declaro, e logo vejo os três outros Nerds relaxarem.

— Vai ter um no fim de semana que vem — continua Beggsy, de volta ao território de *Alvin e os Esquilos* —, e Big Marv falou que pode nos levar! Disse que, se estivermos interessados, podemos ir até o Casebre hoje, aí ele explica tudo!

— Legal — respondo. — Vamos nessa! Para o Casebre!

Big Marv não tem vergonha de seu Fator Nerd: usa isso como uma medalha enorme, reluzente e nada convencional. Do cabelo castanho bagunçado e barba por fazer até as pontas enceradas do bigode, Big Marv, como a maioria dos Nerds, parece ter nascido na época errada. Se não fosse pelas típicas camisetas amarelas berrantes (que em geral trazem alguma referência a *Doctor Who*), os óculos e os jeans rasgados que gosta de usar, ele me lembraria Volstagg, dos quadrinhos do *Thor*. E não vou nem comentar sobre as sandálias.

— Ha-haa!

E Big Marv sempre ri como Frei Tuck. Sem motivo aparente. Por causa disso e dos quilos a mais que carrega, é difícil adivinhar sua idade, mas eu chutaria pouco menos de 40.

— Ha-haa! — ri ele de novo. — Então, meus bravos aventureiros, querem saber mais sobre o lendário mundo do LARP! — Adoro como ele fala.

A coisa mais legal da ilusória loucura de Big Marv é que ele parece não se importar com a maneira como os outros o veem. Quando estamos com ele, também não nos importamos. Os escudos que mantemos ativados na presença de nossos pais e outros adultos são baixados na dele, e nós quatro nos comportamos como costumamos fazer quando estamos sozinhos.

MI: *Mas sem as piadas de pinto pequeno.*

— Pode explicar, Marv? — pede Beggsy.

— Sentem-se, bons companheiros! — ressoa Big Marv, puxando um banquinho em volta de uma mesa de jogos que retrata a Batalha do Topo do Vento. Nós o imitamos e, em instantes, estamos posicionados de forma parecida com um conselho de guerra: cinco generais sentados em volta de um mapa tridimensional.

MI: *Ou cinco Nerds sentados em volta de uns soldados de mentira. Escolha uma das opções.*

Quando Big Marv começa a falar daquele jeito estranho característico, a situação parece muito Nerd. Tipo, über Nerd.

— Bem-vindos, companheiros! — começa ele, antes de baixar a voz para um Volume Sério. — LARP é a experiência de jogo levada ao nível seguinte: Imersão Total! Durante dois dias, você vive e respira o personagem de sua escolha! Há uma missão a ser cumprida e inimigos a aniquilar!

MI: *Se ele ensaiar alguns "fol-de-rols", você estará sentado ao lado de Tom Bombadil.*

— E o que você é? — pergunto. — Nessa coisa do LARP.

— Haha! Eu, Archie, sou um necromante! Posso acordar os mortos, criar venenos e fazer mágica, de acordo com as Artes das Trevas.

— E como funciona? — continuo. — E as regras?

MI: *Ah, a zona de conforto dos parâmetros...*

— Calma, calma, jovem Gafanhoto... há muito a aprender!

Durante a meia hora seguinte, Big Marv nos explica o básico sobre LARP. E quanto mais ele conta, mais incrível parece. Uma coisa é ficar sentado em volta de uma mesa e usar miniaturas e dados para definir como uma luta vai ser resolvida, mas erguer uma espada de verdade e convocar as forças do mal num combate corpo a corpo é um sonho Nerd tornado realidade. Ainda mais sem o risco de machucados reais.

MI: *Bem falado, Sir Lancelerdo!*

Não perdemos o entusiasmo nem mesmo quando Big Marv conta que as armas são feitas de espuma. Na verdade, quando ele mostra algumas fotos dos últimos QuestFests no laptop, ficamos ainda mais ansiosos. As armas parecem reais, as armaduras são ornamentadas e espelhadas; as fantasias, brilhantes.

MI: *Não parece nem um pouco Nerd. Não mesmo.*

E as regras não são tão diferentes assim das de Dungeons & Dragons, com os pontos de vida e pontos de magia usuais. Conforme Big Marv explica um pouco melhor as regras, dou uma olhada no Topo do Vento. Apesar de todos estarem escutando, percebo que suas mentes estão fazendo o mesmo que a minha: conjurando imagens de batalhas sangrentas, encontros com feiticeiros e, mais importante que tudo, imaginando um mundo onde PODEMOS SER HERÓIS.

MI: *Vai exigir muita imaginação.*

De repente, Big Marv puxa um livro de regras e o larga com força em cima da mesa, derrubando um Nazgûl de tanta empolgação.

— Aqui encontrarão tudo que precisam saber! — declama, como se fosse o próprio Gandalf ou coisa parecida. — Mas a questão é: será que o LARP foi feito para vocês?

— Cara! — afirma Beggsy, querendo dizer *com certeza absoluta!* em uma única palavra.

— Estou dentro — concorda Ravi. — Parece genial.

Matt espera minha resposta, já que ele sempre gosta de ir com a maioria. A responsabilidade de fazer uma decisão individual é demais para ele. Mas estou dentro. Nada no mundo me faria perder isso.

— Estamos dentro — repito. — Matt?

— Terás minha espada — responde ele, e, por um instante, não é mais meu amigo Nerd de cabelos avermelhados, mas sim um nobre guerreiro preparando-se para a batalha.

MI: *Em seu uniforme escolar.*

Big Marv nos entrega alguns formulários de consentimento para que nossos pais assinassem, e, em seguida, nos despedimos e perambulamos pela cidade, revendo o Livro de Regras pelo caminho. Estamos animados, e há a sensação de que Algo Bom está acontecendo. É como se não fizéssemos mais parte do mundo real e já estivéssemos separados dos mortais que correm à nossa volta. Hoje, somos deuses.

Mas esses deuses precisam ir para casa e pedir permissão às mães. Então, nos separamos na esquina da Hamilton Road, com sorrisos estampados nos rostos enquanto sonhamos com as aventuras por vir.

Nem mesmo entrar na cozinha e flagrar mamãe e Tony obviamente fingindo que não estavam se beijando desanima meu espírito guerreiro. Faz com que eu me sinta meio estranho, mas meu ME logo providencia uma expressão de feliz ignorância.

— Oi, gente. O que temos para o jantar? — Estou usando táticas de distração, já que a panela de molho à bolonhesa e o espaguete fervendo meio que diziam tudo. Só para reforçar o fato de que ainda sou o garotinho da mamãe.

Ela se desgruda de Tony e anda na minha direção, pedindo um abraço.

— Espaguete — confirma, bagunçando meu cabelo. — Seu favorito. É Tony quem está fazendo.

— Obrigado, Tony.

É uma oferta simples, mas deixa claro que *eu* sei que *ele* sabe que espaguete à bolonhesa é meu prato preferido. E também que cozinhar isso deve ser uma grande coisa para ele, agora que começou um regime de alimentação saudável.

Tony mudou desde que saiu do hospital. Mas eu também, acho. Estamos tentando nos dar bem, de verdade, e isso tornou a vida um pouco mais fácil. Minha contribuição tem sido incluí-lo em algo parecido com conversas, em vez de fugir escada acima para minha Toca. E, em retribuição, recebo algo parecido com mais conversa de volta. Acho que talvez a gente esteja começando a conhecer um ao outro.

Sua maior mudança foi largar o cigarro, mas o hábito foi substituído por outra coisa. Uma coisa que tem efeitos muito mais amplos para o resto da humanidade: Tony se tornou uma espécie de guru da saúde.

MI: *Tchan-Tchan-tchaaaaaaan!*

O problema com meu meio-que-padrasto é que ele não faz nada pela metade. Quando era fumante, fumava como se a vida dependesse daquilo.

MI: *Há uma certa ironia aqui.*

Mas, desde que foi orientado a adotar um estilo de vida mais saudável, ele se tornou um integrante de honra da Sociedade Fascista da Comida. Comecei a sentir falta do cheiro de frituras nas manhãs de domingo. Além disso, o som de reprovação que ele faz toda vez que ataco um pacote de biscoito ou abro uma lata de Coca-Cola está começando a me irritar, de verdade. No entanto, em respeito à necessidade de honrar nosso acordo não dito de pegar leve um com o outro, preciso continuar engolindo os comentários que ameaçam sair de minha boca.

Mas há um problema tomando forma: a nova dieta de Tony teve um efeito na maneira como seu corpo processa os alimentos. Faz ele produzir mais gás que uma refinaria de petróleo do mar do Norte. E aquele gás tem que ir para algum lugar, senão meu padrasto simplesmente explodiria. E isso seria o fim da civilização como a conhecemos.

MI: *Armagepum?*

O problema de Tony é que ele aparenta não ter noção alguma de como se portar em situações sociais. Não importa onde esteja, nem com quem, quando tem vontade de Disparar uma Rajada ©Beggsy, simplesmente dispara, como se estivesse numa missão para destruir sozinho a camada de ozônio, um pum de cada vez. Não sei como mamãe consegue aguentar. Nem sei como ele tem coragem de fazer isso na frente dela, pra começar. Se eu estivesse com Sarah, nunca faria isso.

MI: *Quem disse que os homens não são românticos? Isso foi... lindo.*

Enquanto Tony espeta um pouco de espaguete para ver se está pronto, abro a geladeira e pego uma Coca-Cola.

Considerando que todos estão de tão bom humor, essa pode ser uma boa hora para sondar mamãe a respeito do LARP.

— Mãe... os meninos vão num negócio fim de semana que vem... Posso ir?

— O que é? — pergunta mamãe, acendendo o fogão para a chaleira.

MI: *Vamos ver como você explica isso...*

— Bem, é uma Noite de Jogo, mas vai ser num campo. Um monte de gente vai fantasiada e faz uma aventura. — Parece ainda mais bobo do que quando Beggsy explicou. — É como um acampamento, e Big Marv disse que levaria a gente — concluo, sem jeito.

— Como assim, tipo LARP? — pergunta Tony por cima do ombro, enquanto escorre o macarrão.

MI: **Ruído dos globos oculares pulando para fora do meu rosto e caindo no chão de tanto espanto*.*

— LARP. Isso mesmo. — Como Tony pode saber o que é LARP?

— Ah, você vai se divertir. Eu costumava jogar, nos tempos da faculdade.

MI: *EpaEpaEPA! Pode parar aí, amigo! Podemos rebobinar?*

— Você jogava LARP?

— Sim. Mas não a sério. — Ele serve o molho à bolonhesa nos três pratos e os coloca sobre a mesa da cozinha. — Apesar de ter conhecido uns...

MI: *Nerds. Pode falar!*

— ... tipos mais dedicados, que jogavam muito mais. A gente só usava aquilo como uma desculpa para beber e rir. Um dos organizadores tinha acesso a um velho asilo, e costumávamos jogar lá. Aquelas coisas de Cthulhu, sabe... do Lovecraft.

Sento-me à mesa e dou uma garfada no espaguete.

— O que exatamente é LARP? — pergunta mamãe.

Quando Tony desanda a tagarelar sobre suas histórias "hilárias", começo a ficar irritado. Por que nada pode ser só uma coisa *minha*? Por que todo mundo parece já ter feito tudo primeiro?

MI: *E por que esse molho está com um gosto tão esquisito?*

— Que carne é essa? — pergunto, interrompendo Tony em sua explicação sobre quantos pontos de sanidade perdeu no LARP do Lovecraft. Pontos que nunca deve ter recuperado.

— A-há! — Tony sorri, apontando para meu prato com o garfo. — Tem *gosto* de quê?

MI: *Quando conseguir acalmar minha ânsia de vômito, eu respondo...*

Realmente preferia não entrar nesse jogo, mas para o bem do Tratado de Paz tento adivinhar uma ou duas vezes.

— Não e não! — Tony ri. — O que está comendo aí, amigo, é um substituto à base de soja! Incrível, não é? O gosto é igualzinho ao de carne de verdade! — E só para provar o quanto é incrível, ele enfia uma quantidade incrivelmente grande na boca. — E — completa, de boca cheia — não tem gordura!

MI: *Intragável.*

— Ótimo. — Sorrio do modo mais sincero que consigo sem partir a cabeça ao meio. Será que tudo em minha vida precisa mudar para pior... até mesmo o espaguete?

— Gostou?

— Gostei — minto. — Então... mãe. O que acha de eu ir nesse jogo? Todo mundo vai.

— OK... — Mamãe franze o cenho, obviamente preocupada por seu filho não ter deixado os dias de se fantasiar para trás. — E onde vai ser?

— Não sei. Mas trouxe um formulário para você preencher.

— Bem, deixe-me ler e ter uma conversa com Marvin, então veremos. — Por mais que a ideia de minha mãe sentada tomando uma xícara de chá com Tom Bombadil seja engraçada, também é meio incômoda. Big Marv é parte de meu Outro Mundo, um mundo reservado a mim e meus amigos.

— Obrigado, mãe.

— Eu ainda não disse que sim — ameaça mamãe, de um jeito que sugere que vai acabar deixando. — O que vai usar? *Se for...*

— Não sei. Vou pensar nisso.

— Elfos são legais! — anuncia Tony, se inclinando de lado na cadeira e soltando o Primeiro Pum da Noite.

MI: *Barulho de sirene de ataque aéreo*.

É hora de um recuo apressado antes da enxurrada piorar.

— É. Gosto de elfos. Enfim, tenho que fazer o dever de casa. Obrigado pelo jantar, Tony. Estava bom.

MI: *"Bom": a palavra menos comprometedora de nossa língua.*

— Foi um prazer, amigo. — Enquanto saio da cozinha, escuto o começo do segundo bombardeio.

Em minha Toca, mergulho no dever de inglês: *Noite de Reis*. Não é como um mergulho de uma vez só, é mais como um lento afogamento: quanto mais escrevo sobre Orsino, mais me vejo representado. Talvez, como o duque que sofre por amor, eu só esteja apaixonado pela ideia de estar apaixonado. Será que eu poderia ser tão idiota a ponto de toda essa humilhação pela qual tenho me forçado a passar ser apenas uma postura vazia, só vaidade? Será que estou gostando disso tudo, de um jeito estranho?

MI: *Alguns nascem Nerds, outros se tornam Nerds. E alguns têm o Fator Nerd imposto a eles.*

Um som de meu laptop anuncia a chegada de uma mensagem através dos portais do Facebook. É Beggsy, mandando um link para uma coisa chamada Larper Colony e pedindo para eu telefonar depois de ler. Com nada mais para me entreter que não minha própria perdição, clico no link.

MI: *Opa...*

O site tem cheiro de Nerds, da logo ao estilo Terra Média ao fundo rugoso imitando madeira. Como alguém poderia não clicar em "Entrar"?

MI: *Decidindo sair de casa e ter uma vida? Só comentando...*

Por mais que eu quisesse ler o "Sobre o site", meus olhos imediatamente são atraídos para os botões "Armaduras" e "Armas". Clico em "Armaduras".

MI: **Som de um Nerdgasmo*.*

Isso é Nerdástico. Você pode comprar armaduras! E não apenas aquelas armaduras comuns de placas de metal dos cavaleiros. Dá para comprar armaduras de couro, malha de aço e trajes completos feitos para parecerem saídos da Batalha dos Campos de Pelennor. Tem elmos de dragão, elmos de caveira, armaduras élficas, armaduras de orcs, ombreiras de cabeças de demônios... A lista é interminável. Na mesma hora, meu Departamento de Vaidade cria um rápido trailer promocional em minha cabeça: eu caminhando por um campo de batalha numa armadura preta coberta de símbolos élficos, carregando a cabeça decepada de Jason Humphries.

MI: *Espadas! Espadas! Olhe as espadas!*

Eu obedeço, e elas são tão impressionantes quanto as armaduras. A variedade é de enlouquecer: espadas bastardas, espadas longas, floretes, cimitarras, espadas chinesas e até mesmo uma espada Claymore que só pode ter sido feita a partir de Maravilha finamente esculpida. As empunhaduras são ornamentadas e decoradas com imagens de cabeças de águias, caveiras e com o que mais der pra imaginar. Podem até ser feitas de espuma, "com interior de policarbonato", mas parecem de verdade. Pego meu celular e ligo para Beggsy.

— *Cara!* — Sim. Ele sabe que já entrei no site. — Cara... olha essas coisas! Olha! — Ainda estou descendo a página com as fotos dos instrumentos mortais de espuma e borracha.

— Eu sei! — guincha ele. — Mas olha os preços, cara!

Eu olho. Uau. Espuma e borracha realistas como prata vêm com preços de prata de verdade. Não conseguiria nem começar a pagar pela Lâmina do Caos, que parece ser minha razão de existir.

MI: *Você poderia colar uns pedaços de espuma...*

Silenciando a decepção iminente, assumo o comando. Sem chances de deixar tal oportunidade épica passar batida.

— Beggsy. Não importa. Vamos dar um jeito e arranjar dinheiro. Ou vamos inventar um jeito de fazer uma igual. Somos Nerds, é o que fazemos. Lembra da sua fantasia de Halloween do ano passado?

Beggsy fez uma fantasia de Jawa. Os olhos até mesmo acendiam.

— Tá. Mas olha a página das "Máscaras e Próteses".

Eu clico.

MI: *CORTA ESSA!*

Sério. Os caras pensaram em tudo. Posso comprar chifres de demônio, máscaras de orc, queixos pontudos, orelhas e barbas. Até as orelhas de elfo vêm em formatos diferentes: Padrão, Luxo, Compridas, Elfos Noturnos ou Elfos de Sangue.

— O que você está olhando? — A empolgação de Beggsy está a um triz de fritar seu cérebro.

— Tudo! É simplesmente... *incrível!*

— Saca só as "Barbas".

Apesar de aquela ser uma frase que jamais imaginei direcionada a mim, clico em "Barbas". É de cair o queixo: barbas celtas, bárbaras, de mosqueteiros, de anões e de magos. Há mais tipos de barba aqui que numa convenção de *O Senhor dos Anéis.*

— Tô vendo.

— Adivinha qual vou querer?

Não preciso me esforçar muito. Em nossas Noites de Jogo, Beggsy interpreta o personagem de Damli, filho de Lufur, um Guerreiro Anão de personalidade sombria. E, se é possível acreditar em tudo que J.R.R. Tolkien contou, então anões com certeza têm barbas. Até mesmo as anãs. Mas será que ele usaria a Barba Guerreiro Anão (castanha), a Barba Lorde Anão (preta) ou a Barba Anão das Montanhas (grisalha)?

MI: *Ele vai ficar parecido com Hagrid. Ou com o Papai Noel.*

— Guerreiro Anão.

— Acertou, cara! Vou ficar o mais barbado possível! Damli, filho de Lufur, será o anão mais barbado do mundo! E você? Quem vai ser?

MI: *Você pode ir como um integrante normal da sociedade. Já seria uma fantasia.*

Boa pergunta. No passado, fui um Mago Nível 5 chamado Luscus, o Traidor. Mas, quando ninguém mais quis ser Mestre, meio que me ofereci, e continuo sendo um desde então. Então dessa vez tenho um quadro em branco, posso ser quem eu quiser.

— Um elfo — respondo, voltando à página das orelhas. — Quero ser um elfo. — Sempre gostei deles.

MI: *Deve ser porque eles são tudo que você não é: belos, atléticos, misteriosos...*

Deve ser. Eles têm aquela qualidade indiferente que parece atrair legiões de garotas aonde quer que vão. Acho que são as orelhas.

MI: *Lógico que sim, Spock.*

— Cara! — O que indica: *aprovei com entusiasmo* — Olha, preciso desligar, mas vamos conversar mais amanhã, tá? — Não existe como resistir a um "tá?" de tamanha intensidade. É como o Raio Trator disparado pela Estrela da Morte.

— Combinado.

— Até mais.

— Até.

A alegria que Beggsy emana é meio que um tipo de Vírus da Felicidade. Sarah e toda a questão de O Que Fazer vão ficando menos importantes, como se eu não tivesse que pensar naquilo agora. Até mesmo a sombra de Jason Humphries parece um pouco menor. Resolvo me presentear com uma rápida sessão de pintura antes de dormir. Comecei a refazer minha coleção, mas estou focado em qualidade em vez de quantidade. Comprei esse ogro magnífico que está pedindo para testar minhas tintas novas. Mas, enquanto aplico carinhosamente a cor base de Areia de Tallarn, parte de minha mente está dedicada a um único e glorioso pensamento:

Fim de semana que vem, seremos todos heróis.

DOIS

Quando acordo na manhã seguinte, levanto da cama num pulo como Legolas, cheio de entusiasmo élfico pelo que o dia pode trazer.

Nem ver Tony preparando uma salada de frutas frescas com iogurte probiótico desanima o Espírito de Eldar correndo em minhas veias. E, mesmo que minha apurada audição élfica capte alguns disparos predatórios das Calças de Tony Trompete ©Beggsy, não dou muita importância. Mamãe percebe meu bom humor e comenta como é bom me ver tão feliz. Pelo brilho em seus olhos, vejo que está ponderando a existência de uma garota por trás disso tudo.

MI: *Mas isso seria ridículo! Por que haveria uma garota envolvida quando existe a possibilidade de se vestir de elfo? Seria loucura.*

A caminhada até a escola é alegre e cheia de esperança. Sou parte das Raças Antigas, uma figura de outro mundo andando em meio ao domínio dos Homens.

MI: *Você é um babaca.*

Pode ser. Mas parece fazer uma eternidade desde a última vez em que aguardei algo ansiosamente, então vou aproveitar cada segundo.

— Archie! — Uma voz tão grossa que seria capaz de pôr abaixo as muralhas de Mordor atravessa a calçada até chegar a mim. Ravi. Apresso o passo, mudando para um trote de leves pés élficos e cumprimento meus companheiros de LARP por seus Verdadeiros Nomes.

— Damli! Jh'terin! Praxxus! Prazer em vê-los!

Beggsy, Ravi e Matt olham para mim como se eu estivesse usando um vestido. O que é justificável, já que acabo de usar nossos nomes de Noites de Jogo em público.

— Desculpe, pessoal. — Sorrio. — Só estou empolgado com o LARP.

— Ah é? — pergunta Ravi. — Então espere até escutar essa: vamos a uma festa!

MI: *Voz de robô*: Dados insuficientes! Sem registro!

— Vamos o quê?

Talvez isso seja demais para meu cérebro processar. Coisas assim não acontecem. Nerds não são convidados para festas. Não está nas regras.

MI: Controle seus cavalos, Legolas! Vamos descobrir um pouco mais. Pode existir algum sentido nisso.

— Cara! Nós. Vamos. A. Uma. Fes-taaa!

— Tá, OK. Mas de que fes-taaa estamos falando? — pergunto, tentando manter o tom de irritação escondido.

O olhar que Beggsy me dá é o equivalente visual ao rufar de tambores. Por sorte, Matt me conhece bem o bastante para perceber a nuvem negra se formando acima de minha cabeça e fala de uma vez:

— Kirsty Ford. A festa é de Kirsty Ford.

MI: *Sons de destruição enquanto tudo que Archie sabe ser real desmorona ao seu redor, revelando um universo alternativo onde tudo que julga impossível subitamente tornou-se completamente viável*.

— O quê? Kirsty Ford te convidou? Para a festa dela? Quando vai ser? — O motivo de estar sussurrando é que Kirsty Ford vive na Zona Proibida. Não nos aproximamos dela, não olhamos diretamente para ela e não falamos sobre ela, a não ser que tenhamos certeza de que ninguém mais pode ouvir. Se Jason Humphries é a violência encarnada, então Kirsty Ford é o sexo. Isso é tudo que vem à cabeça quando se está perto dela, como na primeira vez em que vemos a princesa Leia acorrentada à Jabba, usando Aquele Biquíni. A maioria das garotas de nossa idade está ficando com Certas Partes ©Beggsy maiores, e as pernas de repente estão se tornando compridas e brilhantes, mas Kirsty Ford leva tudo aquilo a um nível completamente diferente. Quando comecei a gostar de Sarah, percebi que não conseguia imaginá-la sem roupas. Queria poder dizer o mesmo sobre Kirsty Ford.

MI: *Na verdade, não queria.*

— Amanhã. — Ravi sorri, como se um peso invisível tivesse sido retirado de seus ombros. — É aniversário dela.

Em alguma nuvem, em algum lugar, os Deuses do Destino estão dando uma risada maliciosa.

— Ah, caaaara! — Minha cabeça se inclina para um lado enquanto os olhos se viram para o outro. Isso é que é ser multitarefa para expressar desespero.

MI: *É a própria imagem do desespero!*

— O que foi? — Matt sempre consegue fazer perguntas sem nenhuma conexão emocional com as palavras. De um modo estranho, aquilo torna mais fácil responder.

— Não vou poder ir — resmungo. — Vou visitar meu pai em York. — E aí está: o primeiro Grande Impacto em minha vida derivado da decisão de meu pai em se mudar. Naquele momento, toda a saudade que senti nas últimas semanas parece insignificante. É como se todos os meus amigos tivessem achado bilhetes dourados para conhecer a fábrica de chocolates de Willy Wonka e meu pai tivesse acabado de rasgar o meu em pedacinhos. O silêncio que assombra os minutos seguintes do trajeto é pontuado apenas por mim, balbuciando "ótimo" ou suspirando alto.

MI: *Não que você seja do tipo autoindulgente...*

— Então — recomeço, por fim —, deixe-me ver se entendi: Kirsty Ford foi até vocês e os convidou para sua festa? Como foi isso?

Mas em vez da rodada de risadinhas e piadas sobre peitos que eu esperava, o silêncio se torna ainda mais constrangedor.

— O quê? — pergunto. — O que está havendo?

— Não foi Kirsty quem nos convidou... — começa Ravi, corajosamente, mas parece que não tem forças para continuar a frase.

— Foi Sarah — esclarece Matt. — Foi Sarah quem chamou a gente. — E depois, só para me fazer sentir ainda mais desanimado do que já estou, ele completa com um "OK?". Mas meu desânimo se transforma em ultraje mais que depressa.

— Então ela convidou *vocês*, mas não me convidou?

— Não — retruca Matt, virando para mim e dando um de seus olhares de "não seja tão idiota" —, ela convidou todo mundo. Passou por aqui agora mesmo, mas viu você chegando e resolveu ir andando.

— Por quê? — Às vezes eu queria ter controle sobre minha própria voz.

MI: *Porque você fica esquisito toda vez que ela está por perto.*

Matt, como se percebendo o que meu Monólogo Interior estava fazendo, resolve dar sua opinião:

— Você realmente precisa resolver isso, Archie. A Sarah é legal.

— Por quê? Porque ela te convida para festas?

MI: *Insira o Cabo A (estupidez) na Entrada B (boca) e pronto! Você acaba de instalar seu próprio idiota!*

Sinto meus amigos recuando assim que as palavras se atropelam para fora de minha boca, e sei que exagerei. Quando eu, Matt, Ravi e Beggsy andávamos com Sarah, antes de o Cupido começar a me usar para praticar a mira, era como se, de repente, tivéssemos recebido um Convite à Normalidade. O que parecia totalmente *anormal*, mas de um jeito bom. Era empolgante e incitava nossas Fogueiras da Esperança. E dá pra ver que eles não querem desistir. Sentem-se muito à vontade com ela, como se fosse membro honorário do grupo. O único problema dessa história sou eu.

— Desculpe, gente. Não quis dizer isso. Eu só... — Solto mais um suspiro enquanto procuro as palavras certas.

MI: *Honestidade costuma cair bem nesses casos.*

— ...é só que é *difícil*. Preciso mesmo resolver isso, mas não consigo. É que me sinto tão...

— Imbecil? — interrompe Matt, trazendo à tona a palavra que eu estava tentando evitar, atirando-a contra mim com certa violência.

— Obrigado. — Faço careta, mas ele tem razão.

— Cara! Você não pode evitá-la para sempre. Vai lá e fala com ela, só isso! Ela é legal, vai ficar tudo bem.

Mas até mesmo o conselho de Beggsy me incomoda um pouco. É como se meus amigos agora tivessem algum tipo de sensação de posse sobre ela, como se a conhecessem melhor que eu. O que é possível.

— É, eu sei. Vou fazer isso. Só preciso descobrir a hora certa.

MI: **Providencie uma agenda de 500 anos*. Em qual século está pensando?*

O que preciso entender é que Sarah quer ser apenas minha amiga. Mas ainda não estou pronto para isso. Significaria admitir a verdade sobre a situação e refazer meus passos para me tornar membro de um clube do qual não quero participar.

— Bem, de qualquer maneira, Archie, e o LARP? Vai de qual personagem? — O empatiômetro de Ravi deve estar a toda, pois ele corajosamente desvia a conversa do rumo da depressão.

A neblina com formato de Sarah em minha cabeça começa a se dissipar, revelando a mim mesmo fantasiado de...

— Elfo! Quero ser um elfo. — É a primeira coisa que digo com certeza naquele dia. — Mas preciso de um nome.

— Qual era seu nome no Jogo? — indaga Beggsy.

— Não era bom — respondo. — Preciso de um novo.

É um desafio, e um dos bem Nerds. Pelo restante do caminho até a escola, meus amigos me enchem de sugestões. Elas começam com nomes de personagens obscuros de *O Senhor dos Anéis*, como Radagast. Depois passam para nomes de Non-Playable Characters, os NPCs não controlados por jogadores que apareceram em nossas rodadas de Dungeons & Dragons, mas "Crystalbeard" não parece muito adequado. Quando chegamos aos portões da escola, a multidão divide nosso grupo em dois. Enquanto Beggsy e Ravi seguem em frente, Matt me encara, hesitante, e seu corpo fica tenso com o esforço de fazer uma pergunta pessoal.

— Então, Sarah. Você ainda gosta dela. — É um misto de pergunta e constatação.

— É... — respondo, e meu corpo inteiro esquenta. Pareço o bonequinho vermelho dos sinais para pedestres. Matt não diz mais nada, então também fico quieto. Tenho a impressão de ver sua mandíbula se movimentar, como se ele se esforçasse para entender alguma coisa. Quando nos separamos, a neblina em forma de Sarah invade minha cabeça mais uma vez, e sigo Beggsy até a entrada.

Biologia dá lugar a geografia, mas nenhuma das duas consegue receber toda a minha atenção: estou ocupado demais pensando em Sarah. O Sméagol em minha mente sabe o que eu devia dizer a ela, mas o Gollum que espreita dentro dele não quer que eu siga com aquilo. Estou dividido: *quero* falar com ela, mas, ao mesmo tempo, não quero.

Quando toca a campainha, anunciando o almoço, aquele falatório dentro de minha cabeça já ocupou cada canto e recanto. E é Gollum quem ganha: zero chance de eu conseguir enfrentar Sarah naquele dia, então vou para a biblioteca em vez de me juntar aos meus amigos no refeitório.

Adoro bibliotecas, e, no que se refere a elas, a do colégio é bem legal. Não sei se colocaram vidros especiais nas janelas ou algo assim, mas ali de dentro não dá para ouvir o que acontece lá fora, assim como nas salas de aula. E, quando se é um Nerd como eu, se você não escuta e não vê, pode fingir que não existe. Então, durante sessenta gloriosos minutos, posso ser apenas eu. Sozinho. Comigo mesmo. E com os outros integrantes silenciosos da Ordem dos Desanimados®.

MI: *E a festa vai começar!*

Pesquiso nas prateleiras de ficção científica e fantasia para ver se apareceu alguma novidade. Não é o caso, então sigo rumo às biografias e pego um tijolo sobre J.R.R. Tolkien. Estou só folheando quando um leve perfume anuncia a chegada da Srta. Doyle.

— Archie. Isto chegou hoje, guardei para você. Achei que poderia ser o tipo de coisa que gostaria de ler. — É um triste resumo de minha vida, o fato de a bibliotecária me conhecer pelo nome.

Em suas mãos está um livro de capa lustrosa e fundo azul. Em primeiro plano, uma figura agachada, encurvada e malévola se equilibra num fio. O rosto está oculto por sombras sinistras, mas dois olhos penetrantes e brancos brilham em meio à escuridão. Um feixe de luz atrás da silhueta ilumina um pouco do corpo, o bastante para revelar alguns detalhes. Os ganchos nas manoplas, o corte da capa e as pontas das orelhas sob o capuz, ligeiramente demoníacas, sussurram sua identidade.

MI: *Estamos falando de Batman!*

— Obrigado! — agradeço baixinho, sem querer quebrar a Magia de Silêncio que parece afetar a biblioteca. Vamos até a mesa da Srta. Doyle, carimbamos o livro com a data de saída, e me sento no lugar de sempre, bem atrás de uma prateleira. Desse jeito, mesmo que Sarah entrasse, eu conseguiria vê-la antes de ela me notar. Abro a primeira página de *O Cavaleiro das Trevas*, e é como se mãos invisíveis, vestidas com luvas azuis, me puxassem para outro mundo.

Bruce Wayne está mais velho, com 50 e poucos anos, e não usa o uniforme há cerca de uma década. Ao seu redor, Gotham desmorona de tanta corrupção e violência enquanto o crime se torna a nova lei. Mas alguma coisa se retorce e revira em seu estômago, o espírito de outra coisa, algo vingativo e sombrio. Por mais que Bruce tente amansá-lo, Batman precisa sair para brincar. E, quando isso acontece, seus velhos inimigos querem se juntar à brincadeira.

As ilustrações são brilhantes. À primeira vista, parecem rabiscadas ou incompletas. Mas elas me sensibilizam, e, conforme mergulho na história, subitamente compreendo: são desenhos *furiosos*, como se o artista tivesse usado um machado para riscá-los. É tudo de que eu precisava naquele momento. Cada imagem parece inflamar uma labareda em minhas vísceras, alimentadas pela noção de que não poderei ir à única festa para a qual fui convidado na vida.

Todos os personagens parecem chanfrados, retorcidos e feios, que é mais ou menos como me sinto. Me sinto como Batman.

O horizonte gótico de Gotham se dissolve, sendo lentamente substituído pelas ruas e casas de minha cidade.

É noite. Uma tempestade ameaça cair, nuvens negras se reúnem acima da cidade, pesadas e opressivas. Espero, encapuzado na escuridão, empoleirado nas gárgulas da Igreja de St. Martin, em Park Road. Uma festa segue a todo o vapor no número cinquenta e dois, o esconderijo de Kirsty Ford, e sons da folia chegam às calçadas. A porta da frente se abre, e, de repente, meus sentidos se aguçam, intensificados, prontos para a ação.

MI: *Vai ter bastante trabalho se precisar fazer xixi com essa fantasia...*

Jason Humphries cambaleia até o jardim, seguido por uma garota cuja beleza ameaça extinguir as chamas que ardem em minha barriga. Mas elas continuam ardendo. Estarei sempre só: a imagem da vingança, silenciosa, contemplativa e solitária. A voz da garota é como um feixe de luz a cruzar a noite claustrofóbica.

— *Archie! Onde você está?*

— *Viu? Eu falou que ele não vem!* — *A gramática apavorante de Humphries é mais um ponto a ser acrescentado em sua ficha criminal.*

— *Mas ele nunca me decepcionaria! Secretamente, eu queria que ele estivesse aqui. Para que pudesse confessar o que sinto! Eu...*

não dei a ele a chance que merecia! — Quando a voz dela começa a falhar, uma velha ferida ameaça reabrir em meu coração, mas eu a cauterizo com o calor da raiva que sinto por seu antagonista.

— Você precisa de um homem de verdade — zomba Humphries, retesando um músculo do tamanho de uma abóbora.

— Não! Não posso traí-lo! Ele vai voltar para mim um dia! Sei que vai!

A resposta de Humphries é uma risada fria e áspera como um latido.

Já ouvi o bastante. Pulando da fachada da igreja, pouso entre Sarah e seu agressor. Minha chegada é anunciada por um relâmpago e um ruído de trovão. Levanto-me até ficar ereto. Minha capa escura cobre meus ombros musculosos como um sudário.

O medo derrete o sorriso no rosto de Humphries, e ele cambaleia para trás, como se o impacto de meu pouso tivesse sacudido a Terra. Ele se recupera o suficiente para tentar me atingir. Mas é lento, lento demais. Me dá todo o tempo do mundo para me abaixar. Há sete maneiras de me defender daquela posição. Três delas deixam um homem inconsciente. Outras três matam. E a última...

BAAAM!

...machuca. Derrubo-o de costas e logo estou em cima dele, os olhos ardendo debaixo da máscara que esconde minha identidade.

— Por favor! Por favor! Não me machuque! — implora Humphries.

Não preciso machucá-lo. Ele nunca esquecerá este momento.

— Vá embora — rosno, numa voz que nem parece a minha. — E fique longe da garota.

— Sim, sim! Qualquer coisa! Só me deixe ir!

Solto o aperto cruel e o observo sumir em meio à escuridão.

— *Obrigada...* — Aquela voz linda silencia a lava em minha alma. Viro-me para ela: sou seu Cavaleiro das Trevas.

MI: *Cavaleiro da Idiotice seria mais realista.*

— *Acho que devia estar com medo de você* — murmura ela, se aproximando. — *Mas posso sentir a vulnerabilidade em seus olhos, uma coisa profunda e sensível. Uma coisa bonita.*

Continuo em silêncio, uma estátua do Amor Perdido.

— *Quem é você?* — sussurra ela, se aproximando ainda mais para um beijo.

— Sou Nerdman — digo em voz rouca, antes de sumir como um fantasma para os braços da noite. Mas, enquanto desapareço entre as sombras, escuto seu grito me implorando:

— *Nerdman! Volte!*

Talvez, Sarah. Quando estiver pronta. Até lá, pertenço apenas às trevas.

O som da campainha da escola me faz lembrar que, na verdade, pertenço à aula de francês do Sr. Barker. De estômago vazio e coração pesado, pego meus livros e parto para completar o resto do dia.

Caminhando para casa com o pessoal, a conversa volta para meu nome élfico. Depois de mais algumas sugestões e a mesma quantidade de rejeições, Beggsy de repente fica ainda mais animado que o normal.

— Cara! Caracaracaracaracara! — cantarola. — Já sei! Usa seu nome Jedi!

— Do que está falando?

— Caaaara! — bufa Beggsy, mostrando que desaprova o fato de eu não saber uma coisa que todo Nerd que se preze deveria saber. Para enfatizar a ideia, ele se separa do grupo em fila e começa a andar à nossa frente, de costas. — Você pega as três primeiras letras de seu sobrenome...

— Tá...

— ...junta com as três primeiras letras de seu nome...

— E...

— ...e pronto! Já tem seu nome Jedi!

— Bararc — digo, lentamente. — Bararc... Que tal?

— Não é pior do que tudo que já foi dito até agora — ribomba Ravi, animado.

— Bararc — repito. — Mas e o sobrenome?

Mais uma vez, dentro do abraço reconfortante das conversas Nerds, sinto-me distante de todos os problemas. Após um debate sobre a natureza dos nomes élficos, decidimos que o ideal devia ter um ar de floresta. Matt sugere "Troncolongo" para fazer piada, o que dá início às risadinhas de praxe. Mas, às vezes, brincar gera criatividade, e, depois de passar por uma série de permutações, meu nome completo é definido. No próximo fim de semana, hei de ser Bararc Folhaescura.

Os caras vão se reunir no final da semana para tentar resolver o que fazer a respeito das armas e tudo o mais, e fico destruído por não poder participar: só aquilo já seria uma aventura. Mas nada pode estourar a bolha de excitação à nossa volta: em uma semana, nos desfaremos de nossas formas Nerds e cavalgaremos por domínios de outro mundo, como campeões que somos.

Nos despedimos com trocas de olhares animadas e significativas. O jogo está em andamento.

A porta da frente se abre e sinto cheiro de curry. Rezo para que seja mamãe cozinhando, preparando um de seus pratos com pedaços de abacaxi, mas o cheiro não parece bem o de sempre.

Penduro a mochila e o casaco no corrimão da escada e entro na cozinha, vendo mamãe mexer alguma coisa na panela.

— Olá, amor — sorri. — Teve um bom dia?

— Tive, foi legal. — Respostas que não revelam muito tendem a despertar a Inquisição Espanhola, mas não tenho energia para entrar em detalhes. Meu ME opta por Táticas de Distração, fixando um sorriso em meu rosto.

— Xícara de chá? — ofereço. É quase uma piada, porque mamãe bebe mais chá que o típico inglês, mas ninguém nunca prepara uma xícara para ela.

— Oooh, seria tão bom! — Ela suspira de um jeito meio zombeteiro, como se estivéssemos falando de um evento que só se repete uma vez por ano. Não consigo segurar o sorriso enquanto acendo o fogo para a chaleira. Gosto desses momentos aconchegantes com mamãe. Enquanto a água ferve, olho por cima de seus ombros e inspeciono o conteúdo da panela.

— Cadê o frango? — pergunto, parecendo um pouco mais que apenas horrorizado.

— Não tem frango. É vegetariano.

— Mas por quê? — Agora pareço uma criança de 5 anos reclamona.

— Por que é Tony quem está cozinhando. E é bom ele estar tão interessado. E é bom eu não ter mais que cozinhar o tempo inteiro.

— Bem, então onde está Tony?

— Foi ao banheiro.

MI: *Deve ser por causa de todas essas refeições estranhas.*

Preparo o chá num silêncio desanimado, antes de me sentar à mesa da cozinha.

— Mas eu gosto de *sua* comida — balbucio, em tom de queixa. — Seus assados são os *melhores*! Ninguém faz batata assada como você!

Mamãe sorri com os elogios enquanto continua a mexer.

— É muito gentil de sua parte, Archie, mas também é bom experimentar coisas novas.

— Mas é só isso que tenho experimentado nos últimos dias! Só queria uma comida *normal.*

MI: *Isso dito por um elfo.*

— Bem, talvez eu faça um assado no domingo, quando você voltar da casa de seu pai.

MI: **Fazendo a dancinha de comemoração*.*

— Tudo bem, Arch? — Como se estivesse aproveitando a deixa, Tony entra na cozinha e liberta mamãe de suas tarefas. Ele ainda me chama de "Arch", o que continua me irritando. É uma declaração de algum tipo de propriedade a qual ele não tem direito real. Mas meu ME, impulsionado pela minúscula recém-conquistada vitória da comida, interrompe minha reação mais que depressa e cola um sorriso de agradecimento em meu rosto, acrescentando um assentir de cabeça entusiasmado. No entanto, preciso admitir, o curry não ficou tão ruim assim. Talvez pudesse melhorar com alguns pedaços de abacaxi e animais mortos, mas, fora isso, está OK.

— Vi Marvin hoje — revela mamãe, de um jeito meio provocador. — Tivemos uma boa conversa sobre essa coisa a qual você quer ir fantasiado.

— LARP — falamos Tony e eu ao mesmo tempo.

Tony ri. Eu não.

— E? — Apesar de eu ter quase certeza de que mamãe vai me deixar ir, estou com os ouvidos bem atentos, para o caso de haver algum porém nas entrelinhas.

— Ele é um bom homem, não?

MI: *Ah, QUAL É, mulher! Pare de enrolar!*

— É, é sim — respondo logo. — Mas e quanto ao LARP?

— Parece muito bem organizado, todo mundo tem suas identidades e possíveis passagens pela polícia checadas, e Marvin tem até certificado de primeiros socorros.

MI: *ANDA LOGO!*

— Então? — Atiro a linha de pesca e espero com a paciência de um piloto de Pod parado num sinal vermelho.

— Todos os seus amigos vão?

— Vão! — respondo, como se fosse a milésima vez que ouvisse aquela pergunta.

— Bem, então tudo bem. O que você acha, Tony? — Ele parece tão surpreso quanto eu por poder participar da decisão final.

— Sim. Parece legal. — Na verdade ele não liga, só o curry importa agora.

MI: *Soquinhos no ar*. *Vitória!*

Com meu fim de semana de herói confirmado, devoro o resto do jantar antes de subir para a Toca. Tem uma mensagem de Beggsy em minha timeline:

Cara! Tô dentro! Compre suas orelhas!

MI: *Não exatamente um post que se vê todo dia...*

Desço as escadas correndo e pergunto a mamãe se pode me emprestar o cartão de crédito. Passado o choque de descobrir que quero comprar um par de orelhas pontudas e depois da crise de risos, ela sobe de volta à Toca comigo.

— E pra que precisa disso? — pergunta, sentando-se à minha mesa de pintura com o cartão de crédito nas mãos.

— Porque vou ser um elfo — explico, irritado por precisar proferir uma coisa tão estúpida em voz alta.

— E elfos têm orelhas pontudas... — diz mamãe para ninguém em particular.

MI: *Promovida a Chefe de Polícia.*

Alguns cliques e preenchimento de dados mais tarde, a Larper Colony promete me enviar um par de orelhas pontudas novinho em folha no dia seguinte. O que, por alguma razão, me deixou ridiculamente animado.

MI: **Dá um tapa no rosto de proporções bíblicas*.*

Passo um tempo me divertindo, imaginando como eu seria se fosse um elfo: esbelto, atacando orcs com minha confiável espada ou derrubando-os com meu arco de madeira de mallorn. Talvez usando uma armadura de mithril sobre o peito.

MI: *"Mithril: Trajes de Nerd em que se pode confiar."*

Enquanto começo a misturar as cores de realce para meu ogro (duas partes de Carne Ungor para uma de Deserto de Zamesi), meu laptop emite um som com a chegada de uma nova mensagem. Mas não é, como eu esperava, de Beggsy. É de meu pai.

Oi filho loko p tv amanha e vc v sua ksa nova. ti amu Pai XXX

Depois de decifrar as tentativas de papai de falar em linguagem de texto, digito uma resposta:

Também estou ansioso! Beijos Archie X

Então me dou conta de uma coisa: vou encontrá-lo amanhã.

MI: *E seus amigos vão pra festa de Kirsty Ford...*

Não o vejo há três semanas, e, por mais que meus olhos devessem estar cheios de lágrimas, não estão. Estão cheios de ressentimento. Eu me sento, encarando a tela do computador como se estivesse tentando fazê-la explodir. Amanhã à noite é a primeira e provavelmente a única vez na vida que serei convidado. E não é uma festa qualquer, é uma festa que conta com a presença de Sarah. Tenho visões de mim, vestido casualmente com um smoking, parado no bar e bebendo, indiferente, um coquetel numa taça em forma de Y, temperando a conversa com perspicácia e charme. Não sei de onde tirei a ideia de que Kirsty Ford tem um bar iluminado em sua casa, ou mesmo permissão para servir drinques, mas a visão é minha e coloco nela o que bem entender.

MI: *Podemos ter poledance ao fundo, como nos filmes?*

E Sarah está ali, olhando para mim. Então ergo uma sobrancelha, e ela não consegue desviar o olhar dos pelos acima de meus lábios. Eu conto uma piada, ela ri, e tudo fica bem.

Mas nada daquilo vai acontecer, porque meu pai juntou os trapos com outra pessoa e se mudou para York. Se ele não estava satisfeito por não mandar em minha vida quando se separou de mamãe, agora devia estar. É a única festa que podia mudar tudo, e eu não estarei nela.

MI: *Na verdade você nem tem um smoking. Só uma observação.*

Volto ao meu ogro por um tempo a fim de parar de pensar na raiva que sinto de meu pai. Mas não adianta: parece que não consigo me concentrar, e minha mão não está firme como uma rocha, seu modo habitual. O que me deixa ainda mais chateado, já que ele está afetando até minhas pinturas. Com um suspiro irritado, desisto e pego *O Cavaleiro das Trevas*.

MI: *Um pouco de Batman antes de dormir!*

Nos filmes, Duas-Caras é bem besta, mas esse Harvey Dent é de uma insanidade respeitável. Mesmo com a cirurgia plástica para esconder as cicatrizes e os psicólogos atestando que estava são, ele não dança a mesma música que o resto de nós. E, apesar de não querer acreditar, Batman sabe que Harvey ainda quer destruir a própria vida e a dos outros.

MI: *E por que você se identificaria com esse personagem, hein?*

Então Batman tem que combatê-lo, e, durante a caçada, reflete sobre o quanto os dois são parecidos: é como se sua sanidade dependesse daquilo. E as ilustrações parecem cada vez mais escuras, sombrias e rabiscadas; o controle de Batman sobre a realidade perdendo força exponencialmente.

MI: *Faço a mesma pergunta de antes.*

Há algumas perseguições, e morcegos fazem algumas coisas desagradáveis com pessoas desagradáveis, tudo enquanto exibem sorrisos de lobisomem. Mas há um confronto no decorrer da história. É quando o homem que pensamos ser o Duas-Caras pula de um helicóptero e é salvo por Batman, que faz isso apenas para ter certeza de que aquele homem é mesmo Harvey Dent. O homem morcego arranca as bandagens que cobrem o rosto do outro.

MI de Batman: *Fecho os olhos e escuto. Sem ser enganado pela visão, eu o vejo... como ele é.*

A essa altura, o herói vê que, no fundo, os dois aspectos da personalidade do Duas-Caras, sempre em guerra, estão assustados. Não parecem em nada com o exterior, um milagre da cirurgia plástica.

Dent:

— Pode rir, Batman. Dê uma olhada! Dê uma olhada...

MI do Batman: *Eu o vejo. Eu vejo...*

Batman:

— Eu vejo... um reflexo, Harvey. Um reflexo.

É como se Batman estivesse caçando a si mesmo. É como se ele precisasse de coisas ruins na vida para justificar sua existência.

MI: *Desenvolva o pensamento.*

Tento não me render àquela linha de pensamento. A luta dura até 1h35 da manhã.

Eu falho.

TRÊS

Quem imaginaria que dá pra aprender tanto com os quadrinhos? Apesar de ter dormido tarde, não foi difícil acordar na sexta-feira; foi mais como alguém saindo de um transe hipnótico. Estou cheio de determinação. É hora de fazer o que eu já devia ter feito: hora de pedir desculpas a Sarah e continuar sendo apenas seu amigo. Simples assim.

MI: *Desculpe a intromissão, mas não é isso que tenho aconselhado há semanas? Eu e o resto do mundo?*

É como Batman: ele segue um código, tomou a decisão de passar a vida de cabeça erguida, não importa o que aconteça. Sei que, Sarah me vendo ou não como seu Batman, preciso traçar uma linha. Minha linha. Uma linha que juro jamais atravessar.

MI: *Dou cinco minutos.*

Sei que vai ser difícil e sei que não vou gostar, mas é A Coisa Certa a Fazer. Minha missão, caso eu a aceite, é esquecer Sarah e ser apenas seu amigo.

MI: *Missão: Improvável. *Canta* Tan-tan-tan-TAN-tan...*

Sinto-me determinado e decidido. Tomo café da manhã com o foco renovado. Em compensação, mamãe anda ao meu redor como uma espécie de mosquinha movida a chá, tagarelando sobre tudo que colocou em minha mochila para a viagem a York e sobre como vai me buscar na escola às quatro da tarde. Mas só uma parte de mim a escuta, a outra está se preparando para a Missão: Improvável.

MI: *... tan-tan-TAN-tan...*

Caminho até a escola, pensando em todas as maneiras de fazer aquilo. Seria muito mais fácil se eu tivesse um cinto de utilidades ou alguns dos apetrechos de Ethan Hunt. Seria ótimo se eu pudesse descer do teto do quarto de Sarah pendurado num fio, pedir desculpas e voltar fio acima, fugindo pelo telhado.

MI: *Tan-nan-naaaan... Tan-nan-naaaan... Tan-nan-naaaan...*

Mas as pessoas costumam ser presas por esse tipo de coisa.

E suponho que, depois de confessar tudo, a parte difícil comece de verdade. Pelo menos para mim. Chega de olhares furtivos para sua nuca, chega de sonhar acordado comigo a resgatando de perigos e ameaças...

Ela não faz ideia do tanto que estou decidido a abrir mão.

MI: *Tan-tan!*

E queria poder tirar essa maldita música da cabeça.

MI: *Tan- tan-TAN-tan...*

— Archie! — A voz de Ravi é como um estrondo atrás de mim. Eu me viro e o vejo, com Matt e Beggsy, andando ao longo da calçada. Só preciso de alguns segundos depois da rodada de "olás" para sentir que tem alguma coisa que eles não estão dizendo. Não sei *como* eu sei. Todos estão agindo como sempre, com as piadas e sarcasmos costumeiros, mas há uma sensação quase tangível de "alguma coisa rolando". E acho que sei o que é.

MI: *...vestido casualmente com um smoking, parado no bar...*

— Animados com a festa? — A tensão nos rostos de meus amigos se agrava por alguns segundos antes de dar lugar a sorrisos de alívio.

— E *como*! — explode Beggsy, cerrando os punhos e fazendo um gesto quase parecido com movimentos de boxe.

Ravi admite que está ansioso, mas Matt ainda não sabe se vai. Adoraria poder dizer que é por causa de algum senso ridículo de lealdade a mim, mas não é o caso: Matt é um Nerd de nível olímpico. Está balbuciando as quase desculpas de forma sombria e olhando para o chão. Isso me diz que ele meio quer ir, mas é algo tão fora de sua zona de conforto que não tem certeza se é capaz de suportar. Dito isso, sua zona de conforto é mais ou menos do tamanho da bolsa que um ewok carregaria. Mas conheço Matt e sei que, lá no fundo, ele está amaldiçoando a própria fraqueza.

MI: *É como um grupo de autoajuda para os emocionalmente desnorteados.*

— Você precisa ir, cara — ofereço, agarrando o tauntaun pelos chifres.

— Pra quê? Não vou gostar. — É como se ele já tivesse resolvido não ir.

— Cara! Pode ter algumas *gatinhas* lá! — As mãos pugilistas de Beggsy se transformam e passam a tocar um piano invisível quando ele diz a palavra "gatinhas". Está tão animado que é como se tivesse limonada no lugar de sangue.

— E? — resmunga Matt. — O que *eu* vou fazer com elas? — Enquanto o cérebro de Beggsy mostra uma cena do menino sendo hilário e conversando com as garotas com todo o charme do Capitão Kirk, o de Matt passa o trailer de *Náufrago*.

MI: *Sem a bola de vôlei.*

— Mas a gente vai estar lá — oferece Ravi. — E também não sabemos o que fazer.

— Você tem que ir — insisto. — Finja que é uma missão.

MI: *Tan-tan-TAN-tan...*

— Cara! Você pode ser meu parceiro! O cara bonitão sempre tem um amigo feio...

— E qual dos dois é você, Beggsy? — pergunta Matt, sem muita emoção. Posso sentir o humor dele melhorando.

— Não tenho certeza... — Mas dessa vez soa como uma deixa para que digamos a ele que vai ficar tudo bem. É como se ele precisasse da nossa permissão para se juntar à raça humana por uma noite. Nós o persuadimos e reasseguramos até chegar à escola. Quando passamos pelos portões, ele suspira e revira os olhos. — OK... vou pensar no assunto...

MI: *Tradução: "Não me busquem cedo demais, vou ter que arrumar o cabelo."*

— E não deixem de mandar mensagens se acontecer alguma coisa — aviso. — Quero saber de tudo.

— Cara! — exclama Beggsy, parecendo cabisbaixo. — Você vai fazer falta!

— Obrigado — suspiro.

— Talvez tenha uma bela garota em Yorkshire reservada para você — sugere Ravi, sempre tentando manter o clima agradável.

— O quê? Um yorkshire reservado para ele? — brinca Matt.

É uma piada boba, mas sei que só estão tentando fazer com que eu me sinta melhor a respeito de tudo.

— Teremos outras festas — comenta Ravi, com um sorriso, enquanto entramos.

Ravi e eu discutimos a festa durante a aula de biologia, e ofereço boas dicas de moda para Matt na de inglês.

MI: *Tipo usar roupas deste século?*

Mas, durante tudo aquilo, a tal música idiota continua tocando em minha cabeça. A hora do almoço se aproxima, e sei que preciso completar a primeira fase de minha missão: pedir desculpas a Sarah.

MI: *Tan-tan-TAN-tan...*

O sinal interrompe Maria, que escreve uma carta de amor falsa de Olívia para Malvolio. A trilha de *Missão: Impossível* é quase a única coisa que consigo escutar. Digo a Matt que estou indo ao banheiro, mas, em vez disso, vou até a sala de matemática. Não que eu seja um stalker ou algo do tipo, mas sei bem onde está Sarah a qualquer hora do dia.

MI: *E deve saber antes mesmo dela. Não que você seja um stalker ou algo do tipo.*

O único obstáculo em meu caminho é Ravi: por ser um tipo de matemágico, ele também vai estar na área. Enquanto atravesso os corredores no contrafluxo de alunos esfomeados, meu Detector de Boçais® percebe uma anomalia na aglomeração que está me atrasando tanto. A multidão se dispersa, e Paul Green e Lewis Mills cruzam, como dois Moisés Neandertais, o Mar Vermelho de estudantes. Meu ME entra no modo Preservação, baixando os ombros e a cabeça, lançando olhares furtivos por baixo da sobrancelha, torcendo para não ser visto. Todo esse esforço impede que a Notoriamente Óbvia Pergunta passe pelos neurônios necessários e chegue até meu cérebro.

MI: *Permita-me: *Imita a voz do Salsicha* "Zoinks! Cadê Jason Humphries?"*

O som de um tapa em minhas costas responde a pergunta. Enquanto tropeço e cambaleio entre uniformes e mochilas, escuto sua risada manchada de nicotina. Mas tudo bem, ele estava só passando. Da posição favorável em que estou, no pé da escada, vejo-o cumprimentando seu Bando de Boçais®, e os três abrem caminho contra a maré.

A mão de alguém me agarra e me puxa: é Ravi.

— Um dia... — balbucia, com um brilho assassino nos olhos, enquanto assiste às silhuetas de Humphries, Mills e Green sumindo. E então ambos começamos a rir.

— É — concordo. — Um dia vamos mostrar a eles! — É uma maneira de aliviar a frustração de saber que, quando se trata de Nerds e Boçais, *nós não temos poder algum.*

MI: *Nem com as garotas! Não se esqueça das garotas!*

— O que está fazendo aqui? — pergunta meu amigo.

MI: *Tan-tan-TAN-tan...*

— Er... — As palavras estão alinhadas, mas não querem sair. Uma tosse baixa resolve o problema. — Vim falar com Sarah. Resolver as coisas.

— Ah. OK. — Ravi concorda com a cabeça, parecendo sério. — Te vejo mais tarde, então. Boa sorte. — E, com isso, ele é engolido pela multidão. Dou uma olhada para cima, mas não há nem sinal de Sarah. Não quero ficar parado ali, no pé da escada, então viro a esquina e paro na frente de uma porta. Tento parecer indiferente em vez de um Nerd aterrorizado prestes a mirar uma Uzi na direção de seus sonhos e atirar acreditando que é a Coisa Certa a Se Fazer.

MI: **Mais alto* Tan-tan-TAN-tan...!*

A voz de Sarah escorre pelas escadas como prata líquida. Posso identificá-la entre os ecos de falatório, saltos batendo no chão e risadas que enchem o espaço entre as paredes, como se aquilo tudo sequer existisse. Em geral, sinto uma estranha combinação de animação e calma, mas, dessa vez, meu coração parece prestes a pular pela boca. Estou suando como um wookiee numa sauna, o que provavelmente explica a sensação de deserto em minha boca.

MI: *Toca a música em níveis de som de cinema THX* Tan-tan-TAN-tan...!

A voz parece cada vez mais perto, a risada tilintando como sinos de vento, e tenho quase certeza de que consigo até mesmo distinguir o barulho dos sapatos dela entre os dos outros.

MI: *Taan-taan-taan... Taan-taaan-taaan...*

Enquanto meu cérebro procura, desesperado, por uma boa frase de introdução, meu ME tenta esboçar algo parecido com uma expressão amigável no rosto suado.

MI: *Taan-taan-taan...*

Primeiro vejo seus pés. Quando o resto dela aparece, meu coração dá um solavanco, batendo contra o esterno como se um Jason Humphries em miniatura estivesse usando-o como saco de pancadas. Dou um passo para longe da porta, esfregando as mãos suadas nas calças.

MI: *TAN-TAN!*

E então eu paro, congelado, quando me dou conta do verdadeiro horror daquela situação. Quando a cabeça dela é jogada para trás, ocupada em mais uma risada alta, sua companhia é revelada: Chris Jackson, também conhecido como o Garoto Mais Bonito do Colégio®. Recuo de volta contra a porta e, quando o faço, tenho certeza de escutar as palavras "festa", "hoje" e "vamos" saindo da boca photoshopada de Chris.

MI: *Silêncio*.

Chris Jackson? Ela vai à festa com *ele*? Vejo os dois descerem o corredor, rindo e conversando. Sem chances de eu pedir desculpas na frente dele. E nesse momento, apesar da determinação incentivada por Batman em fazer A Coisa Certa, um rubor de ciúmes toma meu rosto. De repente, observo Chris através de uma lente com zoom, em busca de sinais de que ele possa estar dando em cima dela.

MI: *Ela já o rejeitou antes.*

E talvez sejam "só amigos". Mas, de um jeito estranho, aquilo seria ainda pior, pois mostra que ele pode fazer o que eu não consigo. Vejo os dois dobrando o corredor, e viro na direção oposta. Falhei em minha missão, não tenho condições de encarar meus amigos agora. É hora de passar fome na biblioteca novamente em vez de almoçar.

Em geral, discutir tectônicas na aula de geografia ocuparia toda a minha atenção. Gosto desse tipo de assunto. Mas hoje meu cérebro está experimentando uma sensação nada familiar: estou com raiva.

O mais estranho ainda é que estou com raiva de Sarah. Sei que não tenho direito, mas vê-la rindo com Chris Jackson abriu a jaula, e acho que não consigo prender minha raiva ali outra vez. Não sei bem o que espero dela. No momento, uma parte petulante de mim quer que ela fique tão mal quanto eu por não estarmos mais juntos. OK, não foi o Romance do Século...

MI: *Vamos falar a verdade: não foi nem o Romance da Hora.*

... mas foi grande coisa para mim, e você não me vê gargalhando pelos corredores como se nada tivesse acontecido.

MI: *Mas nada aconteceu, Garoto Amuado.*

Infelizmente, é nesse beco sem saída que minha raiva fica batendo. Estou no território do "e se": e se eu tivesse sido honesto desde o começo, e se tivesse tido coragem de deixar claro que gostava dela, e se eu não tivesse chorado na sua frente.

E então as duas coisas em conflito em minha cabeça começam uma luta de MMA: A Missão Para Me Tornar Seu Amigo contra O Fato de Ainda Gostar Dela.

MI: *Aposto na segunda.*

A campainha me tira daquele redemoinho de autopiedade, e guardo minhas coisas bem depressa. Preciso pensar em tudo que está acontecendo, mas no momento vou visitar meu pai.

MI: *E não vai ao que provavelmente será a melhor festa da história.*

Matt e os meninos estão me esperando nos portões da escola, o pânico pré-festa estampado nos rostos.

— Gente! — digo, ofegante, me aproximando. — Não vou voltar pra casa com vocês, minha mãe está vindo me buscar.

— Cara! — Indicando *medo, decepção e ansiedade, tudo ao mesmo tempo*. — A gente conta depois sobre como nos saímos com as gata-a-as! — Beggsy desenha o formato de uma ampulheta no ar.

— Divirta-se, Archie — diz Matt, muito sério, como se fosse a última vez que fôssemos nos ver. E, em alguns aspectos, pode ser mesmo. Se o pessoal conseguir ficar com Garotas da Vida Real, aquilo poderia mudar Tudo.

MI: *Mas vamos ser honestos quanto a isso, está bem?*

— É, divirta-se — ecoa Ravi. E então alguma coisa em seus olhos muda; eles focam em algo atrás de meus ombros e registram alarme. A mesma coisa acontece com os outros: Matt e Beggsy ficam quietos de repente e passam a olhar para qualquer lugar, menos em frente. Meu Detector de Boçais®

é ativado, e meu ME assume a posição encurvada necessária, mantendo-me corajosamente de costas para a ameaça iminente.

— Oi, gente. — A voz de Sarah causa uma pane em todos os meus sistemas, e não sei o que fazer. — Oi, Archie. — Um sorriso desajeitado abre seus lábios perfeitos.

— Oi. — É tudo que consigo dizer sem vomitar a comida de ontem no chão. O fato de eu ter recebido um "oi" separado de todo mundo faz parecer, pelo menos para mim, que ela me vê como um estranho, como se não fizesse parte do grupo.

MI: *Tan-tan-TAN-tan...?*

— Preciso ir — balbucio, olhando para o chão, e começo a me afastar. A vergonha de minha incapacidade de conversar com ela faz meu rosto arder.

— Archie... — chama Sarah, mas uma buzinada alta do carro de minha mãe me dá a desculpa de que eu precisava, e finjo que não a escutei. Enquanto corro até o carro, a janela do carona desce e vejo que Tony está no volante, com mamãe sentada ao lado dele. Meu ME inicia um Arquivo Sorriso®, que parece estar corrompido.

— E aí! — berra Tony. — Vamos nessa!

MI: *Nada como se sentir querido, não é?*

Entro no banco de trás e partimos, deixando a escola, meus amigos e Sarah para trás. Junto a uma grande fatia de minha dignidade.

— Está bem, amor? — pergunta mamãe, olhando para mim pelo retrovisor.

— É, estou bem. — Se Tony não estivesse ali, eu poderia perguntar a ela como alguém pode ser amigo de uma garota quando ainda gosta dela de verdade.

MI: *Acho que você vai superar.*

Mesmo se eu quisesse conversar a respeito, não poderia. Com a percepção social de uma morsa, Tony liga o rádio e começa a cantar com a música. O fato de ele não saber a letra e nem o ritmo parece não ser um problema.

Viajamos, embalados pela voz de Tony, até a estação de trem. Mamãe olha preocupada para mim através do espelho, e eu vasculho desesperadamente meu cérebro em busca de uma desculpa de última hora para não ir a York. Para poder ir à festa em vez disso.

MI: *Existe algum tipo de coma que só é curado com música dance?*

— Tem certeza de que está bem, Archie? — pergunta mamãe outra vez, sondando enquanto andamos pela plataforma.

— Pelo amor de Deus, mulher! — Tony ri, como se realmente tivesse noção de alguma coisa. — Deixe o garoto em paz! Ele está ótimo! — Adoro quando os adultos falam por você, como se você não soubesse falar sozinho. E adoro como ele acredita que me conhece melhor que mamãe. Adoro tanto que quase consigo sentir meus dedos em volta de seu pescoço.

MI: **Tenta esganar telepaticamente com a Força*. *Falha*.*

— É. Só tô um pouco cansado. — "Só um pouco cansado" é uma daquelas frases que você usa quando quer que sua mãe saiba que você está com algum problema na cabeça, mas não quer dizer nada em voz alta. Mamãe compreende a criptografia e me abraça. Quando chegamos à plataforma, Tony entra numa banca e reaparece instantes depois com uma revista.

— Uma coisinha pra viagem — diz ele, como se estivesse me dando uma herança de família.

MI: *Mas que diabos...?*

É uma cópia da *White Dwarf* deste mês, a bíblia das pinturas de miniaturas.

MI: *Ele está tentando. Tente também.*

— Obrigado, Tony — respondo, do fundo do coração, me sentindo meio culpado por ter desejado enforcá-lo com a Força.

— Ei, amigo! — Ele sorri de volta. E faz a coisa que nunca achei que ele faria, mas na qual pensei... e temi: abre os braços pedindo um abraço.

MI: *Oh, DEUS!*

Sem qualquer outra opção, aceito. É simplesmente estranho. Com um Abraço de Mãe®, recebe-se maciez, a chance de lembrar da infância e a sensação de que tudo vai ficar bem. Abraços de Pai® passam um tipo de força interior. Mas Abraços de Namorado de Mãe® não transmitem nada do tipo, apenas um lembrete de que o desodorante foi inventado por um motivo. Meu corpo fica tenso, meus dentes quase quebram com a pressão que minha mandíbula passa a exercer sobre eles, os cabelos de minha nuca ficam tão arrepiados que parecem prestes a se lançar no espaço.

Graças a Deus, o abraço não dura muito, e Tony faz com que eu me sinta ainda pior quando coloca um punhado de notas na minha mão, "só para poder se virar".

MI: *Podia usá-las para comprar drinques imaginários no bar imaginário da festa real de Kirsty Ford!*

Os alto-falantes anunciam que meu trem se aproxima, e mamãe estremece, como se alguém tivesse acabado de encostá-la nos trilhos elétricos.

— Me mande uma mensagem assim que chegar! — Ela sorri, passando uma das mãos pelo meu cabelo, e me abraça de novo. Um daqueles abraços "não quero que você vá". O meu diz quase a mesma coisa.

O trem guincha quando freia, e os passageiros começam a saltar. Mamãe me dá mais um aperto, em seguida subo no trem e acho meu lugar. Posso vê-la pela janela, olhando para mim a fim de ver se estou bem. Tony de repente lembra que devia fazer parte de alguma coisa parecida com uma família e coloca o braço em volta dela. O trem se afasta com uma guinada relutante, e mamãe e Tony vão ficando para trás.

QUATRO

Demoro mais ou menos trinta minutos para me acostumar à ideia de estar viajando sozinho. Depois disso, paro de olhar assustado pela janela ou vigiar o vagão com desconfiança e passo os 60 minutos seguintes lendo minha revista. Ninguém tenta sequestrar o trem, e a paisagem do interior não se torna cada vez mais escura, como Mordor, à medida que me afasto de casa.

Quando o trem diminui de velocidade para pegar mais um grupo de passageiros, leio o nome da estação. York ainda está bem longe. O desapontamento em ebulição no estômago há muito tempo deu lugar à resignação, e já me conformei com meu destino: um fim de semana na Terra dos Vikings, com meu pai e sua nova esposa, a mulher que poderia tirar o sorriso da cara do Coringa com apenas uma de suas piadas ruins. Enquanto deveria tentar reconquistar a amizade de Sarah na festa de Kirsty Ford, provavelmente estarei construindo prédios de Lego com meus novos meios-irmãos. A vida é um saco.

Vozes altas no fundo do vagão fazem meu Detector de Boçais® voltar à ativa. Depois de analisar o ambiente depressa, a ameaça é identificada. É composta de um grupo de quatro caras com cabelos raspados, jeans bem-passados, camisas de manga curta impecavelmente limpas e botas de marca que pareciam recém-saídas da caixa. As mochilas, barracas e o que parece muito com latas de cerveja em sacolas confirmam meus medos: aquilo só pode significar uma coisa. Soldados. Eles também parecem ser incapazes de se comunicar em sons que não sejam gritos.

MI: *Tropas de choque no dia de folga.*

Enquanto o restante dos passageiros mais que depressa desvia o olhar ou mergulha a cabeça em seus jornais, examino o terreno. Felizmente, o assento ao meu lado tem um sinal de reservado. Infelizmente, os soldados escolhem os quatro assentos do outro lado do corredor.

MI: **Voz de Obi-Wan*: Eu não sou o Nerd que vocês procuram. *gesto da Força*.*

Meu ME entra em ação e tento me esconder atrás de minha revista.

MI: *Nada como uma barreira de papel para intimidar esses caras!*

Em segundos, percebo que dava no mesmo eu ter um cartaz dizendo "Nerd no recinto. Zombe à vontade" grudado em meu assento. Estou lendo a *White Dwarf*. E não apenas isso; a capa é da *Amazona* de Boris Vallejo. Pense em Megan Fox num biquíni de metal, montada em um cavalo, e terá uma ideia geral. Vallejo é o motivo pelo qual a maioria dos Nerds gosta de arte fantástica, e posso afirmar que não é por causa do apreço ao método de pintura.

MI: *Apesar de ter incentivado algumas de suas pinceladas...*

Só para se certificar de que todos podem se juntar à festa, o Pelotão Boçal gentilmente aumenta o volume do MP3 player. Por sorte, sua conversa não é prejudicada com isso: basta gritarem ainda mais alto para que todos escutemos, em detalhes, as minúcias de suas vidas. Eu não sabia que "pegar" garotas era tão fácil.

MI: *Depende do quão pesadas elas são, imagino.*

Volto a ler a *White Dwarf* e tento prestar atenção no artigo sobre pintar elfos da neve. Mas meu Departamento do Medo® não está nem aí. Por mais que eu esteja ciente da quantidade de palavras e de imagens com diversos tons de azul, fico sentado, congelado, sem conseguir absorver coisa alguma.

— Você não devia ler esse tipo de coisa nessa idade!

Meu ME se esforça para manter a palidez do medo longe de meu rosto e os pingos de suor afastados de minha testa. Me viro para olhar para o Líder Boçal, que acabara de dar o sussurro conspiratório mais alto possível.

— Com licença?

MI: *Por favor, Deus! Só mais um dia! Serei bonzinho, prometo!*

— O que está lendo. — Oh meu Deus. Ele acha que estou lendo uma revista pornô. Num trem.

MI: *E acaba de anunciar ao resto do vagão.*

— Ah. Haha. Não — gaguejo. — Não é nada desse tipo. É uma...

— Dexovê.

Antes que eu tenha tempo de responder, a revista é arrancada de minhas mãos e levada para o outro lado do corredor. A Amazona é recebida com risadas maldosas e olhos famintos. Quero morrer.

MI: *Mas bem depressa. E sem envolver meu nome, posto ou número de série.*

Depois da obra de arte de Vallejo receber boas críticas, o Líder Boçal folheia as páginas, e a expressão de confusão é nítida no rosto musculoso.

— O que são essas coisas?

MI: *Negarnegarnegar! Esses homens são assassinos profissionais!*

— Ah, sei lá. Acabei de comprar na estação. Gostei da capa.

Mais risadas maldosas.

MI: *Bom trabalho, soldado. Hora de se esconder atrás das linhas inimigas. *Coloca capacete da tropa e tenta se misturar*.*

— Gosta desse tipo de coisa, é? — Não tenho certeza se "esse tipo de coisa" se refere à Megan e seu sutiã de placas de metal ou às páginas de miniaturas belamente pintadas. Decido proteger minhas apostas.

— É, mais ou menos.

MI: *Excelente! Vago o bastante para poder concordar com qualquer que seja o próximo comentário.*

O próximo comentário do Líder Boçal é subir a manga da camisa do braço direito. Ela ameaça rasgar sobre o evidente volume de músculos que até mesmo a pele parece ter dificuldade em conter, mas ele a levanta ainda mais, revelando um ombro igualmente maciço.

— O que me diz disso, então?

Dou de cara com uma tatuagem grande de uma caveira com uma espada entrando pelo alto do crânio e atravessando o céu da boca. Labaredas saem pelas órbitas oculares e servem como moldura para toda a figura. Minha opinião sobre a tatuagem é irrelevante: é claro que não vou dizer a ele que a achei sem graça.

Na verdade, não acho. Apesar de não ser bem a imagem que eu escolheria para adornar meu físico franzino, ela tem um certo charme misterioso. Meu ME faz o trabalho por mim, reagindo com olhos arregalados e boca aberta, como se eu fosse uma criança de 5 anos que acaba de conhecer o Super-Homem.

— Uau! Que irada! — Então digo a frase que é garantia de fazer esse tipo de homem se sentir bem. — Doeu muito?

— Nada, amigo. Não muito.

MI: *O que significa que me deixaria inconsciente de tanta agonia.*

Dois outros Boçais se juntam a nós e mostram seus próprios rabiscos. O Tenente Boçal tem umas letras chinesas que diz significar "Frango Agridoce", de modo que, se ele algum dia estiver bêbado demais para pedir comida em seu restaurante chinês favorito, pode apenas arregaçar a manga. Eu só *acho* que ele está brincando. Major Boçal tem uma tatuagem que começa no ombro, o que significa que tem que desabotoar a camisa para me mostrar o dragão que se espalha por todo o peito. Considero desenhar uma carinha ou algo do tipo no braço, só para poder me juntar a eles.

MI: *Quem imaginaria que arte fantástica seria a ponte que uniria Nerds e Boçais?*

Já o Soldado Boçal não tem a medalha de honra e descarta comentários a respeito de sua masculinidade ao declarar que "ainda não resolveu o que vai fazer".

Durante os 45 minutos seguintes, torno-me o único aluno de uma palestra sobre como conseguir uma tatuagem. Os tópicos incluem: Tolerância à Dor, Escolhendo o Desenho, Escolhendo o Tatuador e, finalmente, O Quanto Garotas Gostam de Caras Tatuados. Quando o trem começa a perder velocidade perto da estação, estou emocionalmente exausto. E também com vontade de fazer xixi.

— Me deem licença por um momento, caras. Preciso ir... — Aponto sem jeito para o banheiro nos fundos do vagão.

— Se balançar mais de duas vezes já está de sacanagem! — grunhe o Líder Boçal enquanto saio de meu assento.

Com aquela pérola de sabedoria ecoando em meus ouvidos (e nos de todos num raio de 8 quilômetros), entro no banheiro.

Hora da confissão. Sofro de uma coisa que eu e meus amigos batizamos de SXP, ou Síndrome do Xixi em Público. Resumindo, significa que a bexiga não cumpre seu papel se houver alguém por perto. Em geral, concordamos que essa condição só ataca quando é possível ver ou sentir o intruso. Um banheiro lotado é o equivalente à construção de uma verdadeira barreira na bexiga: não há chance alguma. No entanto, o comentário do Líder Boçal acrescentou uma nova dimensão a esse problema em particular: como todo mundo escutou ele gritar sobre mais de duas sacudidas, tenho certeza de que todos vão prestar atenção no tempo que vou demorar. Se eu não andar logo, todo mundo que me viu entrar no banheiro vai achar que sou algum tipo de tarado pervertido que não consegue manter as mãos longe de si por mais de uma hora.

MI: *E a questão é...?*

Por mais que eu faça força ou tente relaxar, SXP mostra sua mão seca, sem uma gota sequer. Nem mesmo uma sensação. Desesperado, fecho os olhos e começo a murmurar sozinho.

— AndaAndaAndaAndaAndaAndaAndaAndaAnda...

E, de repente, percebo que aquilo pode soar ainda pior do lado de fora da porta.

MI: *O cara que faz xixi performático!*

Quando me conformo com o fato de que minha bexiga terá explodido quando eu chegar em York, o trem dá uma freada súbita e escuto o barulho das pessoas pegando as coisas, descendo e subindo. Com aquele pouco de camuflagem sonora para me esconder, minha bexiga finalmente cede e libera o refém líquido. Gemo de alívio e, em seguida, percebo que aquilo soou ainda pior que antes.

Enquanto me espremo de volta pelo vagão com o resto das sardinhas, já espero uma rodada de zombarias e aplausos do Pelotão Boçal. Em vez disso, estão todos olhando para meu lugar com expressões que não pareceriam estranhas em lobos. Há uma garota na poltrona ao lado da minha.

Ela não se parece nem um pouco com Sarah. Mas é bonita. E mais velha que eu, apesar de eu não ter certeza de quanto. Está usando uma camisa branca comprida, minissaia preta, botas de cowboy e uma jaqueta jeans cuidadosamente surrada. Como diria Beggsy: uma garota de atitude. E cabelos compridos e castanhos. Muito cabelo. Na verdade, tem tanto cabelo que ninguém seria condenado se a confundisse, de costas, com um wookiee. Ele não fica apenas em volta do rosto, como cabelo normal. Em vez disso, está meio empilhado em camadas bagunçadas. Com óculos de lentes quadradas emoldurando o rosto, ela parece uma bibliotecária roqueira. Adoro bibliotecárias. E, julgando pelas tentativas de puxar conversa, o Pelotão Boçal também.

— Vamos lá, pode tocar! Não vai te morder! — Por sorte, o Líder Boçal está falando sobre a caveira em seu braço, que ondula com cada flexão. A Garota Cabelo apenas fecha a cara e fixa o olhar no assento à frente.

— Então não gosta de tatuagens? — Frango Agridoce se junta à briga, e o dragão está prestes a entrar também. Soldado Boçal, sorrindo com o charme de um jacaré, com certeza está amaldiçoando sua indecisão no departamento artístico. Notando minha volta, o Líder Boçal pede reforços.

— Você gosta de tatuagens, não gosta? Acha que são iradas! — Posso notar a cerveja e o treinamento militar em sua voz enquanto sou arrastado para a missão.

MI: *Oh-Oh! Franco-atiradores! Recuar! Desertar!*

Agora estou preso no fogo cruzado, dividido entre a ira musculosa do Pelotão e a revelação do C de covarde tatuado em meu coração.

MI: *RECUAAAAAAAAR!*

Mas uma parte vital dos fios do sistema de minha cabeça parece ter derretido, já que eu não recuo.

MI: *Procura desesperadamente pelo manual para conserto**

Jogo um dado mental contra minha Iniciativa e me preparo para correr o que em meu universo é chamado de Risco Considerável.

MI: *Ou um "erro". Do tipo fatal.*

— Ha. Foi mal, pessoal, a gente ia pegar uns sanduíches. — Sem esperar resposta, viro de costas para eles, de modo que só a Garota Cabelo veja minha careta e piscadela que diz "Entre na minha". — Desculpe — minto —, estava no banheiro. Vamos procurar o vagão da comida? — Pisco mais uma vez para ela, só por precaução.

A Garota Cabelo se levanta depressa, mas a resposta não era bem a que eu estava esperando. Ela faz uma careta e grunhe:

— É, OK. Ande logo, então.

MI: *Lois Lane teria ficado um pouco mais agradecida.*

Fico de lado para deixar a Garota Cabelo passar em busca do vagão de lanches e, quando estou prestes a segui-la, sinto alguém puxando minha manga. Eu me viro, sinceramente esperando um soco fatal. Em vez disso, Líder Boçal assente com aprovação na direção da Chewbacca fêmea à frente.

— Muito boa — sorri. — Mas não se esqueça de usar suas galochas.

Forço uma risada, como se tivesse alguma ideia sobre o que ele estava falando, e digo um "até mais" aleatório para a tropa.

MI: *Seriam galochas uma regra quando você se junta ao Império?*

Enquanto ando pelo meio das poltronas atrás da Garota Cabelo, sinto uma súbita onda de endorfina ao perceber que me safei daquela. Meu sistema registra a incredulidade, fixando um sorriso largo em meu rosto.

— Você está bem? — pergunto para sua nuca, sentindo-me bastante satisfeito comigo mesmo.

— Eu podia ter lidado com eles sozinha, sabe! — Considerando o jeito como me olha por cima do ombro, não duvido.

MI: **Som sibilante conforme os Níveis de Masculinidade esvaziam de volta ao estado normal microscópico*.*

Nós nos desequilibramos em silêncio pelo resto do caminho até o vagão-restaurante, e sinto cada vez mais como se tivesse feito algo errado. Batman parece só receber gratidão quando salva alguém. Como posso receber esses olhares irritados?

Quando chegamos à fila, a Garota Cabelo muda de humor. Todo seu corpo relaxa, e ela se vira para me olhar, meio envergonhada.

— Desculpe. Obrigada. — Ela não parece realmente querer dizer nenhuma das duas palavras. Isso não está saindo como planejei.

MI: *Você tinha um plano?*

— Sem problemas. Desculpe se fiz a coisa errada lá atrás.

Minha tentativa de agradar não dá em nada: a Garota Cabelo reage com um suspiro frustrado e um revirar de olhos. De repente, dou de cara com sua nuca outra vez, me sentindo mais que um pouco confuso.

MI: *Não acho que ela esteja interessada em homens do tipo "primeiro as damas"...*

— Olha. Desculpe — desabafa ela, virando outra vez. — Aqueles idiotas me irritaram.

— Você disfarçou muito bem... — Essa frase é típica de Beggsy, e me sinto um pouco mais assustado dizendo aquilo que quando estava salvando a garota, mas o efeito é o desejado: ela me olha de lado, quebra o gelo e começa a rir.

— Ha-ha — É a risada seca. — Lição aprendida. Posso te oferecer uma bebida ou algo assim? Só para agradecer.

MI: *Uma garota acaba de se oferecer para comprar uma bebida para VOCÊ! Este é um grande momento da história! *Desmaia*.*

Não sei se aceito. Pode ser que esteja fazendo a coisa errada outra vez.

MI: **Folheia o Guia Nerd para Garotas*. Mas que...? É como se essas páginas não existissem! Ninguém nunca pensou em escrever essas regras?*

— Não se preocupe. Tenho sanduíches e bebidas na mochila.

— Pensei que podíamos ficar aqui por um tempo. Aqueles caras vão descer na próxima parada. — A aparente habilidade dela em adivinhar o futuro traz de volta memórias desconfortáveis de Sarah lendo minha aura.

MI: *Uh-Oh! Alerta de vidente!*

— Vão?

— Vão. Tem um acampamento do exército lá.

MI: *Ela viu em sua bola de cristal...*

— Ah. OK. Como você sabe?

MI: *Ela é uma bruxa, seu idiota! Por isso que ela sabe!*

— Sempre faço esse trajeto.

— Certo. — E, por querer dizer qualquer outra coisa, acrescento: — Legal.

— Então, podemos ficar aqui?

— Por mim, tudo bem.

— Então... quer beber alguma coisa?

— Er, sim... Uma Coca? — Minha mão procura as moedas e notas no bolso, mas a Garota Cabelo ergue uma das sobrancelhas.

— Pode deixar.

Enquanto ela entra na fila, encontro um lugar no final da bancada e tento marcar território com a linguagem corporal adequada, que parece ser mais um sussurro. Guardo os lugares por tempo o bastante para a Garota Cabelo se espremer até me alcançar, trazendo bebidas e salgadinhos. Bem na hora em que ela me entrega a Coca, um barulho alto vem de minhas calças.

— Que diabos foi isso? — pergunta ela, rindo de um jeito meio horrorizado.

MI: *Não queira saber. Confie em mim. É ainda pior do que você deve estar imaginando...*

"Isso" é o toque da respiração de Darth Vader de meu celular. Sorrindo e dando de ombros enquanto murmuro um pedido de desculpas, tiro o aparelho do bolso e olho a tela. Mamãe.

MI: *Toque de Darth Vader e ligação da mamãe. Você não parece nem um pouco Nerd. Nem um pouquinho.*

— Oi. — Tento manter a irritação desesperadora oculta em minha voz.

— Oi, amor. Como está a viagem? Só queira saber se está tudo bem.

MI: *Se atira logo do trem, Archie! Vai, agora!*

— É, tá tudo bem. — Eu cubro o microfone do telefone e sussurro um "desculpe" pra Garota Cabelo, ao mesmo tempo me sentindo meio culpado.

— Parece agitado. Onde está?

— Er... no vagão de comida.

— Eu não mandei comida suficiente? Pensei que tinha colocado um monte de coisa na mochila.

— Não, não... está tudo bem. Só estou bebendo algo.

MI: *Arsênico seria bom agora. Com gelo.*

— Coloquei bebida na sua mochila. Não encontrou?

— Sim, sim... encontrei... eu só...

MI: **Rezando por um túnel*.*

— Não vá gastar todo seu dinheiro no trem... a comida é muito cara...

— É, eu sei! Não estou! Só estou pegando uma bebida!

MI: *Desligue o telefone! Finja que está com muita estática! Funcionou para Chekov em Star Trek V!*

— E verificou a passagem?

— Já! — Finalmente, a exasperação não se conteve mais em minha boca.

— Só checando, amor!

— Desculpe.

— Bem, vou deixar você em paz. Me ligue quando chegar, OK?

— OK.

— Tudo bem, então. — Em seguida, para completar a conversa já embaraçosa, ela solta um "Te amo!" meio cantarolado. Se eu estivesse sozinho, diria de volta, sem problemas. Mas não é o caso. Além disso, estou tentando passar uma boa impressão.

— OK.

Há uma pausa de uma fração de segundo, mas suficiente para indicar que ela percebeu que eu não disse que a amava de volta. Sinto-me culpado mais uma vez.

— Boa viagem, então. Tchau.

— Tchau.

A Garota Cabelo sorri para mim com cara de quem sabe das coisas.

— Sua mãe?

Confirmo com a cabeça, pesaroso, os olhos fechados de um jeito que espero esconder o fato de me sentir um traidor.

— OK, vamos recapitular: sou Clare.

— Archie.

— Oi, Archie. Prazer em conhecê-lo. — Abrimos as latas e os salgadinhos e começamos a conversar com uma facilidade que eu não esperava. — Então, para onde está indo, Archie?

— York.

— Legal. O que tem em York?

— Meu pai. — Por algum motivo, explico a ela a história da separação da minha família. Talvez seja porque não a conheça, mas contar pra Clare os altos e baixos de minha vida não parece estranho. Na verdade, é até meio libertador. Mas de repente percebo que a conversa está toda centrada em mim, então resolvo virar o jogo.

— É, então, essa é minha vida. E você?

— Indo pra casa visitar meus pais no final de semana. Colégio Interno.

— Ah, tá. Legal.

— Na verdade, não. É meio chato. — Clare está se revelando uma das pessoas mais diretas que já conheci; tudo que diz é recheado de sarcasmo, num tom de voz que sugere que até mesmo falar dá um pouco de trabalho demais. Mas eu gosto, é meio engraçado. E, quanto mais converso com ela, mais bonita ela fica. Mas não de um jeito sexy, só de um jeito bonito.

Depois de descobrir que colégios internos são "meio chatos", que seus pais são "um saco" e que sua irmãzinha é "um anjo", descubro que talvez a gente se encontre com frequência: ela também faz esta viagem a cada dois fins de semana. Depois de um tempo, a conversa esquenta um pouco e chegamos aos detalhes sórdidos.

— Então, Archie, quantos anos você tem?

— Catorze.

— Um bebê — provoca ela.

— Por quê? Quantos você tem, então? — Não quero que pareça um desafio, revelando minha insegurança, apenas sai daquele jeito.

— Adivinha.

MI: *Prossiga com cuidado, jovem Padawan.*

Ela obviamente é mais velha que eu, mas não consigo adivinhar quantos anos. Se Beggsy estivesse aqui, estaria olhando para seu decote, tentando encontrar a resposta ali. Ele desenvolveu uma teoria de que o tamanho dos peitos de uma garota tem certa relação com a idade. Se isso fosse verdade, Clare teria cerca de 5 mil anos. Ela é muito bem-dotada. Daria um banho até mesmo em Kirsty Ford.

MI: *Já vi balões de passeio menores.*

— Meus olhos ficam aqui em cima, Archie.

Congelo.

MI: **Se esconde*.*

Fui flagrado encarando seus peitos! De repente, meu rosto parece mais quente que a superfície do sol, e uma sensação fria sobe pela minha espinha.

MI: *Há três maneiras de sair dessa! Uma delas é pela janela!*

— Deus... não... eu não estava...

— Estava sim.

MI: *Como ela sabe? Eles têm OLHOS também?*

O problema é que, depois que notei o tamanho de seus atributos, começo a achar muito difícil parar de notá-los. Até mesmo agora, olhando para seu rosto, minha visão periférica me envia mais informação. Fecho os olhos com força, esperando que tudo desapareça, mas sabendo que isso não vai acontecer.

— Desculpe. Desculpe mesmo. Eu só... — Abro um olho, quase esperando receber um tapa.

— Você não é o primeiro — responde ela, me olhando de um jeito "mas que isso não se repita".

— OK. Não vai acontecer outra vez. — E estou falando sério. Nunca, NUNCA mais vou encarar os peitos de uma garota na VIDA. Me sinto envergonhado, culpado, como se tivesse decepcionado a mim mesmo. Nunca mais. É um voto silencioso, solene. Mais uma missão a cumprir, junto à outra.

MI: *E igualmente improvável. *Canta* Tan- tan-TAN -tan...*

Há um silêncio desconfortável, que por sorte é abafado pelos alto-falantes anunciando que em breve chegaremos à próxima estação.

— Eu diria que você tem uns 18 — arrisco, humildemente.

— Esperto. — Ela assente com certa malícia; os elefantes gêmeos no vagão parecem ter sido esquecidos. — Mas você não faz meu tipo. Dezesseis.

— Não estou dando em cima de você! — protesto. — Pensei mesmo que você tinha 18 anos!

— Bem, isso foi fofo — responde ela, com uma sugestão de aprovação.

"Fofo" é uma daquelas palavras que podem derrubar o espírito de um cara. É uma palavra que só deveria ser usada para crianças. Quando você escuta a palavra "fofo", sabe que teve uma chance e a estragou. No entanto, e isso é uma grande coisa, não me importo muito, vindo dessa garota.

MI: *Escaneia o sistema para buscar possíveis ameaças ou vírus que estejam afetando a programação normal*.

O fato é que por mais que Clare seja bonita, fácil de conversar e tenha dois holofotes que poderiam ofuscar uma peça de Shakespeare, não estou a fim dela. Escaneio mais uma vez o sistema, e os resultados são iguais aos da primeira vez: ela não faz meu tipo.

MI: *Hein? Mas ela é uma GAROTA e está VIVA! O que está havendo?*

Essa informação tem um efeito estranho em mim: sinto-me aliviado. Não preciso fingir ser algo que não sou. Posso ser só eu.

MI: *Um Nerd que encara peitos e usa calças que emitem sons de respiração.*

Não interessa se ela sabe que sou Nerd, que leio revistas em quadrinhos e pinto elfos em miniatura. Simplesmente não importa. Sinto um peso sair de minhas costas e retomo a conversa com algo cujo cheiro lembra um pouco confiança. Não é um odor familiar, mas é bom.

— Então. E quanto à vida amorosa? Tem namorado?

— Uau! Não estamos ousados de repente? Não. Tem um cara de quem gosto, mas... — O trem freia com um ruído, e mais pessoas descem e sobem. — Vamos voltar aos nossos assentos antes que alguém os pegue. Devemos estar a salvo agora.

Parece estranho, mas nunca me senti mais tranquilo na companhia de uma garota e percebo que gostaria de estar a fim dela. Voltamos aos nossos lugares e descobrimos que o Pelotão Boçal foi embora com minha *White Dwarf*. Começamos uma conversa bastante confortável. Parece que nenhum assunto é proibido. Conto a ela tudo sobre Sarah. É estranho, mas minha boca produz uma versão editada. Claro que conto sobre como a conheci, sobre ela querer jogar Dungeons & Dragons, sobre as Noites de Jogo, Jason Humphries. Falo sobre ir à casa dela e sobre Sarah ler minha aura, mas, por algum motivo, pulo a parte em que disse que a amava e ela respondeu que não me via daquela maneira. Em vez disso, deixo a impressão de que sou um cara legal para quem Sarah disse que "só quer ser amiga". E, enquanto falo, percebo que na verdade sei por que contei uma versão editada: estou me agarrando a qualquer chance, qualquer coisa que não signifique me desculpar e desistir de Sarah.

MI: *Ou se comportar como um adulto.*

— Quero dizer, o que eu poderia fazer? — pergunto de volta, talvez um pouco agitado demais.

— Bem... Depende do que ela quis dizer com isso.

MI: *?*

— Mas... o que mais pode significar? Você sabe... além de "vamos ser apenas amigos"? — Apesar de meus protestos e do fato de Clare não saber de toda a história, uma pequena Chama de Esperança se acende, vacilante. Precisa haver um outro jeito de sair dessa situação. Sou um homem desesperado.

MI: *Você sabe onde fica o banheiro.*

Clare se recosta em sua poltrona, como quando idosos contam histórias de guerra.

— *Provavelmente* significa que tem outra pessoa na jogada. Essa seria a hipótese mais provável. Ela só não quer magoar você...

MI: *A chama crepita. Morre. Deixa apenas cinzas*.

— ... maaas, também pode significar outra coisa.

MI: *Sopra desesperadamente as Cinzas de Esperança para reavivá-las*.

— Como o quê? — Por que tem que ser tão complicado?

— Bem, se fosse *eu* dizendo, também poderia significar que estava tentando saber o *quanto* você estava interessado.

MI: *E temos Fogo!*

— Como... como um teste?

— Sim. Como um teste.

Meus olhos analisam as costas da poltrona à minha frente como se o Segredo da Vida estivesse escrito ali. Quanto mais escuto Clare, mais começo a acreditar em minha própria versão dos eventos. Ela *pode* não ter dito a verdade, e *talvez* eu não tenha me expressado tão mal quanto achei que tivesse, na época. Talvez, com a adrenalina e tudo, não me lembre muito bem de como tudo aconteceu.

MI: *E talvez você esteja mentindo para si mesmo. Não precisa de ponto de interrogação.*

— OK. — Franzo o cenho, ignorando a irritante voz da razão em minha cabeça. — Mas por que não dizer simplesmente que é um teste?

— E qual é a graça nisso? — Clare ri.

— Mas como vou saber o que ela quis dizer? — Estou dentro. Comprei minha própria mentira. E não pareceu custar tão caro.

MI: *Custou só sua alma. Mas tenho certeza de que pode arranjar outra, usada. Uma que talvez tenha pertencido a um hamster ou coisa do tipo.*

— Hora de virar homem, gatinho! — responde Clare, gostando um pouco demais daquilo tudo. — Vença-a no jogo dela!

— Como?

Clare revira os olhos e suspira.

— Olha, tem um cara de quem gosto, Oliver. Ele vive na cidade vizinha à minha escola, e sei que também gosta de mim. Mas ainda não me convidou pra sair.

— OK... — Ainda não entendi.

— Então, precisei apressá-lo um pouco.

— Como?

— Ignorando-o. — Ela fala aquilo como se fosse a coisa mais óbvia do mundo.

Na mesma hora, sinto pena de Oliver, quem quer que ele seja.

— A questão é que quero ver o quanto ele gosta de mim. É um teste. *Eu* sei que aceitaria sair com ele, mas ele não precisa saber disso. Não ainda.

MI: *Hummm. O Tradutor Universal parece estar com defeito...*

— Se você quer uma coisa, precisa estar preparado para lutar por ela.

— OK... — Ótimo. Em outro mundo, sou um Mago Nível 5, capaz de me comunicar com seres do Plano Elemental. Neste, não consigo sequer compreender garotas. — Cara

— balbucio —, queria que você estudasse na *minha* escola. Aí poderia ser minha intérprete.

— Ei! Tenho uma ideia genial! — Ela exibe um brilho selvagem e despreocupado nos olhos. — Podemos ter um Relacionamento de Trem!

— Um o quê?

— Você sabe, podemos ser tipo Namorados de Trem, nos ver toda vez que estivermos aqui. Como um relacionamento, mas sem todas as outras coisas. Peça para seus pais reservarem o mesmo assento toda vez, vai tornar a viagem mais divertida.

MI: *E você pode aprender alguma coisa sobre garotas!*

— OK! Combinado!

— Excelente, *namorado*! — Ela fala a última palavra num sotaque falso e exagerado.

Respondo da mesma forma:

— Legal, *namorada*!

Rápido demais, o trem para na estação de Clare. Ela desce, mas não antes de trocarmos telefones e comparar nossas passagens: vamos voltar juntos. Ela se despede com um exagerado "Adeus, querido!". Em seu lugar, senta um velho que dorme o restante da viagem.

Eu não ligo: fiz uma amiga garota. Mas que não é uma namorada. Mas é. Só que não é.

MI: *Mais alguém está com uma sensação ruim a respeito disso?*

CINCO

São quase nove da noite quando chego a York; está escuro, e a estação ecoa com o som de passos, conversas, alto-falantes e trens. O vagão onde estou para, e aperto o botão para abrir a porta: papai, Jane, Lucas, Steven e Izzy estão reunidos na plataforma, com sorrisos largos e cafonas estampados no rosto.

MI: *Parece um comercial de pasta de dentes.*

Jane, como previsto, é a primeira a romper fileiras. Ela me puxa do meio da família e me dá um abraço mais apropriado a um ringue de luta livre. Esmaga meu nariz contra seu ombro, e, enquanto me esforço para manter os olhos nas órbitas, lembro-me com frieza — como se pudesse esquecer — de que essa mulher não é, e nunca poderá ser, minha mãe de verdade. Mais que depressa, penso em como estará mamãe sem mim.

MI: *Ela não precisa se preocupar, o cordão umbilical é forte demais para ser cortado.*

Minha mãe tem o cheiro que imagino que toda mãe deveria ter. É um cheiro fresco, um cheiro de casa. Cheiro de roupa de cama recém-lavada e de hidratante para mãos. Jane tem cheiro de toalha de mesa. É uma essência medieval.

Não contente com quase me esmagar até a morte, ela agarra meus ombros e me empurra para trás, fazendo todo aquele teatro de me olhar de cima a baixo. Como se morar com minha mãe pudesse de alguma maneira causar algum dano que só ela seria capaz de ver. Meu ME responde na mesma moeda, fingindo um sorriso que enganaria um perito em arte.

— Querido! É tão bom ver você! Olhe: Lu-cas e Ste-ven e Iz-zy puderam ficar acordados até tarde para recebê-lo! — Ela separa os nomes em sílabas, para o caso de eu ter me esquecido da pronuncia correta de cada um. — Venham crianças! Archie chegou! Venham dar um abraço nele! — Lu-cas e Ste-ven e Iz-zy marcham até mim obedientemente, os braços estendidos, e apertam minhas pernas, hesitantes.

MI: *É como ser rodeado por uma tribo de ewoks.*

No entanto, Jane sorri, com um olhar perdido por trás dos óculos incomensuravelmente grossos, e os olhos aumentados pelas lentes criam uma imagem um tanto assustadora. Ela tem uma figura imponente: é alta e larga, bastante parecida com uma porta usando óculos. E tem uma peculiaridade: não consegue dizer "sim" direito. Ela fala numa voz tão estranha que parece estar dizendo "xim".

Papai se aproxima e também me abraça. Por mais que a sensação de seu abraço não tenha mudado, é sólido e forte, o cheiro está diferente. É como se ele antes tivesse cheiro de "para sempre" e agora cheirasse a "meio período".

— Olá, filho.

MI: *Seca uma lágrima*.

— Pai. — É tudo que consigo dizer, já que aquele abraço abriu uma grande lata de raiva. Tá bom, senti saudades dele e, sim, é ótimo vê-lo, mas era para eu estar numa festa nesse momento. Em vez disso, estou tremendo de frio numa estação de trem, cercado por pessoas de quem não gosto de verdade. E é tudo culpa dele.

— Certo. Vamos levar você para casa. — Papai tosse de um jeito bem masculino, mudando para o modo "Negócios".

MI: *Sua casa. Não a minha. A minha é perto da festa onde todo mundo está se divertindo.*

Papai pega minha mala e atravessamos a estação, que é, conforme Jane me conta, a única estação em curva de todo o Reino Unido.

Não contente com aquela revelação, ela faz uma piada ruim sobre o trem e os trilhos.

MI: *E assim começa.*

É a primeira piada do fim de semana, e uso o termo livremente. No momento, os puns de Tony parecem uma opção melhor.

MI: *Pelo menos você não precisa fingir que os acha engraçados.*

Finalmente chegamos ao carro. Como Convidado de Honra, sento na frente com papai, para grande decepção das três crianças, que insistem em repetir o *quanto* queriam sentar ali. Repetem aquilo até a porta de casa.

MI: *Você tem um bilhete de volta no bolso, não é? Não é tarde demais para... você sabe... A festa ainda pode estar rolando...*

Chegamos à casa, que é alta e estreita, como todas as outras casas de York parecem ser. Por sorte, Izzy caiu no sono e Lucas e Steven são mandados para a cama assim que passamos pela porta. Fico parado na entrada, sem saber direito o que fazer, absorvendo o forte cheiro de toalha. O cheiro de Jane.

— Entre, filho. Dê uma olhada na casa. Vou fazer uma xícara de chá para você. — Sigo papai até a cozinha, onde ele coloca a chaleira no fogo e me explica sobre as diversas pequenas obras que ainda precisam ser feitas. — Está com fome? Quer um sanduíche?

— Não, obrigado, estou bem. — As nuvens carregadas de mau humor acima de minha cabeça me proíbem de aceitar ofertas de paz. Mesmo que papai não perceba que aquilo se trata de uma. É tudo que tenho para comunicar o fato de que estou muito infeliz.

MI: *Uau. ISSO vai mostrar a ele.*

— Vou preparar um mesmo assim. — Acho que me forçar a comer é a maneira de me mostrar que ele se importa. Tarde demais. Se realmente se importasse, teria se mudado para algum lugar mais conveniente para minha Vida Social.

Enquanto papai se ocupa em preparar um Sanduíche Macho (sem manteiga, sem salada, sem maionese: só presunto), um ruído de R2-D2 sai do meu bolso. É uma mensagem. Por um momento, imagino com tristeza que deve ser da mamãe, mas ela não me envia mensagens multimídia, nem saberia como fazer isso. É de Beggsy. E é uma foto da festa.

Ravi está em primeiro plano, num quarto meio escuro. E, para um Nerd, parece bem descolado, com a frase "Eu falo Klingon" estampada na camiseta. Espero que o resto da festa interprete aquilo como ironia, e não como uma de suas ambições de vida. Ele está com cara de espanto, apontando através do peito para alguma coisa atrás de si, obviamente tentando não ser indiscreto demais. Como o quarto está muito escuro, não consigo ver direito para o que ele está apontando. Tem braços, rostos e silhuetas. Mas uma delas tem cabelos vermelhos e, por causa do flash, olhos vermelhos. É Matt, segurando um copo e imerso numa conversa intensa, apesar de não existir tipo diferente de conversa para Matt. E a silhueta ao seu lado sem dúvidas é feminina.

MI: *Mas um paradoxo dessa magnitude poderia criar um buraco no continuum espaço-tempo!*

Matt falando com uma garota... E eu não estou lá. E sim aqui, encarando o Sanduíche de Macho sem firulas que acaba de ser colocado na minha frente.

— Tudo bem, filho? Está meio quieto.

— É. Desculpe. Só estou meio cansado — minto. — Viagem longa.

O melhor de mentir para outro homem é que eles acreditam em você, sem questionar. Não há mais perguntas, nem tentativas de ler entre as entrelinhas. Se alguém perguntar pro meu pai, ele dirá que estou cansado da viagem. O sanduíche significa não ter que falar por mais algum tempo, o que é bem conveniente. Mas eu não devia estar comendo isso. Minha boca deveria estar saboreando as delícias de Comida de Festa, e não mastigando pão integral e fatias de presunto.

Depois do lanche forçado, Jane se junta a nós e sugere que façamos um tour pela casa. Tem as coisas de sempre: uma sala, banheiro, etc., e não há como negar que é um lugar legal, mas parece *errado*, de certa forma. Não sinto que me encaixe ali. Claro, há algumas de minhas fotos de escola espalhadas, mas é a única pista que sugere que tenho alguma coisa a ver com quem quer que more no local. E tem uma ocasional relíquia da casa onde vivíamos quando papai e mamãe eram casados, mas até mesmo estas parecem estranhas, como se tivessem tido suas histórias arrancadas de repente.

E vou dizer o que mais é estranho: tenho certeza de lembrar que papai odeia papel de parede. Mas *esta* casa é coberta de papel de parede em todos os cômodos. Uma rápida inspeção revela desenhos de plantas e passarinhos. E não gosto do tapete que cobre as tábuas da escada e da entrada. É meio como estar dentro de uma casa de bonecas gigante. Sinto cheiro de toalha na mão do responsável pela decoração.

Mais estranho ainda é subir o primeiro lance de escadas e ser apresentado ao quarto de Jane e papai. Ainda mais com o "Ta-daaahh!" que Jane solta.

— Então, o que acha?

MI: *Acho que é aqui que você transa com meu pai.*

— É. Bem legal — digo, talvez rápido demais, tentando afastar aquela imagem em particular de volta ao abismo a qual pertence.

— Olha, temos até um banheiro só para nós! — Papai se empolga, abrindo uma porta e apontando para o chuveiro.

MI: *Sexosexosexosexosexo.*

— Maneiro. — Só quero sair dali.

MI: *Todos sabem para que serve um banheiro quando há mais de uma pessoa dentro dele...*

— E seu pai esperto construiu esses armários — anuncia Jane, abrindo portas para revelar, *Ta-daaahhh!*, armários.

MI: *Devem fazer sexo ali dentro também.*

Queria poder desligar esses pensamentos, mas minha TVMente® parece estar recebendo só o Canal Proibido. Preciso sair dali. Ainda bem que papai tem uma carta escondida na manga.

— Vamos mostrar o quarto dele? — sugere papai, dando uma piscadela.

— Acha que devíamos? — responde Jane, fingindo apreensão.

MI: *Grite "Ah, sim, deviam!" e faça xixi na calça. Isso resolveria.*

— Você mostra — diz papai.

— *Xim*, eu adoraria!

MI: *Lá vem mais uma Tentativa de Criar Laços!*

Sigo as formidáveis costas de Jane pelos quartos das crianças e subo mais um lance de escadas. Há um pequeno patamar no alto, com três portas. Jane me indica a porta bem à frente e gesticula para que eu entre. Respiro fundo algumas vezes e ensaio depressa em minha mente a admiração que o ME terá que expressar.

MI: *Que irado! Que maneiro! Que... Oh... Espere aí...*

Por um instante, esqueço de minha tristeza pela festa. Não é o quarto que é legal, já que um quarto é só um quarto quando não é o seu. Ele tem uma cama e foi decorado em cores bastante neutras. E com certeza não é o aparelho de som que é legal, já que ninguém mais escuta CDs. Não, o que é legal é a mesa de pintura colocada ao lado da janela. As prateleiras já estão cheias de potes de tinta imaculados, fechados, novos, além de um porta-lápis cheios de pincéis virgens, mais prateleiras para expor miniaturas, uma lâmpada articulável para pintar aquelas partes que precisam de mais iluminação, e gavetas para guardar os outros itens necessários.

MI: *Legaaaaaal!*

— Seu pai é um homem esperto — diz Jane, sem uma sombra de falsidade.

Como se aproveitasse a deixa, papai aparece na porta.

— O que achou, filho? Foi tudo ideia de Jane.

MI: *Momento arruinado.*

É engraçado como, quando tem um novo parceiro na jogada, qualquer ideia que possa ser realmente, verdadeiramente boa, nunca parece vir do pai. É como se eles tivessem esquecido tudo que sabiam sobre você e tenham que ser lembrados do básico pelo rostinho novo que não o conhece direito.

— Dá uma olhada na gaveta. A de cima — indica papai, inclinando a cabeça para a escrivaninha.

Eu a abro e descubro duas embalagens de plástico contendo três duendes e três magos. De boa qualidade. Na gaveta de baixo, tem um pano para limpar os pincéis, uma espátula para modelar e cola para plástico. Tem até mesmo um azulejo onde posso misturar a tinta. O kit completo.

— Nossa — consigo dizer, meu ME estampando um quadro de gratidão em meu rosto. — Obrigado, gente.

— Sem problemas. — Papai sorri e vem me abraçar. — Bem-vindo à sua nova casa.

Só que não é. É a casa onde ele e Jane moram.

MI: *E fazem sexo.*

Engulo minha ingratidão, e Jane se aproxima para um abraço com cheiro de pano molhado.

— As crianças escolheram os bonecos — revela, animada —, mas nós tivemos um trabalhão para impedir que abrissem as tintas. Talvez você possa ensinar alguma coisa a elas?

Estou cem por cento ciente de que essa é uma tentativa de me integrar a algum simulacro de Clube Familiar, porém, uma vez mais, engulo meu "não" instintivo e concordo com a cabeça.

— Claro.

— Certo — assente papai, claramente gostando do rumo que as coisas tomam. — Está tarde, e vamos apresentá-lo a York amanhã... Então acho melhor irmos todos dormir.

— *Xim* — ecoa Jane, depois sai com um alegre: — Boa noite, Archie. É ótimo ver você.

— Obrigado, pai — digo assim que ela sai.

— Não foi nada, filho. Mesmo. Certo. O banheiro está livre e fica no final da escada. Boa noite.

— Boa noite.

A porta se fecha e sento-me na beirada da cama, com um desejo súbito de que aquela fosse a da minha casa. Minha casa de verdade.

MI: *Onde sua mãe e Tony moram. E fazem... Tá bom, vou parar.*

Sem papai e Jane me vigiando, finalmente mando a mensagem para mamãe:

Cheguei. Te vejo domingo. Te amo. Xxx

Em segundos, R2 apita uma resposta:

Divirta-se! Te amo. X

A resposta vem tão rápido que ela só podia estar plantada na frente do telefone esperando que eu desse sinal de vida. Pode ser apenas uma mensagem, mas é um verdadeiro conforto, uma linha invisível que me liga à minha Outra Vida. Resolvo traçar outra e envio uma mensagem para Beggsy:

Como está a festa? Ainda é virgem?

Aquilo me faz rir enquanto digito, e realmente espero uma resposta afiada e ultrajante nos próximos segundos. Deve vir toda em letras maiúsculas, com um monte de pontos de exclamação. Mas os próximos segundos se transformam em minutos e minha caixa de mensagens permanece em silêncio. Uma coisa ácida percorre meu peito: meus amigos já se esqueceram de mim. Enquanto estão numa festa, provavelmente tendo O Melhor Momento de Suas Vidas, estou sentado num quarto estranho, numa casa estranha, encarando a tela em branco do celular. A vida é um saco.

Com um suspiro de frustração gutural, fico em pé e olho para a escrivaninha de pintura. Ela tem tudo. Resistindo à tentação de abrir uma das embalagens e começar a trabalhar num mago, abro a porta abaixo das gavetas. Há uma nova edição dos livros de Dungeons & Dragons, todos ainda embalados. Eu abro, passo pelo Livro do Jogador e pelo Livro dos Monstros, e tiro o Livro do Mestre. Arte nova na capa significa regras novas.

Acho que vou dar uma lida antes de dormir, vai me ajudar a parar de pensar em tudo o mais.

Parte de ser Mestre é saber as regras de trás para a frente. Quando terminar o Guia do Mestre, pegarei os manuais. O mais legal de Dungeons & Dragons é que você pode escolher quais regras mudar um pouco ou quais ignorar completamente. Mas precisa conhecê-las antes de quebrá-las.

Preciso fazer o número dois.

Não, isso não foi excesso de adrenalina pelas novas regras; deve ser o sanduíche de presunto agindo de modo perverso em meu sistema digestivo. Como naquela cena de *Guerra nas Estrelas: Uma Nova Esperança*, quando Luke está em seu caça estelar X-wing e dispara um torpedo de próton na saída térmica da Estrela da Morte, escuto a voz sem corpo de meu pai, à lá Obi-Wan Kenobi, aconselhando Luke a confiar em sua intuição:

"...o banheiro é no final da escada... no final da escada... no final da escada..."

Bem, meu torpedo de próton com certeza está no cano, tudo que preciso fazer é correr até as trincheiras. Deve estar todo mundo dormindo.

Desço as escadas do modo mais silencioso possível. Enquanto Luke precisava se desviar do fogo dos caças TIE e dos canhões de íon da Estrela da Morte, tenho que lidar com escadas barulhentas. Sei muito bem que tipo de desafio eu preferia estar enfrentando agora. Mas cada passo que dou parece ser seguido de uma sinfonia de rangeres e grunhidos. Dava no mesmo se eu saísse gritando: "Estou indo fazer o número dois!" a plenos pulmões. Em vez disso, tento plantar meus pés o mais colado possível à parede, confiando na teoria de que essa parte da escada é menos gasta que a do meio e, por consequência, faz menos barulho.

Degrau.

Nada.

Degrau.

Nada.

Degrau.

Nada.

Minha teoria parece estar certa, e, depois do que parece uma hora, estou parado na frente do quarto das crianças. Posso ouvir suas respirações suaves: estão dormindo. Mas minha barriga me lembra de que há questões mais importantes para resolver que ficar escutando crianças sonhando.

MI: *A Força é forte nesse aí!*

Ah, é sim, e terei que me apressar. Insisto na minha teoria e piso, hesitante, na beira dos degraus, testando cada um com o dedão antes de me arriscar com o resto do pé.

Dedão.

Nada.

Calcanhar.

Nada.

Dedão.

MI: *Vai ser uma noite looooonnnnga...*

Nada.

Calcanhar.

Nada.

Dedão.

E, então, eu escuto. Demoro um segundo para traduzir o que estou ouvindo. Por um momento, acho que uma das crianças está começando a ter um pesadelo: há um sussurro e bufadas que começam baixo, mas aumentam em urgência e frequência.

MI: *Um lobisomem?*

As bufadas atingem um ápice, como um trem que atingiu a velocidade máxima. Um segundo som é introduzido nessa serenata da meia-noite, um grunhido intermitente e baixo, quase inaudível.

MI: Um *lobisomem!*

E então vem um terceiro som, que é a revelação final para mim: um ranger lento e rítmico que acelera cada vez mais e então diminui, antes de acelerar outra vez. Mais bufadas. Mais grunhidos. E sussurros urgentes da palavra "*xim*" sendo repetida sem parar.

MI: *Lobisomem estranho?*

Quando cai a ficha, meu corpo fica encharcado com uma camada de suor gelado. Meu coração dispara, e posso sentir todo o sangue deixando meu rosto.

MI: *AhMeuDeus. Eles estão transando. Papai e Jane estão TRANSANDO DE VERDADE!*

Estão transando! Estão mesmo! E estão fazendo isso a poucos passos de onde estou parado.

MI: *AhMeuDeusAhMeuDeusAhMeuDeus!*

Luke Skywalker nunca precisou enfrentar algo assim. E agora que pensei nisso, tem uma imagem indescritível em minha mente: meu pai usando o capacete do Darth Vader e Jane com o cabelo num daqueles penteados estranhos que a rainha Amidala usava. Quero morrer.

MI: *Mas não tanto quanto quer ir ao banheiro.*

Uma torção em meu estômago me tira do filme pornô satirizando Guerra nas Estrelas que passa no meu Cinema do Proibido®. É hora de tomar uma atitude drástica; preciso sair daqui. Dando os passos mais largos possíveis, chego ao banheiro, abro a porta com cuidado, fecho o ferrolho do modo mais silencioso que consigo e assumo a posição.

MI: *Oh, obrigado, Jesus.*

OK. Torpedo no ponto: confirmado. Alvo na mira: confirmado. Abrir portas do compartimento...

MI: *Parece que temos um problema.*

O problema é que estou com medo de ser ouvido. Por mais que eu queira soltar a carga, as portas não querem se abrir. Se for pego, literalmente, de calças arriadas, as cartas estarão na mesa: não apenas todo mundo vai saber o que estou fazendo, como papai e Jane também vão saber que escutei os dois Fazendo Aquilo. Tento mais uma vez.

MI: *Use a Força, Archie!*

Uso o máximo da Força que meu corpo permite, mas minha única recompensa é um guincho baixinho e pontinhos luminosos piscando diante dos olhos. Sem querer arriscar barulhos de solos de trompete, abaixo a cabeça, ofegando de tanto esforço.

MI: *Relaxe. Você precisa relaxar.*

Eu tento. Tento de verdade. Mas as portas do compartimento nem se mexem. Não importa o quanto feche os olhos e pense em coisas boas, aquilo não vai convencer as malditas a se abrirem. Fico sentado aqui, como um frango recheado. Acabo de criar uma nova versão de animal... Dei vida a um monstro.

MI: *Quem me dera.*

Tento uma última vez, mas minha barriga resolve que vai manter o refém até negociarmos termos mais favoráveis. Resignado ao fracasso e amaldiçoando meu acesso Nerd de autoconsciência, me levanto e subo as calças. Sentindo-me inchado e cansado, percebo que tenho mais um problema: preciso subir as escadas de volta.

MI: *Mas será que eles "terminaram"?*

Daqui não escuto nada. Fiquei no banheiro por pelo menos uns dez minutos, mas será que é suficiente? Quanto tempo isso dura? Se meus esforços solitários me ensinaram alguma coisa que ajude a descobrir a resposta, parecia ter acabado quando eu estava parado no patamar. Mas isso soava como algo que precisa de mais esforço.

Espero mais cinco minutos antes de ousar colocar a cabeça para fora do banheiro e tentar escutar alguma coisa. A escuridão no patamar parece viva, interrompida apenas pela luz da lua que passa pela janela ao lado do banheiro. Respiro pela boca, para dar uma chance aos meus ouvidos, e escuto.

Um ronco. É meu pai. Respiro fundo e refaço meus passos silenciosos. O único problema é que estou andando por dois. Usando toda a minha habilidade, passo pelos roncos e pelos quartos das crianças e me esgueiro como um Gollum grávido escada acima até o quarto. Quando deito na cama, não aguento de ansiedade e vejo se tem alguma mensagem de Beggsy, de preferência alguma coisa sobre Sarah dando um tapa na cara de Chris Jackson. Mas não recebi nada.

Não vou me dar ao trabalho de voltar às regras; elas vão ficar para amanhã. Mas posso me dar ao trabalho de ler algumas páginas de *O Cavaleiro das Trevas*.

Batman enfrenta uma nova gangue, chamada Mutantes, que estão tentando dominar Gotham City. Ele começa capturando um por um, deixando-os apavorados. Ele é como um vampiro ou um anjo das trevas. Mas quando chega ao líder Mutante, encontra um adversário à altura e leva uma verdadeira surra.

Estou chegando na parte onde Carie Kelly aparece para salvá-lo, toda gata na roupa de Robin, quando R2 chia na minha mesinha de cabeceira. Com um misto de medo e expectativa, pego o telefone. A sensação duplica quando vejo que a mensagem é de Beggsy. Uma foto.

Acho que os meninos estão só tentando me incluir na alegria desenfreada que devem estar sentindo agora, mas realmente não estão ajudando. Ainda mais quando a foto em questão mostra dois de meus melhores amigos com os braços em volta de Kirsty Ford.

MI: *Photoshop. Só pode.*

Mas não é. Lá estão eles: Beggsy, com a mesma expressão facial que se vê nas fotos daquelas pessoas que acabaram de ganhar na loteria e comemoram estourando uma garrafa de champanhe; Ravi, erguendo uma das sobrancelhas sugestivamente num estilo meio James Bond; e Kirsty Ford, quase explodindo de dentro da blusa e fazendo o lendário biquinho. Ela é tão gostosa.

Fico olhando a foto, embalado pelo revirar de meu estômago e amaldiçoando minha existência sem festas. Sem dúvida, perdi a Noite Mais Importante de Minha Vida.

SEIS

— Arrrr-chieeee!

O grito estridente é seguido quase no mesmo instante por um impacto em meu abdome que ameaça dar um fim imediato ao meu refém. Meu ME e MI entram imediatamente em estado de alerta máximo.

MI: *Alerta! Alerta! Estamos sendo atacados! Iniciar tudo!*

Por sorte, meu ME decide abrir meus olhos só para ver com o que estamos lidando, e logo sou presenteado com o rosto de uma garota de 4 anos, sorrindo como uma louca. É Izzy.

MI: *Abaixar as armas! Crise evitada! Voltar para Alerta Preto!*

Todos os meus sistemas voltam aos status de alerta de sempre, e meu ME força um sorriso em meio ao cansaço.

— Bom dia, Izzy.

Ela dá uma risadinha e começa a rolar pela cama ou, mais especificamente, por cima de minha barriga inchada.

MI: *E não faz ideia do risco que está correndo nesse momento.*

Minha mutilação matinal é interrompida por mais um grito supersônico, apesar deste parecer mais maternal.

— Bom dia, Archie! Oh, Izzy! Saia de cima dele, querida! Ele não é um trampolim!

Jane está em pé na porta, segurando uma xícara de chá. Encolhidos ao lado de sua perna estão Steven e Lucas. Steven está segurando um prato com torradas. E todos estão olhando para mim. De repente, fico muito consciente de meu

peito nu e puxo as cobertas para cima o mais disfarçadamen-
te possível.

— Aí está, Lucas — incentiva Jane, entregando-lhe a xícara de chá. — Leve para o Archie! E você leva a torrada,
Steven!

Como dois dos Três Reis Magos, Lucas e seu irmão se
aproximam devagar de minha manjedoura. Steven faz isso
sem maiores problemas, mas Lucas não consegue evitar e
derrama um pouco de chá a cada passo.

— Obrigado, gente.

— Steven fez a torrada sozinho! — elogia Jane.

O menino fica parado, orgulhoso, e aguarda com expectativa. Olho para o prato e sou confrontado com algo que só
poderia ser descrito como oferendas queimadas.

MI: *É. Dá para perceber.*

— Hummm! — murmuro entre dentes, recebendo em
troca um sorriso animado do chef. Um gole de chá me ajuda
a retirar um pouco do gosto de carvão da boca.

— Ótimo chá. Obrigado.

Mas Lucas não responde, apenas volta para a porta.

MI: *Sinto algum tipo de distúrbio na Força...*

— Arrr-chiee? Podemos brincar? Quando é que vai levantar?

— Dê um tempo ao Archie, Izzy! Deixe ele se vestir, depois tenho certeza de que adoraria brincar com vocês.

MI: *Aham. Xim, xim.*

Steven grita um "Oba!" enquanto é puxado pela porta, e
Izzy o imita. Apenas Lucas permanece em silêncio.

Parece que não tenho escolha a não ser sair da cama. Estou prestes a vestir as roupas de ontem quando escuto uma
implicância telepática de mamãe, pedindo para que eu nunca

deixe de usar roupas limpas. Dentro da mochila tem duas calças jeans e duas camisetas. Pego as roupas, sentindo sopros do sabão em pó que mamãe usa, e faço uma coisa que jamais fizera antes: cheiro minhas roupas.

MI: *Pervertido.*

Elas têm cheiro de casa.

Estou quase tentado a correr para o banheiro de novo, mas, com todos acordados, me contento com um xixi rápido no Banheiro das Promessas Vazias. Em seguida vou até a sala de estar. Izzy para de assistir TV no mesmo instante e corre até onde estou para agarrar minhas pernas.

MI: *Um pum no momento certo poderia resolver essa situação...*

— OK, pessoal... — Papai se levanta do sofá e usa um tom de voz que lembro de usar na minha infância. Tenho uma estranha sensação de posse sobre ele. — Hoje pensei em mostrar York para Archie e passar em um lugar onde sei que estão doidos para ir. Onde acham que pode ser?

MI: *Uma clínica de lavagens intestinais?*

— Bem... — Papai sorri, obviamente ouvindo algum tipo de rufar de tambores que o restante de nós não escuta. — O Jorvik Viking Centre! — Há uma deixa para a algazarra e os vivas de todos com menos de 1,20 metro de altura. Steven bate em minha mão, logo imitado por Izzy. Lucas mantém seu posto no chão, mas ergue as sobrancelhas numa expressão de "legal".

Jane comemora com a primeira piada do dia:

— Como é que os vikings mandam mensagens secretas? — Ela sequer espera alguém tentar adivinhar. — Eles usam Código Nórdico!

MI: **Sons da máquina de oxigênio sendo desligada*.*

Enquanto passeamos pelas ruas da Terra dos Vikings, olho outra vez as fotos que Beggsy enviou. Quando imagino os meninos num café, tomando cappuccinos com seu novo círculo de amigos enquanto Kirsty Ford tem aulas de Klingon com Ravi, e Sarah e Chris Jackson estão de mãos dadas, meu ânimo despenca. E, para completar, acontece uma coisa com papai no carro.

Minhas lembranças das ocasionais viagens da época em que papai e mamãe estavam juntos eram de mamãe tagarelando alegremente e papai apenas dirigindo. Ele não falava muito, só dirigia. Mas, assim que iniciamos o trajeto, é como se papai passasse a ocupar a posição de Jane como Agente de Entretenimento. Tudo começa com perguntas como "O que estão mais ansiosos para ver?", e, não importa a resposta, de repente é a coisa de que ele mais gosta na vida. Só que vezes mil. E usando palavras e frases que morreram com a moda dos Tamagochi e Dragon Ball Z, como "Bacana! Vai ser totalmente 'radical'!" e "Os vikings eram 'os caras'!"

MI: *Joia!*

Até mesmo as crianças parecem meio confusas; é como se alguém tivesse apertado um botão e colocado papai no Modo Animado. Eu não ficaria surpreso se descobrisse que ele está usando um ponto e fosse Jane ditando aquelas frases. Elas não parecem naturais saindo de sua boca; era como se a voz de Gandalf fosse substituída pela de Jar Jar Binks.

MI: *Eu ser um servo do Fogo Sagrado! Você não vai passar!*

Izzy e Steven meio que entram na brincadeira, mas Lucas não. Posso vê-lo pelo retrovisor, franzindo um pouco a testa e, volta e meia, balançando a cabeça de leve.

Papai deve ter percebido, porque, de repente, pergunta se ele acha que vão deixá-lo experimentar um daqueles elmos com chifres. E ri um pouco alto demais.

— Eles não tinham chifres — responde Lucas, parecendo um pouco exasperado. Pelo menos daquela vez consegui sentir alguma empatia.

— Mesmo? Achei que tinham. Em todos os filmes que assisti, os vikings tinham chifres nos elmos. — Mas o jeito de papai falar foi todo equivocado, como se ele estivesse falando com uma criança de 4 anos.

— Mas os filmes estavam errados.

— Estavam? Tem certeza?

MI: *OK, parece apenas meio bobo agora*

— Tenho.

MI: *E está claro que Lucas concorda comigo.*

— Está bem. Vamos apostar: se estiver certo, te pago uma libra. Se estiver errado, você me paga uma. Vamos descobrir quando chegarmos ao Viking Centre. — Papai dá uma piscadela, enorme e caricata, que me faz cerrar os dentes.

— Uuuh! Quem vai ser o "Loki"? — brinca Jane. Ninguém entende.

MI: *E as Apresentações são diárias, senhoras e senhores!*

Papai não desiste nem quando chegamos. Continua a charada com Lucas, fingindo não se lembrar se os capacetes tinham mesmo chifres ou não. Mas, tipo, de um jeito bem exagerado. Sei que ele é meu pai, mas estou começando a ter pena de Lucas. É como se papai estivesse tentando ser uma coisa que não é, se passando por um...

MI: *... Imbecil?*

Ah, meu Deus. Meu pai está se tornando um Imbecil. Está com todos os sinais que Tony costumava exibir assim que começamos a morar juntos: tudo era superexcitante, parecia

fazer parte de algo grandioso. Uma das principais qualifica-
ções para se tornar padrasto parece ser uma enorme perda de
perspectiva e um súbito e inexplicável interesse em tudo que
seu enteado ou enteada goste de fazer. O que não seria um
problema se fosse um interesse real, não uma farsa vazia.

MI: *Talvez seja algo que aconteça quando se tem enteados.*

Mas, se eu seguir esse raciocínio, existe a possibilidade de
Tony não ter sido um Imbecil antes de me conhecer.

Estremeço só de pensar naquilo, vendo o pai que um dia
conheci agindo como um completo estranho. Nem mesmo a
fila dos ingressos parece sossegá-lo.

Depois da fila e de comprar os ingressos, "apertamos os
cintos" e nos "preparamos para viajar de volta no tempo" até o
mundo dos vikings.

OK, o lugar não é nenhuma Disneylândia. Os aldeões
vikings são bonecos, e a "tecnologia" envolvida não seria estranha numa vitrine de Natal qualquer. Mas eles são bem au-
tênticos. Muito mesmo. Na verdade, as coisas mais autênticas são os cheiros. Enquanto deslizamos pela feira de peixes,
nossos narizes são agredidos com a ferocidade de um bando
de saqueadores vikings. Há uma narração tagarelando ao
fundo, mas é abafada pelos "Ecaaaa" e "Que nojo!" das crianças, além do ocasional "Lá vamos nós!" de meu pai. Depois de
visitar uma rua viking, chegamos a uma casa viking, e nossos
olfatos recebem mais um golpe viking.

MI: *É um cheiro familiar, não é...?*

Conheço esse cheiro. Mas de onde?

MI: *Jane.*

Oh. Meu. Deus. Jane tem cheiro de casa viking.

MI: *Talvez ela seja viking! Com certeza tem o corpo de uma...*

Viajamos até o ano 975, encontrando um lenhador,
mulheres fofoqueiras, cachorros brigando e diversos outros

aromas. Mas nada, nem mesmo o cheiro da fossa viking, para a qual olho saudosamente, pode tirar o cheiro da casa viking de minha memória. Jane é uma viking.

MI: *E mesmo que não seja, cheira como uma.*

O passeio só dura uns dez minutos. Logo em seguida, entramos no museu e começamos a olhar os expositores. Papai vê um capacete e vai correndo até ele.

MI: *Preparem-se...*

— Ah, *não*! Isso é tão doido! — Suas técnicas de atuação amadoras são altas o bastante para atrair a atenção de um monte de outros turistas, que olham para ele com desconfiança. Dou alguns passos para trás, só para garantir que ninguém pense que somos aparentados. Lucas, sem esse problema, junta-se a ele.

— Bem, você me pegou, meu chapa! — declara papai, de modo pouco convincente. — Aqui está sua libra.

Quando ele coloca a mão dentro do bolso, tenta disfarçar e dar uma piscadela para mim, me incluindo na brincadeira. Mas Lucas vê e alguma coisa muda. Uma expressão toma conta de seu rosto.

— Você sabia — diz, em tom acusatório, tanto para mim quanto para papai. — Vocês sabiam.

— Não! — nega papai, oferecendo a moeda de uma libra. — Não sabia não. Achei que tinham chifres! Você ganhou a aposta! — Lucas fica olhando para ele por um tempo, então vira as costas e vai se juntar aos irmãos. Fico observando papai, parado ali, parecendo se sentir tolo e culpado. Devia ir até ele e falar alguma coisa, mas Jane interrompe, animando as tropas com mais uma piada para levantar os ânimos. E, sim, estou sendo sarcástico.

MI: **Tira a arma do coldre*.*

Saímos do Viking Centre e passamos os quinze silenciosos minutos seguintes caminhando por diversas ruas estreitas, tentando encontrar um bom e velho café de Yorkshire. Quando achamos um, vejo uma coisa do outro lado da rua, algo que me atrai como uma sereia.

É uma loja de jogos.

MI: *Não é bem O Casebre, mas dá pro gasto!*

— Ei, pai, posso entrar ali rapidinho? — peço, desesperado para passar algum tempo longe dessa família forçada.

— Pode, claro. Quer dinheiro?

— Não, estou bem. Tony me deu um pouco. — Vejo as palavras causando impactos de Bombas de Traição® assim que saem de minha boca.

MI: *Temos um problema no Aplicativo de Edição: palavras involuntárias estão escapando. O serviço normal será restaurado assim que possível.*

— Está bem. — Papai parece ter encolhido um pouco. Quero pedir desculpas, mas não o faço. Ele dá um sorriso triste. — O que vai querer comer?

Peço um sanduíche no pão de forma e uma Coca, então atravesso a rua e desapareço dentro da loja, deleitando-me com minha própria companhia por um curto período.

Enquanto caminho pelas vitrines, absorvendo todas as embalagens e olhando as miniaturas belamente esculpidas, meu cérebro relembra os Maiores Erros de Papai: o entusiasmo excessivo, as Tentativas Desesperadas de Usar Gírias e a Gigantesca Piscadela Viking. Sacudo a cabeça e suspiro: sei o que ele está fazendo. Está tentando ficar do lado das crianças. E, ainda que tenha conquistado Izzy e Steven, Lucas está dando trabalho, talvez por lealdade ao pai ou coisa assim. Mas, quanto mais meu pai se esforça, mais Imbecil parece. E quanto mais Imbecil parece, mais trabalho Lucas vai dar. É um círculo vicioso. Mas por que ele tinha que tentar *me* arrastar para o meio dessa história?

MI: *Mas que diabos...? Pensamentos racionais e ponderados? Não podemos fazer isso! *Pesquisa fotos de peitos*.*

Por mais que eu esteja irritado com meu pai "bacana!", sei que posso fazer algo para ajudar. E, apesar da parte de mim que acredita que devia deixá-lo continuar e cuidar apenas de minha vida, tem outra parte que sabe como é ter algo explodindo na sua cara quando acha que estava fazendo a coisa certa. Com bastante relutância, eu cedo. Por uma noite, e apenas uma, hei de ir a seu resgate.

MI: *Com toda a pompa de um hobbit viajando num burro.*

Papai e as crianças precisam de um objetivo em comum: um sentimento de união. Precisam se aliar para combater uma coisa que ameaça a todos. Precisam...

MI: **Rufar de tambores*. *Espera pacientemente pela revelação chocante *.*

... de uma partida de Dungeons & Dragons.

MI: *E VOCÊ precisa de umas férias no Asilo Arkham. COMO É? Uma partida de D&D? Está LOUCO?*

Se existe um jogo que o ajuda a descobrir mais sobre os companheiros de time, é esse. Além disso, também teria a oportunidade de me divertir um pouquinho... Posso permitir que certos jogadores ganhem e que outros não sejam tão bem-sucedidos... Aquilo passa no meu Cinema Mental® em glorioso Tecnicolor.

A cena: um túnel subterrâneo em algum lugar de York. Cinco aventureiros caminham com ousadia em meio à escuridão, usando apenas uma tocha como iluminação. Ratos correm em meio a seus pés. A câmera se afasta e revela que estão sendo observados por uma bola de cristal, pertencente à terrível figura do... Mestre!

Izzy: Ecaaa! Este lugar tem cheiro de pano molhado!

Os outros têm ânsia de vômito só de pensar. Apenas Jane, uma ladra, parece não sentir o odor fétido.

Papai: Olhem! Lá na frente! Uma porta!

Lucas: Uau, pai de Archie... você é o máximo!

Papai: Só me chame de "O Cara".

A porta de madeira é pesada e está trancada. Nem as heroicas tentativas de papai conseguem abri-la.

Steven: Mamãe! Você é uma ladra! Conseguiria arrombar o cadeado!

Jane: Oh! Xim! É claro que consigo! Abram caminho!

Jane, com os óculos refletindo a luz da tocha, avança e pega suas ferramentas de trabalho. Poucos segundos mais tarde, ouve-se um "clique" e a porta se abre um pouco.

Papai: Que maneiro, querida! Em breve estaremos fora daqui!

Jane: Toc toc...

Começando a contar uma piada, ela avança, mas, infelizmente (risos), pisa numa laje falsa. Dardos disparam de esconderijos na parede do túnel, causando danos ao grupo. Quando os gritos de dor diminuem, Steven reclama.

Steven: Talvez devesse usar suas habilidades como ladra para procurar armadilhas antes de entrarmos, mãe.

Jane: Oh, xim! Boa ideia!

Jane fica parada na entrada, usando suas habilidades especiais para descobrir se havia mais ameaças destinadas aos aventureiros.

Jane: Barra limpa!

Ela entra na sala, tropeçando num fio esticado próximo ao chão. Um alçapão no teto, bem acima de sua cabeça, se abre e a cobre de escorpiões. Ela cambaleia até a parede, estendendo um dos braços para se equilibrar. Infelizmente, aperta um botão escondido que abre um sarcófago disfarçado. Um viking morto-vivo sai de dentro deste, brandindo um machado.

Lucas: É verdade! Eles têm mesmo chifres! Por que não acreditei em você, pai de Archie?

Papai: Afaste-se, Lucas! Vou lidar com essa criatura incrível! Pode ficar assistindo a como isso me faz ser ainda mais O Cara!

Lucas: Vamos todos viver em paz e harmonia, tendo Archie como meu sábio irmão mais velho!

Jane vê um grande baú do tesouro e, usando suas ferramentas, o abre. Infelizmente, dentro dele vivia um lobisomem, que pula para fora bufando e grunhindo.

Lucas: Mãe! Você é a pior ladra da história! Está arruinando tudo! Archie saberia o que fazer se estivesse aqui!

De volta ao quarto real do Mestre, o DM brinca, distraído, com seu Dado do Destino e dá risadinhas.

Mestre: Oh, aqui estou, Lucas. Na verdade, estou mais perto do que pensa. E sua fé será recompensada. Mas, nesse momento, preciso de um banheiro.

É verdade. A lotação em minha barriga está se tornando crítica. Mais que depressa, escolho um personagem para cada um e corro até o balcão para pagar. Enquanto eu e o Não Big Marv da loja trocamos algumas palavras, meus reféns internos mandam um apelo ao mundo exterior, apesar de silencioso.

MI: Pelos deuses! Isso seria capaz de nocautear um rinoceronte partindo para o ataque!

Saio bem depressa, quase certo de poder escutar as paredes desabando em meu encalço.

No instante em que piso na calçada, R2 apita em meu bolso, fazendo um grupo de garotas que passavam dar um pulo, assustadas, e rirem. Uma delas se separa do bando e se aproxima de mim.

— O que foi isso?

Preciso deixar registrado que parece não haver garotas feias em York. A única maneira de descrever as quatro que estão na minha frente é com a palavra *sexy*. Essas garotas são sexy. Primeiro tem a pele: não é bem laranja, mais como bege. Mas daquele jeito pálido que revela que algum tipo de bronzeamento artificial foi utilizado. Depois as roupas. Não me entenda mal: gosto de pensar que tenho certa profundidade na alma e um nível de romantismo um pouco deslocado para o século XXI, mas mostre quatro garotas de botas Ugg, leggings pretas e camisetas finas com decote um pouco cavado demais a qualquer garoto de 14 anos e terá os mesmos resultados.

MI: *Puxa, minhas calças estão parecendo mais apertadas que antes...*

Suspeito até mesmo que eu esteja desenvolvendo uma atração por rabos de cavalo. Bem na hora, meu ME abandona qualquer senso de responsabilidade e envia cada glóbulo vermelho para minhas bochechas.

MI: *Lembre-se, Archie: essas garotas não sabem que você é um Nerd...*

Meu MI tem razão. Não preciso temer. Ninguém aqui sabe quem sou de verdade... Talvez essa coisa de estar "longe de casa" tenha suas vantagens. Aqui não preciso ser Archie, o

Nerd. Posso ser Arkii, Deus Nórdico do... Amor... Mentalmente, jogo um D10 para fazer um teste de Carisma.

MI: *Cuidado, mulheres. Tenho um ou dois chifres aqui...*

— Esse barulho? Quer saber o que é o barulho?

Essa história de anonimato é como mergulhar num reservatório de confiança. Meu ME de repente fica cheio de gás: relaxo um pouco e apoio meu peso numa das pernas, deixando meu quadril apontar para um lado. Até mesmo minhas pálpebras relaxam, com a calma de um pistoleiro.

MI: *Quem está achando que é, Justin Bieber?*

— Só meu telefone.

— Seu telefone? — repete ela, num sotaque de Yorkshire.

MI: *Soa meio... sujo.*

Gosto disso.

— É.

— Qual telefone você tem? — Isso deve ser parte de algum ritual antigo de acasalamento nórdico. Tiro meu celular do bolso e o atiro um pouquinho para cima. Meu ME, não acostumado a tais demandas, responde removendo todos os ossos de meus dedos, e não consigo pegá-lo na volta. O aparelho cai no chão. As garotas riem.

MI: *Isso não está indo tão bem quanto esperava, Justin. Por que não tenta agarrar a virilha? Isso com certeza vai funcionar.*

Tento me recompor um pouco e me agacho para pegar o telefone. Infelizmente, os Deuses do Acaso estão em uma nuvem em algum lugar, jogando seus próprios dados. O de alguém deve ter dado seis, porque, quando me abaixo, os reféns em meu abdômen têm um vislumbre da luz do dia, uma possível rota de fuga. E eles resolvem pedir ajuda. Alto.

MI: **Procura Manto Elfo da Invisibilidade*. *Não encontra*. *Morre de vergonha*.*

Meu ME não sabe o que fazer, então desiste. Temendo uma possível fuga em massa e sem outra opção, congelo, dobrado ao meio, com um dos braços esticado e um provável rastro de fumaça verde saindo de meu traseiro.

MI: *Talvez elas sejam surdas...?*

A histeria que se segue diz o contrário. As garotas viram as costas e vão embora, os passos ecoando quase no mesmo ritmo de meu coração acelerado. E, quando pensam que já estão fora de meu campo de visão, a palavra "Nerd" é soprada até mim pelo traiçoeiro Vento Norte.

MI: *Isto é trágico. De verdade.*

— Archie! Aqui! — Jane está acenando e entoando uma miniópera própria do lado de fora do Ye Olde Coffee Shoppe, só para que todos na cidade saibam que sou completamente incapaz de ser deixado sozinho por grandes períodos de tempo. Atravesso a rua, odiando a mim mesmo por minha mera, flatulenta e repressora de fezes, existência.

— Quem eram aquelas jovens? — Ela dá um sorriso conspiratório, erguendo e abaixando as sobrancelhas.

MI: *Estou com ela na mira. Só me diga quando.*

— Queriam saber as horas — balbucio.

— Aqui é todo mundo muito amigável. Deve ser uma coisa do norte.

Deve ser. Mas Nerds são Nerds, onde quer que estejam. Lembrando do R2 em meu bolso, olho o telefone mais uma vez. Era Beggsy, mas, por sorte, não era uma mensagem de foto.

Cara! Novidades GRANDES da festa! Conto segunda!

Ótimo. Não tenho tempo de ligar para ele agora. Vou precisar esperar para descobrir o que rolou ontem à noite.

Não faço ideia do porquê de Beggsy não falar logo, mas parece algum tipo de tortura a longa distância.

Sarah e Chris. Só pode ser sobre Sarah e Chris.

— Archie... você está bem? Está tudo certo? — A voz de minha madrasta abaixa dos habituais decibéis de arena até alguma coisa parecida com um volume normal. Se eu fosse corajoso, esse seria o momento perfeito para tirar o fardo das costas, pelo menos emocionalmente, e confessar que fui deixado de fora das conversas sobre a festa. Seria a coisa sensata a se fazer. Ter uma briga ou uma conversa ou o que seja, e assim todos poderiam recomeçar do zero. Mas não quero fazer isso, não quero dar a Jane, ou a papai, aliás, nenhum vislumbre de minha vida pessoal. É chamada de "pessoal" por um motivo.

MI: *A parte "vida" é discutível, no entanto. Existência pessoal, talvez?*

Mais que depressa, das profundezas sombrias, meu ME forja um sorriso.

— Está, estou bem! Por quê?

— Não está falando tanto como de costume. Achei que podia estar com algum problema, só isso.

MI: *Última chance, garoto...*

— Não... eu... ah... só estou com um pouco de dor de barriga. Deve ser por causa da comida do trem.

MI: **Esconde o rosto com as duas mãos*.*

— Ah! — Jane parece horrorizada. — Puxa vida! Vou preparar uns sanduíches para a volta.

— Obrigado.

Preciso me controlar. Meu mau humor obviamente está sendo notado e, além de arruinar meu tempo limitado com papai, também pode gerar mais perguntas. Sento-me à mesa, resolvendo me alegrar de uma vez e oferecer ajuda a papai. Preciso parar de pensar em qualquer coisa relacionada a Sarah e Chris, e focar no aqui e agora. Esta será uma Noite de Jogos.

Já é noite quando chegamos em casa, tendo passado pela Catedral de York e Whig-Ma-Whop-Ma-Gate (portão pequeno, nome grande), e há uma sólida muralha de silêncio entre papai e Lucas. Além disso, sinto-me como se tivesse acabado de ganhar a medalha de ouro olímpica por Sorrisos Forçados. Enquanto a ocasional barulheira de meu estômago prevê uma tempestade iminente, a única coisa que é mencionada é que vamos ter peixe com batata frita para o jantar. Jane recebe a notícia com um gemido de gratidão tamanho que penso ter acabado de ver sua Expressão Durante o Sexo®. Não é uma coisa da qual deseje me lembrar.

MI: *Guarda a imagem para ser reproduzida num momento inoportuno*.

Enquanto Lucas, Steven e Izzy assistem TV, vou até meu quarto e abro as caixas que comprei na cidade. Tem um guerreiro, um mago, um clérigo e um ladrão fugitivo. Com o tempo contra mim, opto por um blecaute: pulverizar as miniaturas com Preto Caos e, assim que ficarem secas, pintá-las com algumas cores base. Não há muito mais que eu possa fazer, a não ser pintar as armas e armaduras. São bem básicas, mas sempre posso acrescentar mais detalhes depois.

MI: *O segredo está nos detalhes.*

O som da porta da frente e de papai gritando para o alto das escadas sobre o peixe com batata frita oficializa o fim de meu Tempo Quieto. Desço para me juntar à assembleia na sala, resolvendo proceder com minha missão de reconciliar papai e Lucas.

MI: É mais uma daquelas missões! *Tosse*. *Tan-tan-TAN-tan...*

OK, então o peixe com batata-frita de Yorkshire é bem gostoso, mas parece emperrar logo abaixo de meu pomo de adão: estou ficando sem espaço. E o exagero com que Jane elogia o prato faz parecer que ninguém nunca comeu aquilo antes. Algumas das garfadas iniciais são acompanhadas da Expressão Durante o Sexo®, só para enfatizar sua opinião. Papai não torna as coisas melhores: dá alguns grunhidos roucos intercalados com risadinhas de satisfação. É como escutar a trilha sonora de um daqueles filmes que eu não devia ter assistido, mas isso pode ter acontecido mesmo assim, dependendo de quem pergunta.

Acho que está na hora de fazer minha jogada.

MI: *Tan-tan-TAN-tan...*

— Pessoal — começo, principalmente para as crianças —, estava pensando... Tem uma versão nova de Dungeons & Dragons lá em cima, e ainda não experimentei... Topam uma partida depois do jantar?

Lucas me olha com desconfiança, mas Steven e Izzy estão dentro. Papai me olha com uma expressão mista de orgulho, aprovação e gratidão. Jane deve ser a mais animada de todos.

— Ooh, eu quero! — responde ela, arrebatada. — Posso ser um dragão?

MI: *Odeio ter de lhe dizer isso, mas...*

— Não é bem assim. — Solto um sorriso sofrido. — Vou pegar o jogo e arrumar tudo.

Vou até meu quarto e tenho uma revelação súbita: com todo aquele esforço para ajudar meu pai a construir laços, mais a história de ter borrifado, como um gambá, o bando de garotas perto da loja de jogos, esqueci o óbvio: se vai jogar, precisa de monstros! Para aventureiros experientes como eu e meus amigos, isso não seria problema: basta fingir, usar a imaginação. Mas acho que os menores de 10 anos não ficarão satisfeitos com a sugestão, e não tenho tempo de pintar os três duendes que estão na gaveta.

Desço com os livros de regras e anuncio o problema.

— Não comprei nenhum monstro — confesso, me sentindo idiota.

— Oh, não! — declama Jane. — É importante? Precisamos deles?

Se eu fosse Palpatine, este seria o momento de usar o Relâmpago da Força.

MI: *Com um possível ataque de stormtroopers.*

— Sim — murmuro, sentindo as bochechas arderem. — Meio que precisamos.

— Puxa vida.

— Crianças, vocês têm monstros de brinquedo, ou algo do tipo? — pergunta papai.

Acho que ele não entendeu o problema direito. Para jogar uma partida de Dungeons & Dragons, você precisa de miniaturas adequadas, condutoras da imaginação, não de um bando de animais de plástico parcialmente mastigados. Não dá para pedir pro Gandalf afastar o Balrog com uma varinha de mágico; é o mesmo princípio.

— Já sei! — anuncia Steven, como se tivesse acabado de receber um choque de 220 volts. — Meus bonecos de Lego!

MI: *Tan-tan-TAN-tan...*

Dois segundos depois, ele está de volta com uma caixa de plástico cheia até a borda com bonecos de Lego. E dois segundos depois daquilo, estou revirando o conteúdo como um doido, procurando alguma coisa que possa se passar por monstro. Para minha surpresa, Legos têm algumas cartas escondidas na manga de plástico, e só levo alguns minutos para encontrar três esqueletos, alguns zumbis, aliens de *Guerra nas Estrelas*, magos de *Harry Potter* e uma série de monstros de *O Senhor dos Anéis* que passam no teste. Tem até mesmo algumas espadas e adagas para brincar. Não é o ideal, mas *é* melhor que nada.

Só quando levanto minha tela de Mestre é que me dou conta de que estou me sentindo um pouco envergonhado. Dungeons & Dragons é um mundo que, até hoje, eu só havia compartilhado com meus amigos. É para Nerds mergulharem fundo, esquecerem por um tempo que são fracos e magricelas, para que possamos abrir nossas asas imaginárias e voarmos. Ao jogar aqui, estou revelando uma parte de minha vida para duas pessoas que não têm um interesse real nela, pessoas cujas asas imaginárias foram cortadas há muito tempo. De repente, isso me parece muito, mas muito estranho. E me sinto muito, muito exposto. Assim como me sentiria se mamãe descobrisse que o verdadeiro motivo que me faz guardar aqueles catálogos da Next embaixo de minha cama não é meu fervoroso interesse por moda.

— Agora podemos jogar? — O tédio de Izzy manda os guardanapos do peixe com batata frita para o lixo, e todos se sentam em volta da mesa cheios de expectativa.

MI: *Tan-tan-tan... Tan-tan-tan...*

— OK, Archie, o que é para fazer? — A voz de Jane beira a histeria. Mais que depressa, me imagino derrubando-a com uma pistola de tranquilizante.

Em geral, eu começaria contando um pouco da história anterior à aventura, apontaria algumas pistas, alertaria para uma coisa ou outra e criaria um pouco de clima. Mas, considerando a atenção já oscilante das duas crianças mais novas, terei que apressar as coisas. Explico rapidamente que precisam encontrar um cristal e matar diversos monstros, antes de revelar quem é quem: Papai é o guerreiro, Steven, o mago. Izzy é uma elfa, Lucas, o clérigo, e Jane é uma ladra. Para me enervar ainda mais, Jane é a única prestando atenção de verdade, os óculos refletindo a luz, fazendo-a parecer uma coruja sorridente. Lucas parece que preferia estar em qualquer lugar que não aqui, se esforçando para ignorar as tentativas de puxar conversa cada vez maiores de papai.

Sei que papai está parecendo um fracasso completo, mas, para ser sincero, Lucas está começando a me irritar também.

MI: *Deve ser porque ele te lembra como você costumava agir com Tony.*

— Certo — suspiro, tentando não soar muito como se eu preferisse estar mutilando as solas de meus pés com um descascador de batatas e, em seguida, nadando em água salgada. — Vocês perambularam por uma floresta até verem uma porta no meio de rochas à sua frente. O que querem fazer?

Jane dá um gritinho e bate palmas, perguntando em um sussurro animado:

— O que devemos fazer?

— Abri-la? — Lucas parece surpreso com a inabilidade da mãe em ver o óbvio.

— Boa ideia — declara ela. — Queremos abri-la!

MI: *Risada maléfica*! Tudo está correndo conforme planejado...

— Tudo bem. Como abrimos a porta? — pergunta Jane, sem fôlego.

— Precisam concordar em quem é a melhor pessoa para fazê-lo — explico. — Não sabem se está trancada ou coisa parecida. Pode até mesmo estar cercada de armadilhas. — Não sei como poderia deixar aquilo mais claro, a não ser dizendo "Você é a ladra. Você abre".

— E ela está?

— O quê?

— Cercada de armadilhas? Ou trancada?

— Não posso revelar isso — digo, tentando esconder a crescente frustração em meu tom de voz.

— Então como vamos saber?

— Você é a ladra. Abra você.

MI: *Aconteceu.*

— Mas *eu* quero abrir! — Izzy precisa mesmo calar a boca.

— Mas mamãe é a ladra, querida, e a porta pode ter armadilhas.

— Posso usar um pouco de mágica nela? — Finalmente Steven mostra alguma iniciativa.

— Você poderia, mas não possui um Feitiço de Abrir Portas.

— Por que não?

— Porque não, só isso. — Estou tentando não soar rude, mas tenho certeza de que consigo sentir minhas veias saltando com todo aquele estresse.

— O que eu sou?

MI: *Olhe, seu pai está acordado!*

— Você é um guerreiro, pai. Um lutador.

— Por que então não derrubo a porta com um chute, ou a despedaço, ou coisa assim?

— Não, querido! Pode ter armadilhas!

— Tem, Archie?

— Não posso revelar — repito, abrindo um daqueles sorrisos que exibe as arcadas dentárias.

— Ah.

— Já sei! Por que *eu* não abro? Sou uma ladra!

MI: *Foi você quem falou.*

— Ótimo! — digo, depois que todos parecem entender. — Veja a ficha de sua personagem e jogue o D20 para saber sua contagem de Inteligência.

— Jogar o quê?

— Desculpe, o dado de vinte faces.

— Qual deles? — Isso está começando a parecer muito com dar uma palestra sobre física atômica num asilo de idosos.

— O azul.

— OK. Doze. O que isso significa?

Por trás de minha tela, jogo um dado, mas nem me dou o trabalho de olhar o resultado.

— Significa que você conseguiu abrir a porta, mas que não viu que o cadeado estava quebrado.

MI: **Joga livro de regras pela janela*.*

— E o que isso significa?

— Oh, puxa. — Jogo o dado e ignoro mais uma vez. — Significa que acionou uma armadilha. Dardos de metal voam da parede, tirando dois Pontos de Vida de cada um.

MI: *Agora aguenta!*

— Oh. — Jane parece genuinamente decepcionada.

Tendo estabelecido minha posição como o macho-alfa, continuo:

— A porta se abre com um rangido. — Izzy e Steven fazem sons de rangido. Não tenho como expressar o quanto odeio aquilo. — Um cheiro horrível vem do túnel à sua frente.

— Cheiro de quê?

— Lembra do cheiro no Viking Centre, na casa dos vikings? Bem, é aquele cheiro.

Izzy tampa o nariz, e Steven faz barulho de vômito. Não olho para Jane.

— O que quer fazer?

— Quero entrar! — diz Steven. Acho que ele está começando a entender.

— Todos vocês têm que rolar a Iniciativa para ver quem vai primeiro.

— *Eu* quero ir primeiro! — Quem adivinhar quem falou isso não ganha nada.

— Mas querida — acalma Jane —, precisamos rolar os dados. Archie falou, e é ele quem manda.

— Não quero rolar os dados!

— Mas, Izzy, você precisa.

— Não, tudo bem — suspiro. — Ela pode entrar primeiro. Mas, se o restante rolar, podemos definir quem entra atrás de quem, esse tipo de coisa...

MI: *Tan-tan-TAN-taaaan...*

A ordem das jogadas fica assim: Izzy, Steven, Lucas, Jane e papai. Papai não ficou muito feliz em ser o último, mas explico a ele que aquela é a melhor posição para um guerreiro, pois pode proteger a todos. Isso o faz calar a boca.

— Vocês estão andando pelo calabouço quando veem um velho baú de tesouro à frente. — Coloco uma peça de Lego na mesa, e meu coração afunda. — O que querem fazer?

— Abrir! — anima-se Jane. Resolvo esquecer a coisa dos dados e digo a ela que conseguiu abrir.

— Um guerreiro esqueleto sai do baú. — Consolidando minha posição como O Maior Tolo do Mundo®, coloco na mesa um esqueleto de lego empunhando uma espada de plástico.

— Quero tesouros! — reclama Izzy, emburrada, soando da maneira menos élfica possível.

MI: *TAN-tan!*

— Precisamos enfrentar o esqueleto, querida. Olhe... ele não é assustador?

— Quero tesouros! — E, com isso, Izzy começa a chorar.

— *Alguém* está cansada — cantarola Jane. — *Alguém* precisa ir para a cama.

Essa é a parte em que papai e Lucas deveriam se unir. Lucas pode usar seus poderes eclesiásticos para paralisar a criatura morta-viva, e papai pode deixá-la em pedaços depois. Mas Izzy parece não querer que meu plano funcione.

— Não! Não! Não estou com sono! Não estou! — Mas a cada protesto ela fica cada vez mais chorosa até que, com uma desculpa de que tenho certeza não ser sincera, Jane a leva para a cama. Eu, papai e os dois garotos ficamos sentados nos entreolhando.

— Podemos continuar jogando? — pergunta Steven, aquecendo minha pequena alma Nerd.

— Acho que sim — diz papai.

Então vejo uma expressão engraçada em seus olhos, como se tivesse acabado de ter Uma Ideia.

— OK — digo, imaginando o que estaria acontecendo.
— O esqueleto vai na sua direção, agitando a espada...

De repente, papai explode bem na minha frente:

— ... E nós avançamos e o matamos! — grita. — Venham, homens! — E, em seguida, ele pega a miniatura de todo mundo e as empurra para cima do adversário de Lego. Meu queixo cai ainda mais quando ele começa a fazer ruídos de espada e de matança.

Lucas tem a mesma reação que eu, mas de uma maneira bem mais direta.

— Por que você precisa ser tão *estranho* o tempo todo? — explode. Ele fica com os olhos cheios de lágrimas, o queixo tenso enquanto se levanta. — Por que não pode apenas ser *normal*? — Em seguida, um som abafado sai de sua garganta, e ele corre porta afora, subindo as escadas.

Papai, eu e Steven nos entreolhamos mais uma vez.

— Ops — diz papai, por fim. — Parece que estraguei tudo.

— Vai atrás dele? — pergunto, com um tom mais desafiador que pretendia, mas ainda estou me recuperando da habilidade de papai em estragar tudo.

MI: *Tal pai, tal filho...*

— Não sei. Ele pode estar precisando de um tempo para esfriar a cabeça...

Mas ele não precisa. Sei que não precisa, porque já ouvi as palavras de Luke antes; eu mesmo as disse. E, quando você corre/foge de uma situação desse jeito e se tranca no quarto, a verdade é que, não importa o quanto esteja zangado, tudo que quer, de verdade, é que alguém vá até lá e faça tudo ficar melhor. Neste momento, é isso que papai devia estar fazendo. Mas, olhando meu pai agora, posso ver que ele está com medo. Pode ser maior e mais forte que eu e todas as coisas que deveriam fazer dele um pai, mas está sem chão e sabe disso.

— Pai! — Dessa vez me rendo à exasperação que estou sentindo, mas percebo que Steven ainda está ali e resumo as coisas. O garoto não precisa saber que Imbecil seu padrasto está sendo, e papai não precisa de mais um membro de sua família se virando contra ele.

Mas papai está determinado a mergulhar cada vez mais fundo.

— Steven — balbucia —, acho que está na hora de você subir também.

— Mas não está na hora de dormir! — Steven parece indignado.

— Obedeça. Suba. — Há uma dureza na voz de papai que significa que a conversa acabou, e, com uma cortina de lágrimas sobre os olhos, Steven sai da sala. Um silêncio preenche o vazio entre papai e eu. A situação se torna desconfortável, então me levanto e tento me recompor: é hora de falar alguma coisa.

— Pai... — começo, com delicadeza —, o quê...? — Minhas mãos fazem um gesto como se eu estivesse pesando o ar.

MI: *Está bem pesado.*

— O que está havendo? — pergunto, por fim.

— Problemas de dentição, acho. — Mas sei que ele sabe que é mais que isso; posso dizer pela maneira como encara a taça de vinho.

— Mas, pai, é a segunda vez que vacilou com ele. Segunda. Em grande estilo.

Papai olha para cima de um jeito desafiador, os dedos esticados num tipo de garra em volta do copo.

— Aposto que parece muito fácil de onde está, filho. Mas deixe-me dizer: não é fácil. É duro.

— Eu sei...

— Não, não sabe. Nunca vai saber até ter seu próprio filho e tentar ser pai do filho de outra pessoa. — Por trás de sua fachada, papai de repente parece velho e cansado, mas são as palavras que me marcam. Estou cansado de estar onde os outros querem que eu esteja, cansado de ser o que querem que eu seja. Tudo isso sai em quatro sílabas, duras como granito.

— Eu sei *sim*, pai — devolvo.

Papai me olha bem nos olhos e se encosta na cadeira, como se estivesse esperando alguma coisa. Nossos chifres estão enganchados no meio da sala.

— E o que é que sabe, Archie?

— Sei como é ter um padrasto, e sei como é *ser* um enteado. — Posso sentir os lábios tremerem de raiva com cada palavra que atravessa o abismo entre nós. E elas acertam em cheio. Papai pisca, vacila e parece encolher, antes de murchar um pouco.

— É. Você sabe. — Posso escutar a bandeira branca de rendição em seu cansaço.

E então Jane entra.

— O jogo acabou? — pergunta, animada.

MI: *Ela tem um ótimo* timing, *essa aí.*

— Acho que todo mundo ficou meio cansado — digo, meu ME fingindo um sorriso de segunda categoria. — Acho que vou subir também.

— Acho que então sou só eu e você, querido! — anuncia Jane para meu pai esmorecido, enquanto enche a taça de vinho dele.

— Boa noite, Archie. — Ele dá um sorriso triste. — Obrigado pela noite. Foi uma boa tentativa. — As palavras têm duplo significado. Código entre pai e filho.

— Boa noite, pai — respondo. — Talvez possamos tentar de novo, outro dia.

Sinto-me triste enquanto subo as escadas. Pelo menos quando papai morava perto de mim, podia vê-lo sem todo mundo a tiracolo. Nos únicos momentos que tivemos a sós, quase brigamos. E não por alguma coisa que teve a ver comigo. De uma forma meio traiçoeira, quero que a noite passe o mais depressa possível.

Quero ir para casa.

SETE

Depois do drama de ontem, parece haver uma espécie de neblina na casa, sobre a qual ninguém comenta. Durante a maior parte da manhã, fico fechado na minha Toca 2, dando a Steven uma aula de como pintar miniaturas. E, para falar a verdade, ele não se sai nada mal: absorve os conceitos básicos de banhos e realces com bastante rapidez.

MI: *Bem-vindo ao Mundo dos Nerds, Irmão Steven. Estude bem e você também poderá conquistar uma vida solitária, sem companhia feminina e qualquer outra forma de interação social.*

Depois de encerrar a aula de pintura e arrumar as malas, ligo para Beggsy, mas cai direto na caixa postal. Então desço as escadas para ver como vão as coisas. Jane está na cozinha, fazendo barulho ao revirar a geladeira.

— Fiz uns lanches de marinheiro para você comer no trem, Archie.

— Perdão?

— Comida de marinheiro.

Tem alguma coisa fingindo ser uma piada, e está pronta para escapar. Posso ver em seu rosto. E não há outra opção a não ser entrar na dela.

MI: *Ganchos faciais a postos, teremos o sorriso requisitado aberto em cerca de uma hora...*

— Comida de marinheiro? Eu... er... Eu não...

— Cheia de sal!

MI: *Tenta invocar um relâmpago com a Força*. *Falha*.

Há um silêncio constrangedor, durante o qual Jane me encara com expectativa, obviamente esperando algum tipo de reação. Mas, sinceramente, não faço a mínima ideia do que ela está dizendo.

— O sal da água do mar... — repete ela, bem devagar, erguendo as sobrancelhas o máximo que consegue.

MI: *Sal, por Deus! Uma piada sobre sal!*

— Ah! — exclamo. — Marinheiros. Sim. Entendi. Sal.

Mas não consigo sequer fingir uma risada. Em vez disso, apenas balanço a cabeça um pouco demais. Jane, entretanto, parece não perceber e volta para a geladeira, cantarolando sozinha uma música animada. Por sorte, papai aparece e desvia a atenção. Mas a presença dos dois juntos é demais para mim, e saio sem que eles percebam, exibindo um sorriso pacato por precaução, para evitar qualquer tipo de pergunta.

E também tem uma coisa que preciso fazer. Tenho uma missão a cumprir.

MI: *Suspira*. *Lá vamos nós... Tan-tan-TAN-tan...*

Desço as escadas com dificuldade, sentindo o peso do peixe com batata frita da véspera estufando minha barriga. O quarto de Lucas é no final do patamar. Ando até ali e bato na porta com delicadeza. Quando ninguém responde, giro a maçaneta devagar e entro. À luz do sol matinal que entra pela janela, vejo-o sentado na cama, fazendo uma careta, com o olhar amuado.

— Oi, amigo. Como está indo?

Lucas dá de ombros.

— Quer conversar? Sobre meu pai esquisitão? — Arrisco a última frase, esperando receber de volta uma risada ou, pelo menos, um sorriso. Só recebo mais um dar de ombros.

MI: *Tan-tan-TAN-tan...*

Agacho junto à parede ao lado da porta até sentar no tapete com os braços descansando sobre os joelhos.

MI: *Como se agora sim estivesse na posição apropriada para quebrar o gelo.*

Levanto a cabeça e olho o quarto, pensando em algo para dizer. É legal, para o quarto de uma criança de 9 anos. Tem alguns pôsteres de Minecraft, uns DVDs, algumas espadas NERF e um monte de brinquedos numa cesta de plástico. Vasculho meu cérebro em busca de uma maneira de começar, alguma coisa profunda, significativa, alguma coisa que o toque.

— Cara, adultos conseguem ser tão idiotas, né? — As palavras saem de minha boca antes mesmo que eu tenha tempo de passá-las por qualquer tipo de controle de qualidade.

— Ele fica pior quando você está por perto — devolve ele.

Uau. Por essa eu não esperava. Então sou parte disso, de certa forma. Tento encontrar, em minha Mala de Experiência®, algo para construir uma ponte entre nós, mas os Deuses das Circunstâncias têm outros planos.

— Archie! — grita papai, lá de baixo. — Hora de ir! Ande logo, amigo!

Fim de papo. Aproveitando a deixa, me levanto desengonçado e saio do quarto. Lucas fica sozinho, mas não tenho tempo de oferecer a ele qualquer coisa em que se agarrar. Parte de mim sabe que não era eu quem devia estar conversando com ele, mas, depois do papelão de papai no Viking Centre, acho que também estou na lista "Não confiar" de Lucas. Mas, com o tempo contra mim, é uma missão que precisarei cumprir outro dia.

MI: *Tan?*

Avançando a parte do trajeto até a estação, termino ali, ao lado de meu vagão, encarando meu pai, meus meios-irmãos, minha meia-irmã e Jane. Ela se aproxima para um abraço com cheiro de pano, forte o bastante para quebrar minhas costelas, e Izzy e Steven a imitam. Lucas escolhe me dar um abrupto aperto de mão. O último na lista de abraços é papai. Só quando ele fala alguma coisa e percebo que sua voz está meio embargada, me dou conta de que está quase chorando. Minha garganta quase se fecha em resposta: uma silenciosa canção de baleia que admite o quanto sentirei saudades.

— Boa viagem, filho. — Papai sorri sem jeito. — Mande uma mensagem quando chegar.

Cara, como me sinto culpado. Não foi um bom fim de semana para nenhum de nós dois, e eu só piorei as coisas andando pela casa com cara de Bunda de Fazendeiro Numa Manhã Gelada ©Beggsy durante a maior parte do tempo. Sei que tentei ajudar, mas também reconheço que meio que me comportei como um babaca mal-humorado.

MI: *Síndrome do Estresse Pós-Babaquice. Uma reclamação comum entre diversos adolescentes.*

Mas, apesar do fato de não haver quase mais ninguém no trem e eu poder me esconder atrás da poltrona à frente, não posso me dar o luxo de chorar. Papai e os outros aparecem na janela ao lado de meu assento e aguardam. Seguro as emoções e dou um pequeno sorriso através do vidro. Papai percebe e, bem na hora em que o trem se prepara para partir, se aproxima, coloca uma das mãos na janela e diz "Eu te amo".

MI: *É como aquela cena de Star Trek, quando Spock morre. *Faz uma saudação Vulcana*.*

Meu coração parece estar sendo esmagado, e meus olhos estão ardendo e embaçados, mas me controlo um pouco mais e digo a mesma coisa. Achei que daria conta disso, mas agora não tenho mais tanta certeza. Não pensei que seria tão difícil assim. Quando o trem se afasta da estação, noto os ombros de papai arriarem um pouquinho e Jane colocando um dos braços em volta dele. Depois eles ficam para trás e somem.

Sinto-me sozinho. Papai tem Jane, mamãe tem Tony... Quem é que eu tenho?

MI: *Chris e Sarah. Numa festa.*

Preciso arrumar um jeito de parar de pensar em meus problemas, então pisco bastante e reviro minha mochila até encontrar a edição de *O Cavaleiro das Trevas*. Acho que nem consigo enxergar as primeiras páginas direito, considerando que ainda estou piscando para não chorar, mas o herói mascarado logo me envolve em seu abraço chanfrado enquanto enfrenta mais uma vez o líder Mutante. Mas dessa vez Batman não tenta lutar contra ele de seu jeito. Em vez disso, luta com precisão cirúrgica e brutal, derrotando o vilão num gueto de Gotham, humilhando-o em frente a seu exército. Todo mundo quer pegá-lo, até mesmo a polícia, mas ele não desiste do que acredita ser a coisa certa.

MI: *Está todo mundo prestando atenção?*

Queria ser um multimilionário perturbado com bíceps fortes e problemas em gerenciamento da raiva.

— Olá você, *namorado*! — Um falso sotaque americano me reduz à minha inofensiva altura de sempre, e meus ombros musculosos murcham depressa de volta ao tamanho normal. É Clare, com seus óculos e peitos. Mas não fico olhando para eles. Não mesmo.

— Oi, *namorada*! — devolvo. — Como vai?

— Bem! — responde ela, guardando a mala na prateleira acima do assento e se acomodando em sua poltrona. — Fiquei pensando em nós dois durante o fim de semana.

MI: *"Nós?". "NÓS?". AhMeuDeus! Ela disse "NÓS"!*

Já sinto uma sensação familiar nas calças: é como se *aquilo* pudesse escutar.

— ...em como você gosta da tal Sarah e eu gosto de Oliver...

MI: *Alarme falso. Baixar armas.*

— ...e tive uma ideia...

— Tá... — Tento, sem sucesso, camuflar o tom de suspeita.

— Não se preocupe, não é nenhuma maldade — brinca ela, antes de acrescentar, com um brilho nos olhos: — Bem, pelo menos não uma maldade *muito* grande...

— Tá... — Mesma coisa de antes.

— Sarah e Oliver não sabem o que estão perdendo, certo?

Essa questão é discutível. Acho que Sarah deve ter uma ideia do que está perdendo, sim: um Nerd inseguro que passa o tempo livre habitando mundos fantásticos e discutindo as melhores partes de *Guerra nas Estrelas*. Se Oliver não sabe o que está perdendo, alguns guias sobre anatomia feminina viriam a calhar.

MI: *Não que você esteja reparando.*

— E se — começa ela —, e se os dois de repente se sentissem meio inseguros a respeito do que sentimos por eles?

— Ceeeer-to. — Mesma coisa de antes, só que com uma palavra diferente.

— Então, e se a gente de repente ficasse indisponível?

Sempre me considerei bastante inteligente, mas não consigo imaginar aonde isso vai dar.

— Como assim "indisponível"?

— Imagine se você tivesse namorada e eu tivesse namorado? Isso não os deixaria com *ciúmes*? — Clare pronuncia a última palavra como se as letras tivessem gosto de chocolate.

— Mas como vamos fazer isso? Quero dizer, aposto que você consegue um namorado a hora que quiser, mas não é como se as garotas fizessem fila na minha porta. E não seria meio deprimente sair com alguém só para fazer ciúmes em outra pessoa?

MI: *Bem falado!*

Clare revira os olhos de bibliotecária rock n'roll, balança a cabeça e bufa, em seguida dá um gemido frustrado.

— Me escute — briga, evidentemente frustrada. — Você não está me escutando. Você e eu vamos fingir que estamos namorando. Um namoro falso. Entendeu?

Tem uma parte em *King Kong* em que o diretor de cinema leva a ingênua equipe para uma neblina sem contar para onde estão indo. Mas assim que todos saem do barco, percebem que estão na Ilha da Caveira. Acabei de desembarcar.

MI: *Isso é um daqueles Planos Femininos.*

Acabo de receber um convite para uma Festa de Como Garotas Pensam, e ela está animada. Nem mesmo com uma arma apontada para minha testa eu teria pensado nisso. É brilhante. Ninguém se machuca, ninguém precisa saber e ninguém pode provar que não é verdade.

MI: *O traiçoeiro canto da sereia! *Tampa os ouvidos*.*

— Mas e se não der certo?

— Ainda assim não ficaria pior que agora, não é? Se eles não quiserem ficar com a gente, sempre dá pra interpretar o herói de coração partido. Isso já resolveria.

— É genial — murmuro. — Genial. Um romance falso. O que fazemos?

— Achei que ia gostar. — Clare sorri. — Tudo bem. Este é o plano...

O plano é tão simples que chega a tirar o fôlego. Nós nos adicionamos no Facebook como se estivéssemos namorando. Sarah não me tirou da lista de amigos ainda, então vai ver os posts, assim como Oliver. Além disso, nossos amigos serão informados, e haverá certo falatório sobre o "namoro".

MI: *O que é isso que estou vendo à frente? As Rochas do Desespero!*

Rolo um D10 em minha mente, como teste de Honestidade. Com um modificador menos dois por Inexperiência. E perco. Estou dentro. Cem por cento. Sem mais perguntas.

— Mas não pode contar pra ninguém, OK? Ninguém mesmo.

— Nem pros meus amigos? — Não sei se consigo guardar um segredo dessa magnitude.

— *Especialmente* pros seus amigos. Quanto menos gente souber, menos chance de alguém estragar tudo. Tá?

— Tá.

— Então, *namorado* — ri —, de que tipo de música gosta? O que tem no iPod de Archie?

Cito algumas bandas, e ela geme em resposta.

— Música deprê! — resmunga, tirando seu iPod do bolso e colocando um dos fones em meu ouvido. — Escuta isso. — Encaixando o outro fone no próprio ouvido, ela aperta play, e, de repente, estou escutando o último álbum da Lady Gaga. Não é bem o que eu faria num domingo normal. O mais estranho é que, conforme escutamos todas as faixas e conversamos mais um pouco, realmente começo a gostar.

MI: *Isso não é um bom sinal.*

Se meus amigos estivessem aqui, meu MI estaria certo. Mas eles não estão, e estou sentado ao lado de Clare, uma bela bibliotecária rock n'roll, a quem não amo e que pode estar prestes a salvar minha vida afetiva. Ela me conta sobre um festival ao qual vai em algumas semanas, perto da escola, e sobre como Oliver estará lá e por isso ela quer ir. Estou gostando de verdade dessas Músicas de Garotas. É claro que me sinto um pouco culpado, mas não o bastante para pedir que ela desligue o iPod.

MI: *Como se fosse mesmo capaz de pedir, Nerd.*

Finalmente, chegamos até sua parada, e, com um "Até mais, *namorado!*", ela salta.

Mal posso esperar para entrar no Facebook hoje à noite.

Mamãe me busca na estação, me abraçando de um jeito que não ameaça romper meus órgãos internos nem cheira como sovaco de viking. Um abraço do jeito certo. Quando entramos no carro, minha barriga começa a reclamar mais uma vez.

— Então, como foi York? — pergunta mamãe enquanto dirige.

— É, foi legal.

— E a casa nova de seu pai?

— É, era legal.

— Conseguiu se divertir?

— É, nada mal.

Flagro mamãe piscando de um jeito confuso que revela que aquelas não eram as respostas que esperava, mas ela não diz nada. O problema é que parece que cada informação que eu der será analisada e usada em potenciais ameaças, como se, de repente, eu estivesse envolvido numa competição Você Gosta Mais de Sua Mãe Ou De Seu Pai? Eu poderia morder a isca e reclamar sobre Jane, Lucas e o cheiro de toalha, mas, se fizesse isso, me sentiria traindo papai. E, se disser que foi ótimo revê-lo, sentiria como se estivesse traindo minha mãe. De repente, parece que tudo que eu digo pode ser mal interpretado, então meu ME desliga a energia do Setor Boca e passamos o resto da viagem em silêncio.

— Archie — recomeça mamãe, quando saímos do carro. Posso sentir uma pergunta pronta para ser feita.

— Sim?

Por um instante, mamãe me olha como se fosse dizer alguma coisa importante. Em vez disso, abre um daqueles sorrisos de Mona Lisa que o Yoda também costuma dar: sábio e experiente, mas carregado com o peso do universo. Ela me puxa para mais um rápido abraço.

— Sabe que só estou interessada, não sabe? — pergunta por cima de meu ombro.

— Sei. Desculpe. Tive mesmo um final de semana legal — minto. — Legal mesmo.

— Que bom, fico feliz. Vamos lá, então. Vamos entrar — diz, como se estivesse tudo bem. — Vá se lavar, o jantar será servido em meia hora. É seu preferido, cordeiro assado.

— Como é? Cordeiro de verdade? — Podia ser uma das criações de soja de Tony dentro de um casaco de lã.

— Sim, cordeiro de verdade.

MI: *E assim tudo volta a ser como deveria.*

Arrasto meu eu inchado pelos dois lances de escada até a Toca, largo a mochila na cama e mando uma rápida mensagem de texto a papai:

Cheguei. Te vejo em breve. Beijos, Archie x

Com aquilo fora do caminho, ligo o laptop e entro no Facebook para ver se minha nova "namorada" está online.

MI: *Ainda dá tempo de desistir!*

Tenho uma solicitação de amizade, com uma mensagem:

Oi, namorado! Quando me adicionar podemos começar a postar! Mas dá pra mudar a foto do perfil? Sem querer ofender, mas você parece meio novo demais para mim, e precisamos fazer as pessoas acreditarem! Namorada xxx

Por um instante, meu ego parece ferido. Eu *quero* parecer mais velho, *quero* que ela se apaixone por mim e *quero* que seja totalmente crível ela se apaixonar por mim. E então me lembro de que sou um Nerd de 14 anos, que parece mais novo ainda com a pronunciada ausência de folículos acima dos lábios. De má vontade, procuro imagens que me façam passar uma impressão melhor. Depois de um tempo, encontro uma velha favorita: Han Solo. É aquela pose clássica: ele debaixo da Millenium Falcon, atirando em stormtroopers. Escolho a foto para meu perfil e confirmo a solicitação de Clare. E espero.

Enquanto isso, entro na timeline de Beggsy para ver se encontro alguma pista sobre as tais "grandes novidades da festa". Nada. Quando começo a pensar em mandar uma mensagem para Ravi ou ligar para Matt, recebo um alerta de post na minha timeline.

Oi. gato. Obrigada pelo fim de semana fantástico. Sabe mesmo como fazer uma garota se divertir. Mal posso esperar para te ver de novo. Xxx

MI: *Agora não tem mais volta.*

A foto de perfil de Clare é perfeita e, obviamente, tirada numa festa para a qual ela se arrumou. O decote aparece o bastante para torná-la sugestiva sem ser sexy demais. Não que eu esteja olhando.

MI: *Sua vez. Se vamos mesmo em frente com isso...*

OK. Releio a mensagem de Clare. Ela sabe o que está fazendo: insinuando que aconteceu *alguma coisa*, mas sem dizer o que foi. Preciso responder à altura, mas, sem nunca ter namorado, nem mesmo de mentira, estou meio sem saber o que escrever. Devo soar romântico ou conquistador?

MI: *Finja que ela é Sarah. Isto é, se quer causar ciúmes DE VERDADE.*

Genial! Se eu fingir que é para Sarah, posso mostrar a ela o tipo de cara que eu seria se fosse namorado dela.

MI: *Romântico, então. Mas de um jeito masculino. Capriche.*

Passo por oito tentativas deletadas antes de finalmente ficar feliz com a resposta:

Preferia passar uma vida inteira com você a viver para sempre sozinho nesse mundo.

Foi inspirado por *O Senhor dos Anéis*, é claro, com um pouco de Archie no meio, para dar aquele toque pessoal. Aperto publicar.

Em pouco menos de trinta segundos, recebo uma mensagem privada de alguém. É de Clare.

Vai com calma. Archie! Não vamos nos casar! Deleta e manda outra!

MI: *Hummm. Como é que as garotas querem que o homem ideal seja?*

É uma boa pergunta, mas, por mais que eu saiba que terei a resposta quando for adulto, é meio difícil imaginá-la agora. Quando deleto a ofensiva mensagem romântica, lembro-me de meu pai me aconselhando a ser eu mesmo há pouco tempo. Mas, no Mundo Real de Criar Mentiras Convincentes, isso parece ridículo.

MI: *Pense como Han Solo! O que o cínico contrabandista Corelliano diria?*

Então escrevo:

Oi — você também não é nada mal.

Sem beijos. É um elogio, mas de um jeito que parece que eu nem ligo muito. Acho que li em algum lugar que garotas gostam desse tipo de atitude.

MI: *E onde teria lido isso — na White Dwarf?*

Minha página atualiza de repente, anunciando que Clare "Está em um relacionamento sério". Comigo. Há até mesmo um coração cor-de-rosa ao lado do texto, caso alguém ainda tenha dúvidas quanto ao que aquilo significa.

MI: *Missão: Improvável lançada! Tan-tan-TAN-tan...*

Fico olhando a página por um tempo, como um idiota. Tem alguma coisa bizarra em ver meu nome ao lado de um texto com *emoticon* de coração. Mas, em vez de parecer triunfal, sinto-me estranhamente vazio, como se tivesse traído um pouco a mim mesmo. Pelo menos aquela parte de mim que sempre olha discretamente para vitrines de floriculturas, desejando ter alguém para quem mandar flores. A parte de mim que quer que exista romance, mesmo com todos dizendo que não é mais algo cool. A parte de mim que estenderia a capa de chuva sobre uma poça, só para manter os pés de Sarah secos, parece murcha, como um balão de hélio grande e cor-de-rosa, em formato de coração.

MI: *Ah, seja homem, Romeu! Essa é sua missão. Cumpra-a.*

Um pedido para confirmar o relacionamento chega, e, com um suspiro de surpresa, dou OK e vou até meu perfil. Há uma caixa chamada "Status de Relacionamento" que me fornece mais opções do que pensei serem possíveis. Não sei nem o que um "Relacionamento Aberto" seria, mas acho que não estou em um. E, por mais que quisesse marcar a opção "É Complicado", escolho "Em um Relacionamento Sério" e clico em salvar. Minha mentira agora é parte do domínio público.

Minha resignação cansada logo é substituída por medo: não sei muito a respeito desse tal de Oliver. E se for algum assassino musculoso cujo fraco é bater em Nerds?

MI: *Anotação mental: conduzir mais experimentos com radiação gama.*

Clico em amigos de Clare e encontro o único Oliver. É bonito. E, sim, parece ser capaz de crescer um bigode muito mais rápido que eu. Amaldiçoo minha calvície facial. Um apito de R2 me desperta do transe de Inveja Hormonal.

bom tv. foi mal c eu tava xato t+ bjo pai x

Ler a mensagem horrenda de papai e seu pedido de desculpas barato parece provocar uma reação física em mim

MI: *Síndrome do Texto Irritante.*

Por um instante, sinto-me num dos filmes da série *Alien*: tem alguma coisa tentando sair do meu estômago, e, com a saída usual em manutenção, ela está tentando escapar pelo meu umbigo.

MI: *Chegou a hora...*

Correr quando se está quase dobrado ao meio de tanta cólica abdominal é bem complicado, mas dou conta. Tranco a porta, e, por uma fração de segundo, todos os meus sentidos se deleitam com o fato de eu estar no *meu* banheiro, na *minha* casa, sentado em *minha* privada.

MI: *Sequência de autodestruição iniciada... Preparar para abandonar a nave...*

O que acontece em seguida fica entre meu banheiro e eu. Basta dizer que um exorcismo medieval teria parecido menos dramático. Missão cumprida, fico parado um pouco, maravilhado com o quanto me sinto leve.

Então acontece outra coisa: percebo que estou *faminto*. O Facebook vai ter que esperar, pois o cheiro do carneiro assado toma conta de mim, e desço correndo as escadas até a cozinha.

Alguns minutos depois, já estou preenchendo o desfiladeiro que acabou de se formar em minha barriga. Até mesmo Tony parece ter esquecido a dieta e se comporta menos como um Sarlacc perto das batatas assadas, além de estar sendo muito menos generoso com o sal. Quase poderia ser uma perfeita refeição em família, não fossem as repetidas tentativas de assassinar qualquer canário que estivesse nas proximidades.

No meio da refeição, escuto a respiração alta de Darth Vader vindo do bolso de minha calça. Pego o celular: é Beggsy.

— Archie — reclama mamãe, com uma expressão sofrida no rosto —, não pode esperar até o fim do jantar?

— Mas é o Beggsy...

— Por favor?

— Mas mãe...

A respiração de Darth Vader é interrompida assim que Beggsy se cansa de esperar e desliga.

— Pode ligar para ele mais tarde — apazigua mamãe. — Vamos ver se conseguimos apreciar uma boa refeição juntos.

Com Beggsy fora de cena, pareço não ter muita alternativa. Mas quase engulo o resto do jantar de uma vez só para poder retornar logo a ligação. Para frustração de mamãe.

Corro pelas escadas até a Toca, com o telefone na mão. Mas, quando encontro o contato de Beggsy, percebo um pequeno pacote em cima da cama.

MI: *Será que poderia ser...?*

Sim, poderia! Rasgo o envelope acolchoado, estourando o plástico bolha. Lá dentro estão as duas pontas de orelhas élficas, novinhas em folha.

MI: **Grita*: ELENDIL!*

Nada mais importa: *preciso* experimentá-las! Corro até o banheiro e as encaixo em minhas orelhas! Apesar do espelho não tocar exatamente a mesma música que minha mente, não pareço nada mal. Talvez, se eu fizesse alguma coisa no cabelo, poderia chegar ao visual esbelto e misterioso que imaginei. Volto à Toca, sentindo-me um pouco parecido com Orlando Bloom.

MI: *Está mais parecido com Dobby que com Legolas, vamos admitir...*

Uma batida hesitante na porta sinaliza a chegada de mamãe, então fecho o laptop mais que depressa.

— Tudo em ordem, amor? — Ela coloca uma xícara de chá sobre minha mesa de pintura e se senta na cama. Depois começa a rir. — Então já abriu sua encomenda?

— Já. — Sorrio, envergonhado. — Orelhas.

— São ótimas. — Ela ri. — Já ligou para Beggsy?

— Er... não. Meio que me distraí.

— Estou vendo. — Mamãe ri de novo, encarando mais uma vez minhas orelhas. — Então — ela sorri maliciosamente —, vai me contar sobre o fim de semana ou não?

A curiosidade de minha mãe realmente não tem fim, mas sei que não é por maldade. Como ela mesmo disse, só está interessada. Parece que Beggsy terá que esperar: ninguém escapa da Inquisição Espanhola de mamãe. Com uma risada relutante, bebo um gole do chá.

— Está bem. O que quer saber? — Meu ME providencia um sorriso carrancudo, deixando-a ciente de que ganhou, e ela se ajeita na beira da cama para ficar mais confortável. Mas só vou contar os destaques editados. Ela não precisa saber sobre a chata da Jane, sobre papai e Lucas ou sobre a quase briga. Só as coisas boas.

— Como é a casa deles? — Ela sorri.

MI: *É tão bom estar em casa.*

OITO

A segunda-feira começa logo às 6h30, com uma sensação de cera derretida em meu abdômen. Quando entendo o que significa, meu cérebro reproduz impiedosamente fragmentos do sonho que levaram àquele mal-estar.

MI: *AhMeuDeus! *Estremece*. Nãooo!*

Essa não é a reação que costumo ter depois de um sonho dessa espécie. Em geral, haveria um sorriso de satisfação enquanto me relembraria de mais uma Conquista do Mundo dos Sonhos®. Mas sonhos desse tipo não costumam ser com minha madrasta. Usando um capacete de chifres. E um biquíni de metal.

MI: *Gaaah! Deve ser uma possessão satânica ou algo assim! Chamem um exorcista!*

Não posso acreditar. Mas a prova está bem ali na minha barriga. É como se eu tivesse ignorado certo órgão por tempo demais e ele tivesse resolvido se vingar. Em meu pijama todo.

MI: *Mas... Jane! Isso é errado de um jeito que nem sei descrever!*

Depois de alguns minutos, aceito que ficar encarando aquela prova fria e dura não vai adiantar nada.

MI: *Você tem dez minutos para se livrar dos corpos. Todos os trezentos milhões.*

Enquanto me visto, peso as alternativas: enfiar o pijama na máquina de lavar não é uma delas, mamãe perceberia de longe. E já usei a velha tática de lavar a parte danificada à mão para depois alegar um acidente com a escova de dentes na semana passada. No final, por falta de ideia melhor, escondo o pijama embaixo do colchão, decidido a lidar com aquilo mais tarde.

Descendo para o banheiro, dou um encontrão em mamãe.

— Bom dia, querido. — Ela sorri. — Levantou cedo!

MI: *Você nem imagina...*

— Er... Foi. Acho que sim. — Não é a melhor resposta do mundo, mas ainda não são nem sete da manhã. Além disso, meu cérebro pervertido parece estar cansado por ter passado a noite conjurando imagens de minha madrasta. Aquele pensamento me assombra enquanto escovo os dentes e tomo o café da manhã. O que há de errado comigo? Como posso ter tido um sonho daqueles? Sinto-me estranho dando o beijo de despedida de sempre em mamãe, na hora de sair para a escola.

Continuo tão perdido em pensamentos que quase passo direto por Beggsy e os meninos, que estão me esperando na esquina da Hamilton Road. Assim que os vejo, meu coração dá um salto e me preparo para escutar as histórias sobre Chris e Sarah. Meu ME finge um sorriso e entra no modo Tentar Não Parecer Desesperado Demais.

— Oi, gente! Vamos lá, me contem: o que aconteceu?

— Cara! *Cara!* — Beggsy parece borbulhar, balançando-se nos pés.

Ravi o interrompe com uma risadinha grossa:

— Espere só até ouvir isso, Archie; é demais!

— É *mais* que demais! — Beggsy pontua a frase dando um pulo. — É épico!

— É? O quê? Ficou com alguém na festa da Kirsty Ford?

Em geral, isso desencadearia uma série de bufadas que indicariam que eu estava viajando: Nerds não ficam com garotas em festas, a não ser que seja parte de algum jogo criado por um Mestre de Jogo e a garota em questão seja uma feiticeira com Batom Hipnótico. Isso aconteceu uma vez, mas éramos jovens e tolos. E não havia garota, era tudo fingimento.

MI: *Pouca coisa mudou.*

Hoje, no entanto, a piada de sempre resulta em uma onda de sorrisos dissimulados e olhares de soslaio. Para Matt.

— O quê? — Arregalo os olhos. — Mentira! — Meu espanto é estimulado ainda mais por uma onda de alívio: as notícias que eu tanto temia não são sobre Chris e Sarah.

— Verdade. — Ravi sorri.

Todos os olhares estão em meu amigo de cabelos ruivos, e, cara, como ele parece odiar aquilo. Matt já é bem desajeitado nos melhores dias, mas, neste momento, parece que foi empalhado. Os braços estão esticados ao lado do corpo, e as pernas, tão duras que existe a possibilidade de seus joelhos saírem pela parte de trás. Os únicos sinais indicando que está vivo são um movimento estranho que ele faz com os pés, além dos dedos abrindo e fechando em movimentos nervosos e entrecortados.

— Não *fiquei* com ela — reclama Matt. — A gente conversou, só isso!

MI: *De acordo com os padrões Nerds, isso praticamente conta como casamento.*

— E obrigado pelo voto de confiança — acrescenta, ácido. — Amigo.

Matt conseguiu: ele quebrou a barreira invisível, mas espessa, que separa Nerds de Garotas e Fez Contato. E ter sido *Matt*, o mais Nerd de todos...

— Com quem foi? O que aconteceu?

Matt faz mais uma careta e examina o chão em busca de respostas.

— Foi com a *Cait*-lyn, cara! — Beggsy está brilhando, os olhos arregalados de espanto. — E ela conversou *com* ele!

MI: *Volta o áudio*. *Reproduz*. *Sim: ele disse "Caitlyn"*...

— *CAIT*-lyn? — O nome escapa de minha boca traiçoeira como um canhão de descrença.

— O que quer dizer com "CAIT-lyn"? — Matt aperta os olhos, com uma resposta sem dúvidas pensada e já pronta.

— Nada... Só fiquei... surpreso! Mandou bem! — Eu rio, dando um tapinha no ombro dele. Ele meio que fica parado e aceita, sem expressar felicidade ou irritação. Nem mais nada, na verdade.

Mas o que me incomoda sobre CAIT-lyn é que ela é a garota que me chamou de "imaturo". Na Escala Nerd de Insultos, isso não foi nada, como dizem nos filmes. Menos que nada, já fui chamado de coisas muito piores, por pessoas muito mais ameaçadoras. Mas o que me incomoda tanto naquele insulto em particular é que ele foi...

MI: ... *e ainda é*...

...meio acertado demais pro meu gosto. Mas o que percebo em seguida é ainda mais grave: Caitlyn é a melhor amiga de Sarah. Sua "BFF". E isso significa que já estou um passo mais próximo de Sarah, sem sequer tentar. Qualquer coisa que eu diga sobre Clare vai direto para os ouvidos certos. E posso até mesmo conseguir informações de volta.

MI: *Tan-tan-TAN-tan*...

Todo o restante do grupo encara Matt fixamente com sorrisos largos e bobos, mas a inveja que ronda em silêncio também tem seu próprio sabor. Para todos os efeitos, ele é um Nerd com Namorada. Preciso admitir que também estou sentindo um pouco de inveja, mas Matt merece o Momento de Glória.

— E vocês dois, perdedores? — pergunto a Ravi e Beggsy. — Estavam abraçando Kirsty Ford! — Esse assunto rende certa discussão. Se estivéssemos sentados na mesa do almoço, seria um debate tão longo e detalhado quanto o do Conselho de Elrond.

— Na verdade ela é bem legal — oferece Ravi. — Motivos óbvios à parte.

— Ela gostou do *Beggster*... — anuncia Beggsy, num sotaque americano esquisito.

— De quem? — Rio.

— Do *Beggster*. Todas as damas queriam um pedacinho do *Beggster*.

MI: *Isso tem potencial para se tornar irritante...*

— E com quem o Beggster se deu bem? — É só um pouquinho de provocação entre dois amigos.

— O *Beggster* circulou pela festa. — Ele balança a cabeça, fingindo indiferença. — O *Beggster* tem opções.

— Tá bom — interrompe Matt. — E as opções são ou O Beggster pode parar de falar desse jeito ou O Beggster leva um soco na cara. — As técnicas de provocação de Matt são um pouco menos sutis que as minhas.

— Mas é assim que O *Beggster* fala.

— O único personagem que tem direito de falar de si mesmo na terceira pessoa é o Incrível Hulk — constata Ravi, aproveitando a oportunidade para um rápido debate Nerd. — Que poderes O Beggster tem?

— O *Beggster* tem os Poderes do Amor — responde Beggster, com seu sotaque americano.

— E como eles se manifestam? — quer saber Ravi. — Olhar de raios laser? Capacidade de voar? Como?

A conversa continua até chegarmos à escola. Durante o caminho, O Beggster anuncia seus superpoderes sexys enquanto botamos pilha. Mas, conforme nos aproximamos dos portões e a multidão aumenta, algumas pessoas o chamam: "Ei, Beggster!", ou apenas "Beggster!". O Beggster responde com uma piscadela casual ou um aceno rápido. Em seguida alguém chama Ravi. E até mesmo Matt, mas ele não responde.

— O que vocês *fizeram* nessa festa? — Não ter ido parece uma das piores coisas que já me aconteceu. Meus amigos caminham devagar, avançando através de algum tipo de osmose social, para a Horda dos Normais. E eu não. Do jeito que as coisas estão, vou terminar tão sem amigos quanto sem namorada. Serei O Último Nerd.

— A gente só foi. — Ravi dá de ombros. — Aparecemos lá e conversamos com as pessoas.

— Eles apareceram lá com O *Beggster*! — Corta para nossos olhos se revirando com o comentário.

— E *você* também não tem notícias para dar, Archie? — Matt abre um sorriso malicioso de repente.

MI: *Procura roteiro do romance falso*. *Não encontra nada*.

Meu ME responde forjando um sorriso que ameaça partir minha cabeça em dois.

— Tenho, é?

— Quem é Clare? — pergunta Ravi, com sua voz de barítono.

MI: *Você chega numa bifurcação na estrada. A placa de um lado diz "Verdade", enquanto a do outro diz "Mentiras Traiçoeiras". O que quer fazer?*

Essa é uma parte do plano brilhante de Clare que eu não tinha gostado: mentir para meus melhores amigos. Consigo escutar as instruções de Clare bem baixinho em minha mente: "Quanto menos gente souber, menos chances existem de alguém estragar tudo..."

Infelizmente, aquilo faz um sentido terrível e desleal: quanto menos gente souber a verdade, menos chances existem de revelarem ser tudo mentira. Mas, entre Nerds, essa é uma Grande Mentira. E, se eu for adiante com ela, também serei elevado ao posto de Nerd com Namorada. Sem ter uma.

MI: *Ainda. *Assobia inocentemente*.*

— Ha-há! Ah, é... vocês viram no Facebook? — Acho que não soei muito convincente.

— Du-uh! — ironiza Ravi, como se eu fosse um idiota.

MI: *Sem comentários.*

— Então... quem é ela, cara? — Apesar do aparente deleite de Beggsy, posso ver o que está rolando por baixo da superfície. Nerds temem Mudanças assim como Frodo temia os Nazgûl. Já posso perceber que ele e Ravi estão até vendo o fim de nosso grupo de jogos, as amizades desmoronando, a destruição da civilização como a conhecemos.

MI: *Tan-tan-TAN-tan...*

— Er... só uma garota que conheci no trem indo pra casa de meu pai... — Isso não está sendo tão fácil quanto eu pensava, devia ter inventado uma história melhor.

MI: *Mas isso não é um dos Jogos, Archie...*

— Só uma garota? — repete Ravi, antes de se virar para o restante dos meninos. — Deviam ver a foto de perfil dela. É muito gata!

— Cara! — guincha Beggsy, um barulho agudo que provavelmente faz os tímpanos de todos os cachorros nas proximidades explodirem. — Vocês... você sabe...?

— O quê?

— Você *sabe*... Vocês fizeram alguma coisa? — Graças a Deus ele baixa a voz para um nível mais razoável quando passamos pelos portões da escola.

— *O quê?* Não! — Eu não esperava por isso: dois de meus amigos se transformaram em jornalistas do The Nerd Times, ávidos por detalhes. E tenho certeza de que Matt só está esperando sua hora. — Ela... não é bem isso!

Desesperado para fazer eles calarem a boca, meu ME transforma a culpa em ultraje. Mas o fascínio de Beggsy pelo corpo feminino não tem fronteiras.

— Cara! Você... sabe... mexeu naqueles melões?

— Jesus! — explodo. — O que há de errado com vocês? Ela *é* só uma garota!

Por sorte, a campainha da escola evita que isso se estenda por mais tempo, e nosso grupo se separa. Eu e Matt vamos para um lado, Beggsy e Ravi para o outro, ainda envolvidos em uma conversa animada em timbres diferentes, como uma versão vocal de *O Gordo e o Magro*.

— Sarah estava na festa — diz Matt.

— Ah é? — respondo, tentando esconder o medo que ameaça transbordar através de meus poros. — Parecia estar se divertindo?

MI: *Tradução: ela ficou com Chris?*

— Ela ficou de papo com algumas pessoas. E conversando com Chris. Falamos um pouco.

— OK. Legal.

— E depois foi para casa com Caitlyn.

Só posso rezar para que o alívio que estou sentindo não transpareça em meu rosto. Meu ME mantém a farsa, pintando-o de cor de Pele Indiferente e dando um banho de Bronze Não Estou Nem Aí.

— Então, acha que vai conseguir se dar bem com Sarah agora? Isto é, já que está namorando e tudo... — Há um toque de Verde Desespero na indireta de Matt... Quanto mais cedo eu voltar a ser amigo de Sarah, mais cedo todo mundo pode se encontrar sem constrangimentos. E, para um cara tão constrangido, Matt odeia constrangimentos.

— Acho que sim. — Solto um sorriso fraco antes de apertar o passo.

MI: *Se acomoda na poltrona para curtir o show*. Alguém quer pipoca?

Quando finalmente a campainha toca, sinalizando a hora do almoço, a notícia já se espalhou como uma queimada: Archie, o Nerd, está namorando. Se aquilo fosse verdade, sei que eu estaria desfilando pelos corredores como se fosse o Hulk indo para uma queda de braço. Mas o fato de ser uma grande farsa só me deixa deprimido. Quero pular numa TARDIS, voltar no tempo e nunca ter concordado com essa loucura.

Todas as minhas energias são usadas para tentar entender a situação em que estou, tirando energia vital de meu Detector de Boçais®. Não percebo quando o fluxo de estudantes se separa para não bater contra um Objeto Imóvel mais à frente, minha própria e maior represa, Jason Humphries.

Mesmo sem a habitual gangue de Boçais, Humphries é uma figura imponente. Mas, sem meus Detectores ligados e minha aparente fixação em contar sapatos enquanto caminho, esbarro nele antes mesmo de perceber quem é. Seu peitoral é como uma parede de tijolos.

— Então. O Nerd tem uma namorada.

MI: *É o Matt! É ele que tem! Isso é um caso de identidade trocada!*

Meu ME entra em curto-circuito devido à sobrecarga de medo, e tudo que consigo fazer é me endireitar e cortar contato visual, exatamente como alguém faria com um leão faminto.

— Ela gosta de Nerds, é? — Esse cara consegue impregnar cada palavra com algum tipo de ameaça física sem nem precisar se mexer.

MI: *... e minhas miniaturas deixo para Beggsy, que sei que vai pintá-las melhor que eu...*

— É... acho que sim — gaguejo. Até as palavras estão com medo demais para sair de minha boca.

— Você não vai mais ter nada a ver com Sarah. Vai. — Percebo a falta de ponto de interrogação na última frase. Detalhes como pontuação são desnecessários quando se é mais forte que o universo.

Enquanto meu corpo parece ter esquecido a maior parte dos fundamentos para viver, como respirar, minha mente gira como um redemoinho. O fato de Humphries ter se dado ao trabalho de ter essa conversinha comigo revela uma coisa que acho que ele não quer que eu saiba: de algum modo, ainda sou uma ameaça à sua órbita em volta de Sarah. Essa pequena informação é guardada no arquivo "Sonhos Separados para Um Dia Serem Destruídos" e forneço a Humphries a resposta que ele está esperando.

— Ela não fala mais comigo de qualquer forma.

Humphries se aproxima de mim e encosta um dedo no meio de meu peito. Meu coração cessa de bater, caso isso o deixe desconfortável.

— Ótimo. Que continue assim. — E então tenta me atravessar. Detalhes como as Leis da Física também são desnecessários quando se tem bíceps do tamanho dos de Bane. Por consideração, consigo sair do caminho.

MI: É a Etiqueta das Vítimas.

Me recompondo, o observo ir embora e fico ali parado, tremendo, por um tempo. Todo Nerd sabe o que estou sentindo: depressão, raiva, medo, ódio de mim mesmo, aversão, tudo ao mesmo tempo. O fato de alguém ser capaz de fazer você se sentir tão insignificante não quer dizer que precise fazer isso. Repasso a conversa na cabeça um milhão de vezes em cerca de um minuto, explodindo Humphries em todas elas. Quando me convenço de que minhas pernas vão recuperar a habilidade de carregar meu peso, retomo o plano de encontrar o pessoal no refeitório. Meu Detector de Boçais® agora trabalha a todo vapor.

Matt, Ravi e Beggsy já ocupam uma mesa.

— Cara! — Beggsy parece pronto para lançar mais uma rodada de perguntas.

— O quê? — respondo, já de saco cheio. — Se for sobre Clare, esqueça.

— Ah, qual é! — Ravi tenta me persuadir. — Você é o cara que "sabe fazer uma garota se divertir". Só queremos algumas migalhas, Ó Grande Sábio. — Ele começa a imitar um tipo de adoração, levantando e abaixando os braços esticados, como se estivesse num altar. É claro que aquilo se espalha pela mesa toda como uma ola num estádio de futebol.

Isso está saindo de controle. Meus amigos Nerds acham que sei o que estou fazendo. Preciso dar um jeito de cortar isso pela raiz.

— Tá bom — suspiro. — Conheci uma garota num trem, conversamos, descobrimos que gostamos das mesmas coisas, e foi meio que isso. — Espero que minha imprecisão de algum modo pareça ser coisa de um Homem Experiente.

MI: *Bem, esses caras não vão saber se não parecer, vão?*

— E quanto a essa "diversão" que você deu a ela? Quão divertida foi? — Até mesmo a discrição ressonante de Ravi se desintegrou, revelando um pervertido enrustido.

MI: *Também conhecido como "menino de 14 anos".*

Escolho ser vago mais uma vez, mas dessa vez com um toque de mistério.

— Bem... acho que é uma coisa que ou você sabe fazer ou não sabe. — Então confirmo, com uma tentativa de tirar a atenção de mim. — Não é, *Beggster*?

— O *Beggster* está trabalhando nisso. O *Beggster* não apressa essas coisas.

— OK. Então tá. Vamos falar sobre o QuestFest. — É menos um desvio na rota daquele assunto e mais uma mudança radical de rota. Com direito a marcas de pneu.

MI: *Tire suas próprias conclusões.*

— *SexFest* — ironiza Beggsy, parecendo um papagaio debochado. Tento manter a conversa ativa em qualquer direção, menos na de minha vida amorosa fictícia.

— Ei, recebi minhas orelhas!

— Cara! Recebi minha barba!

— Como é?

— Maneira! E as orelhas?

— Elftásticas, cara!

— Anãocrível!

MI: *Isso só poderia ser uma conversa entre Nerds...*

— Isso pode ficar estranhorc... — completa Matt, recebendo um coro de gemidos.

— E quanto às armas? Conseguiram alguma coisa? — Já posso sentir o fardo do Plano Feminino de Clare saindo de minhas costas enquanto mergulhamos na boa e velha Linguagem Nerd®.

— Pois é — diz Ravi, com amargura. — Olhamos todos os sites, são todas bem caras. E não dá pra usar espadas de madeira nem de plástico, porque precisam ser "seguras para o jogo".

— E o que as torna seguras para o jogo?

— Cara... — Até Beggsy parece desanimado. — A questão é que elas têm um tipo de núcleo rígido e são cobertas de espuma de látex para não machucar ninguém.

Há uma pausa na conversa enquanto quatro Nerds vasculham os cérebros em busca de uma solução. De repente, penso numa.

— NERF! — A palavra sai como uma explosão, surpreendendo até a mim.

— Saúde. — Matt poderia trabalhar como comediante em Vulcan, de tão seco que é seu senso de humor.

— Espadas NERF! — Meu Cinema Mental® passa uma rápida lembrança do quarto de Lucas. — São de espuma, mas rígidas!

— Mas elas precisam parecer reais. — Ravi franze a testa. — As dos sites de LARP parecem bem reais.

— Mas somos Nerds! E o que os Nerds fazem de melhor...?

— Pintamos. É isso. — Adoro como Matt é rápido e direto.

— Cara! É isso! Posso pegar uma pistola de pintura emprestada com o Big Marv! — Os dedos de Beggsy apertam um gatilho imaginário.

— Demais! — Abro um sorriso. — Podemos passar por uma loja de brinquedos na volta para casa e comprar umas espadas?

Dessa vez, Matt não responde tão rápido nem diretamente. Na verdade, alguns minutos se passam enquanto eu, Ravi e Beggsy reviramos os bolsos em busca de dinheiro antes que ele se manifeste.

— Hoje não posso.

— Por que não?

— Vou... acompanhar Caitlyn até a casa dela.

Beggsy olha literalmente duas vezes pra ele enquanto Ravi e eu apenas levantamos o olhar de nossas patéticas pilhas de trocados. Considerando o brilho nos olhos de Beggsy, há um comentário pronto para ser feito. Considerando o olhar acuado nos de Matt, é melhor que aquilo não aconteça. Ravi interrompe antes de mim.

— Não tenho mesmo muito dinheiro aqui comigo. E amanhã?

— É — respondo. — Por mim pode ser.

— E quanto a *você*, Senhor "Vou Levar uma Garota Até a Casa Dela"? Vai poder encaixar na sua agenda? — Beggsy nunca sabe quando desistir, e já me preparo para ver Matt cair na pilha. Mas ele não cai. Em vez disso, pega um de seus livros e começa a folheá-lo.

— Mande seu pessoal falar com meu pessoal, e veremos o que dá pra fazer. — Apesar de ser uma piada, há uma pitada de desafio nos olhos de Matt. Espero que Beggsy também enxergue. Mas, justo quando os dois estão carregando as pistolas de duelo verbal, Sarah entra no refeitório com Caitlyn, e as duas caminham até o balcão das saladas. Meu computador de bordo exibe o provável desfecho: Caitlyn vai ver Matt e virá se juntar a nós, o que significa que Sarah também virá. Hora de sumir.

— Preciso ir nessa, pessoal.

MI: *E quanto a toda aquela história de Tan-tan-TAN-tan?*

— Para onde está indo? — pergunta Ravi.

— Biblioteca — improviso. — Pesquisa. Artes. — Nenhum Nerd jamais questionaria a dedicação de outro Nerd aos trabalhos escolares.

Eu devia ficar e cumprir minha missão. Há um momento de indecisão, antes de pegar minha mochila, apressado, e ir em direção à saída. Devia, mas não consigo. Ainda não. E ainda parece um pouco estranho. E, mesmo assim, não era ela quem devia estar me procurando e limpando as lágrimas com a manga do casaco no Grande Desconhecido dos Banheiros Femininos ou coisa assim? Preciso pensar. Não quero ser pego de surpresa, como naquele dia com os meninos. Preciso saber exatamente o que vou dizer.

MI: *Próxima parada: biblioteca. Hora de ser feliz.*

Passo o resto do dia amaldiçoando minha covardia. Também passo o resto do dia me amaldiçoando por ter entrado no romance falso de Clare, em primeiro lugar. Quando estávamos no trem, não parecia que seria tão complicado.

MI: *Você poderia dizer a verdade. Conceito estranho, eu sei.*

Poderia, mas aí eu decepcionaria Clare. Além disso, ela tem meu Facebook. Se eu desse para trás de repente, o que poderia acontecer? Eu poderia descobrir do que uma mulher furiosa é capaz.

MI: *E suas viagens para York poderiam se tornar um tanto desconfortáveis.*

Que confusão.

O último sinal do dia toca, e deixo o mundo de funções polinomiais para trás, perdido em pensamentos enquanto atravesso o corredor levado pelo fluxo de pés e feromônios. Ravi e Beggsy me esperam nos portões, mas não falamos muito na volta para casa. Sentimos a falta de Matt, mas por motivos diferentes. Estou apenas grato por ele não estar aqui para implicar por eu ter saído correndo do refeitório; Ravi e Beggsy não alcançaram o mesmo nível de Matt em matéria de confrontos.

Chegando à porta de casa, vejo que o carro de mamãe não está lá, mas o de Tony sim. Essa é a situação que sempre tento evitar: Tony e eu sozinhos em casa. Mas hoje em dia meu Detector de Imbecis® é pouco mais que um ruído de fundo.

Quando a porta se fecha atrás de mim, entoo meu "Olá!" de sempre e vou até a cozinha pegar uma lata de Coca. Com a lata a milímetros de minha boca, espirrando gotículas de gás da gostosura açucarada em meus lábios, escuto o barulho de descarga. O barulho é seguido pelas trovoadas de cascos nas escadas, e meu meio-que-padrasto entra na cozinha.

— Arch. — Tem alguma coisa em seus olhos que diz que é sério. O que quer que seja.

Meu ME aumenta a voltagem, mas só consegue simular um sorriso amarelo. Foi um longo dia.

— Oi, Tony.

— Precisamos conversar. — Ele anda até o escritório de um jeito sério, que sinaliza que eu deveria segui-lo. Quando chego em seu Santuário, Tony está sentado na cadeira de couro giratória.

— Feche a porta — avisa.

MI: *OK. Isso é esquisito.*

Tony me encara fixamente enquanto organiza o que vai dizer. A questão é que ele não é meu pai e sabe disso; e o fato de não conseguir me olhar nos olhos durante mais que alguns segundos revela que estamos prestes a entrar num assunto nunca antes explorado.

MI: *Não existem coordenadas a partir deste ponto! Todos os funcionários são orientados a voltar para as estações e aguardar mais instruções!*

Então, em vez de dizer alguma coisa, Tony enfia a mão no bolso e tira um pacote de plástico, que atira em minha direção. Da última vez que ele fez isso, era um anel de noivado para minha mãe. Dessa vez é um...

MI: *AhMeuDeus! AHMEUDEUS! AHMEUBOM-DEUS!*

... um pacote de camisinhas. Meu ME, desabituado a tais demandas de suas reservas, entra direto no modo Hibernar, me deixando ali em pé, congelado, como se tivesse acabado de olhar nos olhos de Medusa. Enquanto segurava um pacote de camisinhas.

MI: *Não é real. Não está acontecendo. Não é possível.*

— Sabe o que é isso? — pergunta Tony, como se eu tivesse acabado de pousar neste planeta.

— Aham — consigo dizer, em meio ao *rigor mortis* em meu rosto.

— E sabe para que servem?

MI: *Se mata, Archie. Agora.*

— Sei. — A palavra voa para fora de minha boca tão rápido que praticamente pega fogo ao entrar na atmosfera da conversa.

— E sabe como se coloca?

MI: *Se ele pedir uma demonstração, vá até a janela à sua direita.*

— Eu nunca... — As palavras agora são sussurros. Não há mais volume, o horror abaixou o som.

— Tem instruções.

— OK.

Tony se recosta na cadeira, cruzando os braços e pernas, mas ainda incapaz de manter contato visual. Naquele momento, isso é a única coisa me impedindo de entrar em combustão e deixar nada mais que um par de tênis chamuscados para trás.

— Sei sobre Clare — acrescenta, como se isso explicasse tudo.

MI: *O QUÊ?*

— O quê?

— Vi seu post no Facebook, Arch.

Meu alerta preto de repente sobe para vermelho. Minhas antigas tentativas de me dar bem com Tony voltaram para me assombrar de uma maneira que nunca pensei ser possível. Queria que o Facebook nunca tivesse sido inventado, muito menos que eu tivesse aceitado o pedido de amizade de Tony para manter a paz entre a família.

Tony vê meu silêncio de olhos esbugalhados e queixo caí-do como algum tipo de permissão para continuar:

— Ela tem 16 anos, Arch. Sabe o que isso significa, ami-go. E você tem 14. Sei como são as coisas quando se tem 14 anos. E sei que coisas acontecem. — Nem mesmo o fato de todos os corpúsculos vermelhos de meu corpo parecerem ter desaparecido é o suficiente para impedi-lo. — Não posso lhe dizer como viver a própria vida, Arch, mas posso aju-dá-lo a se proteger. Use suas galochas, amigo. Vão te impe-dir de pegar alguma coisa e evitar o nascimento de Archie-zinhos... Se é que me entende. — E então, no mais perfeito estilo Tony, ele completa o discurso com aquele acréscimo de informação sobre o qual eu realmente não precisava sa-ber. — Não são só para os jovens. Adultos também usam. Eu uso com sua mãe.

Se minha vida fosse um filme, essa seria a cena em que a equipe de efeitos especiais teria grudado algum tipo de man-gueira junto à parte escondida de meu pescoço. Assim, eu conseguiria vomitar um jato horizontal através da sala, su-jando o tórax de Tony com uma substância verde e pegajosa, antes de sair correndo do escritório e me jogar do penhasco mais próximo.

— Que bom que podemos conversar assim. — Tony ba-lança a cabeça, orgulhoso, antes de se levantar e me dar um tapinha no ombro. — Coisa de homem. Não vou dizer nada à sua mãe.

MI: *Desaba em lágrimas*.

Acho que minha vida poderia ser uma série de comédia com roteiro tosco, porque essa é a hora em que mamãe apare-ce, entrando pela porta da frente, carregada de sacolas.

— Olá? — pergunta. — Archie? Alguém em casa?

Guardando as camisinhas no bolso, me recomponho depressa e encontro mamãe no corredor.

— Quer uma xícara de chá? — pergunta.

— Estou tomando uma Coca.

MI: *Qualquer coisa para tirar aquele gosto amargo da boca.*

MI: *Isso não soou muito bem, né?*

Por mais que eu quisesse correr escada acima para esconder meu contrabando contraceptivo, ajudo mamãe a carregar as compras até a cozinha e tento agir como se fosse apenas mais um dia normal. Sentar na cozinha e ouvir como foi o dia *dela* é uma boa distração do fato de que, neste momento, minha vida se transformou num tipo de carrossel maluco do qual não consigo descer. Meus amigos acham que sou uma coisa que não sou, meu padrasto acha que estou *fazendo* uma coisa que não estou. E a única coisa que estou fazendo *de verdade*, mentindo, eu preferia não estar.

MI: *Talvez você precise relaxar. Cadê o catálogo da Next?*

— Está tudo bem, Archie? — Os scanners de mamãe obviamente captam uma perturbação na Força, e sinto meu estômago se revirar quando A Verdade acredita ser uma boa hora para sair. Mas me controlo, invento minhas desculpas e subo até a Toca, com as camisinhas de Tony fazendo um buraco em meu bolso.

Coloco uma calça jeans livre de camisinhas, faço meu dever depressa e entro no Facebook. Não tem muita coisa acontecendo, e, para meu alívio, Clare não mandou mais nada. Quase sem perceber, acabo na página de Sarah, olhando suas fotos. Ela é a Garota Mais Linda Do Mundo®. Tem fotos suas com roupas góticas e roupas normais. Cada estilo parece apenas realçar diferentes aspectos de sua beleza: a maquiagem gótica a faz parecer elegante, sexy e um pouco vulnerável, enquanto as fotos sem maquiagem a fazem parecer reluzente e inocente como uma maçã ainda na árvore. É a gótica que faz meu coração disparar e tira meu fôlego, mas é a maçã que me faz derreter por dentro. Será que realmente poderia ser amigo de uma garota que faz isso comigo?

MI: *Odeio dizer isso, mas ela não fez nada com você. NA-DA!*

Alguém bate na porta, então clico em minha página inicial.

— O jantar está na mesa — anuncia mamãe, colocando algumas roupas recém-lavadas na cama. Desço as escadas e tento não fazer contato visual com Tony em meio às garfadas de algum tipo de ração de passarinho que me informam ser "cuscuz". Engulo tudo com minha coragem de macho.

De volta ao quarto, sem nada no Facebook, resolvo buscar algum consolo em *O Cavaleiro das Trevas*.

Eu nunca tinha percebido que Batman e Super-Homem não se davam bem, mas é verdade. Esse livro mostra o Super-Homem como um mercenário: ele dá a volta ao mundo resolvendo guerras para o governo e, em troca, o deixam em paz. Ele é a arma mais letal que qualquer país poderia ter, e tudo que precisa fazer é seguir as regras.

MI: *Portanto, Super-Homem é um Nerd. Só que musculoso. E com superpoderes. E... Ah, esquece.*

Mas Batman não segue as regras; é por isso que o governo não gosta dele. Por isso querem que o Super-Homem o capture. Amo as ilustrações do livro e a forma como foram pintadas: é tudo meio borrado, parece sangrar na página, passa uma sensação real da atmosfera de cada um dos quadros.

Quando estou guardando o livro para me preparar para dormir, noto a pilha de roupas limpas na beira da cama. Ali, em cima de um jeans, algumas camisetas e toalhas, está meu pijama.

MI: *Sim. Seu. O pijama com seu nome bordado e tudo.*

Meu pijama.

MI: *E seu DNA...*

Meu pijama, antes saturado pelo resultado de um sonho depravado, agora lavado, seco e passado. Isso significa que, enquanto eu estava na escola, mamãe entrou em meu quarto.

Mamãe entra na Toca, cantarolando sozinha. Ela para no meio do quarto e suspira, impressionada com o quanto seu filho é maravilhoso. Então, feliz em apenas ser sua mãe, pega o cesto de roupa suja e tira as roupas do dia anterior. Enquanto faz a cama, percebe que tem alguma coisa debaixo do colchão de Archie, algo que parece mostrar a língua para ela. "O que poderia ser?", pergunta-se ela, abaixando-se para puxar a calça do pijama de seu amado filho. E então vê a Enorme Mancha Úmida...

MI: *Já não devia mais estar tão úmida àquela altura. Só dizendo...*

... identifica a mancha como o resultado de material genético recentemente disparado...

MI: *Também já devia estar bem gelado, àquela altura.*

... e passa o resto da vida fazendo terapia. Depois de colocar o pijama na máquina de lavar.

Atiro minha cabeça, infelizmente ainda presa a meu corpo traiçoeiro, no travesseiro e gemo o mais alto possível.

Aquela história me fez perceber três coisas:

Se existe uma mãe que merece um buquê de flores do filho, é a minha.

Não há lugares secretos em meu quarto. Portanto...

As camisinhas precisam sumir.

MI: *Tan-tan-TAN-tan...*

NOVE

Acordar sem uma civilização inteira grudada no pijama já é uma boa maneira de começar uma terça-feira. Mais importante ainda é o fato de Jane e seu biquíni de metal não terem participado de nenhum de meus sonhos. Mas hoje tenho mais uma Missão Importante a cumprir: hoje é dia da Operação Camisinha (Livrar-se Dela). Depois de me vestir, dobrar o pijama e colocá-lo em cima da cama, para mostrar a mamãe que voltei a ter controle sobre meu próprio corpo, olho o Facebook depressa. Tem um post de Clare:

Fiquei com saudades ontem. Pena que não mora mais perto... X

MI: *Voz robótica*. *Pro-ces-san-do, pro-ces-san-do...*

OK, acho que esse eu entendi: ela está dizendo àquele cara, Oliver, que ele ainda tem chance. É claro que eu não moro perto, o que significa que não vamos nos ver o tempo todo e que é hora dele fazer sua jogada. Estou aprendendo a pensar como uma Garota. Se vou participar desse falso romance, é bom que seja cem por cento: todo mundo já acha que estou namorando, então é bom que eu faça minha parte.

Apesar do gosto ruim na boca ao fazer aquilo, comprometo-me à missão e digito uma resposta:

Te vejo em breve.

Sem beijo. Sou o indiferente nessa relação.
MI: *Que, portanto, com certeza é falsa.*

Sem esperar para descobrir se fiz alguma coisa errada, desligo o computador, tomo café da manhã e saio para a escola com um pacote de camisinhas prensado contra minha coxa. Graças aos passos apressados, chego à esquina da Hamilton Road bem na hora em que os meninos estão se encontrando. Logo me pergunto qual seria o coletivo para um bando de Nerds.

MI: *Desengonçados? Convenção? Insegurança em grupo?*

Por sorte, Matt e eu não viramos assunto. Há coisas mais importantes para conversar enquanto trilhamos o caminho, tipo definir como pintaremos as espadas. Beggsy acha que a melhor maneira seria uma mistura de preto e metálico como base, uma camada de tinta metálica em cima, seguida de outra, misturado com branco. Gosto do estilo dele, mas estou distraído com o fardo de borracha no bolso, então apenas observo a discussão, em vez de participar.

Quando a escola aparece, no final da rua, tenho aquela sensação estranha que Peter Parker tem toda vez que algo está prestes a dar errado. O dia nem começou e já estou esperando que acabe logo.

É difícil se concentrar na aula de inglês quando se tem um pacote de Meias de Banana ©Beggsy ardendo no bolso. Como resultado, não sinto a mesma surpresa alardeada pela Sra. Hughes ao descobrir que o poema Westminster Bridge, de William Wordsworth, na verdade era sobre uma ponte, não sobre uma garota. Estou ocupado demais pensando em como me livrar dos contraceptivos em meu bolso. Poderia apenas deixá-los cair onde estou e esperar que ninguém perceba, mas, conhecendo minha sorte, a Sra. Hughes os veria depois de sairmos da sala e se lembraria de quem estava sentado ali.

Passo o intervalo rondando lixeiras próximas com uma das mãos no bolso, mas Beggsy e Ravi estão grudados em mim como cola. Está claro que ainda acham que vou fugir com Clare sem dar aviso e nunca mais voltar. Isso deve ter sido reforçado pela decisão de Matt de ir atrás de Caitlyn em vez de ficar com a gente, como de costume. Não tenho nenhuma outra ideia durante a aula de geografia, e uma parte de mim, louca, pensa na hipótese de dar as camisinhas para meus amigos. Mas seria como a descoberta das speeder bikes pelos ewoks, em *O Retorno de Jedi*: diversos gritinhos hiperativos que, sem dúvida, atrairiam atenção indesejada dos stormtroopers de sempre. Quando chega a hora do almoço, estou conformado em ter que fingir um Contato Imediato Com O Número Dois, mas preciso escolher a hora certa.

MI: *Talvez a velha tática "Posso ir ao banheiro?" durante a aula de biologia, agora à tarde?*

É perfeito. Não vai ter ninguém por perto, e posso jogar meu fardo profano no abismo. Com esse plano em mente, vou até o refeitório para encontrar os meninos. Quando chego na mesa, os outros já estão a todo o vapor.

— Tá, mas eles têm que ter capuz, cara! Capuz é a proteção padrão! — Durante um breve e suado segundo, meus ouvidos interpretam os guinchos de Beggsy como algo a ver com camisinhas.

— Oi, gente. O que está rolando?

Meus amigos ficam quietos de repente e começam a se entreolhar de um jeito estranho, como se estivessem rolando dados de vinte faces com os olhos. Com certeza tinham planejado o que viria a seguir.

— Estávamos pensando — começa Ravi, devagar — se sua mãe poderia nos ajudar com os mantos...

MI: *Eeee... relaxar!*

As habilidades de mamãe em fazer fantasias são lendárias. Em todos os Halloweens dos últimos nove anos, ela fez uma fantasia para mim. Ainda bem que os meninos e eu não nos conhecíamos no ano em que ela resolveu me vestir de Grúfalo, apesar de já terem visto as fotos.

— Posso tentar... — concordo, sem me comprometer muito. — Mas é um pedido grande, quatro mantos até sexta-feira.

Segue-se mais um silêncio.

— O quê? — Silêncios são irritantes, a não ser que sejam obra minha.

— Seis mantos — corrige Ravi. — Acho que vamos precisar de seis...

— Como assim?

— Pensamos em convidar as garotas.

MI: *Som de um piano caindo em cima da minha cabeça*.

— Como é?

MI: *Ou você está ficando louco ou eles acabaram de sugerir "convidar as garotas".*

— Querem convidar as garotas? Sarah e Caitlyn? — Como se conhecêssemos mais alguma.

— Cara, por que não? Falei com Sarah sobre o jogo, na festa, e ela achou que seria legal.

Alguns nós se formam em minha mente neste momento. A ideia de Sarah ver seu ex-Romeu vestido como um rejeitado de orelhas pontudas saído direto do presépio do Papai Noel parece difícil de aceitar. E, de repente, aquilo faz todo o conceito de LARP parecer bem bobo. A ideia de correr pela floresta empunhando um instrumento mortal feito de espuma e fingir ser um dos Eldar deveria ser uma experiência apenas para Nerds. Uma coisa é convidar uma garota para uma partida de mesa, onde existem âncoras domésticas de realidade à volta, mas isso é loucura. Eu revelaria um aspecto de minha personalidade que, francamente, preferia manter oculto. Seria como sair do armário Nerd.

MI: *Aquele que tem uma passagem para Nárnia.*

Ao mesmo tempo que esses pensamentos formam um Paredão da Morte em meu crânio, outro traz mais inquietação: não posso dizer nada sobre ainda gostar de Sarah, senão terei que confessar sobre meu falso romance.

MI: *1) Pegue a arma. 2) Mire no pé. 3) Aperte o gatilho.*

Precisarei apelar para a natureza Nerd dos caras. Meu ME transforma a expressão de incredulidade em meu rosto na de alguém que está refletindo profundamente.

— Tá, mas, gente — começo —, garotas? Isto é... *sério?* Elas não vão saber brincar direito... — Sinto uma onda de incerteza rondar a mesa, então continuo com meu argumento, que parece convincente. — Elas vão estragar tudo! Matt, posso entender que queira passar mais tempo com sua namorada, mas...

— Ela não é minha namorada.

— O quê? Mas você não conversou com ela?

MI: *A acusação encerra o argumento.*

— Ela não é minha namorada, Archie. Nós só conversamos.

— Mas você gosta dela, não gosta? — Isso é injusto, eu sei. Nerds não expõem uns aos outros desse jeito, pelo menos não em público. Qualquer admissão pública de gostar de alguém revela que você tem esperanças e sonhos além da existência Nerd. É como um tipo de arrogância inversa.

— Sim — dispara Matt. — Gosto dela. E daí?

— Bem, quer mesmo deixá-la ver você vestido como alguém que sabe o que é cosplay? Quer mesmo que ela saiba que é um Nerd?

— Mas eu sou Nerd — responde ele, de maneira lógica, sem um pingo de raiva. — E não vou esconder isso só porque gosto de alguém. Além disso, ela também é meio Nerd.

— De que maneira? — Isso está se tornando um exame completo, mas não consigo parar: tem muita coisa em jogo. Matt pisca devagar antes de respirar fundo e responder com um suspiro. Está ficando irritado.

— Ela acha *O Senhor dos Anéis* o melhor livro que já foi escrito.

MI: *Mais preciso que um teste de DNA: ela é Nerd.*

Ravi, obviamente trabalhando para a Defesa no caso, corrobora o testemunho de Matt.

— É verdade, Archie. Ela sabia até sobre a semelhança entre a Floresta de Fangorn e *Macbeth*...

MI: *Protesto, excelência!*

Puxa. Esse fato é sagrado, algo que poucos de nós sabem. Meu advogado mental está prestes a tentar argumentar que aquilo é Conhecimento Nerd Básico, em vez de algum tipo de Especialização, quando pensa em outra tática. Uma que vai me salvar. Relaxando na cadeira e assentindo como se tivesse entendido tudo, jogo a bola para o júri.

— Bem, OK... — começo. — Se é assim que querem. Mas elas não vão aparecer.

Meu argumento final cai como uma pedra em cima da mesa. Matt e Ravi se entreolham, sabem que tenho razão.

Nem na Terra Média haveria como convencer duas garotas a acampar disfarçadas de personagens de fantasia durante o final de semana.

MI: *A não ser que você pague.*

Mas a Defesa chama uma testemunha surpresa. Quando estou prestes a conquistar o veredito desejado, uma voz aguda e hiperativa é ouvida em alto e bom tom por todo o tribunal imaginário.

— Não se preocupe com isso, cara! Deixe com O *Beggster*!

MI: *Protesto!*

Mas as risadinhas de aprovação de meus amigos significam que ele é negado antes de eu poder dizer mais alguma coisa.

Meu destino está nas mãos do sem noção do Beggsy.

No laboratório de biologia, testar uma folha em busca de traços de amido distrai minha mente dos problemas, mas, quase no fim da aula, uma erupção de medo me lembra de que aquela é a hora de tentar se livrar das Luvas de Amor ©Beggsy. Meu ME se prepara para forjar uma expressão de desespero e pressa enquanto me aproximo da mesa da Sra. Knowles. O restante da turma mergulha até os cotovelos em iodo.

MI: *E você está mergulhado até o pescoço em excremento.*

A primeira parte da Operação Camisinha vai bem. A Sra. Knowles é uma daquelas professoras que entoam o discurso "devia ter ido na hora do almoço" ou "terá que esperar". Mas, quando você é Nerd, faz os deveres de casa no prazo e se interessa de verdade pelo que está aprendendo, é mais fácil conseguir uma exceção.

O banheiro mais próximo fica dois lances de escada acima, no andar em que Sarah tem aula de química. Quando passo pela sala dela, não consigo evitar: olho pelo vidro da porta para ver se ela está lá dentro. Está, e uma nuvem de glitter explode em meu peito ao vê-la. Meu Cinema Mental® passa um rápido trailer no qual Sarah levanta o olhar, me vê, derrete-se num sorriso, e nos apaixonamos. Os dois.

MI: *Enquanto isso, de volta ao planeta Terra...*

Preciso fazer um esforço físico real para passar pela porta e, quando finalmente consigo, um suspiro de arrependimento escapa de meus lábios. Mas a Operação Camisinha está quase cumprida, e desço o corredor na direção do banheiro, tocando no pacote em meu bolso. O de plástico.

Pode ser que o glitter em meu peito tenha afetado o sensor, ou talvez seja o fato de normalmente não andar pelos corredores durante as aulas, mas meu Detector de Boçais® não está ligado e, quando abro a porta do banheiro, dou de cara com Jason Humphries e seu Bando de Boçais® atirando uma bituca de cigarro por uma das janelinhas que abrem, que ficam acima das que não abrem.

MI: *É claro que eles estão no banheiro, onde mais estariam?*

As pernas dos Nerds se desenvolveram, há muitas gerações, para correr. Nerds das Cavernas, ocupados inventando a roda, provavelmente já precisavam correr de Boçais das Cavernas que tornavam suas vidas difíceis. Mas minhas pernas de século XXI esquecem a função básica e travam, junto a todas as outras partes do corpo. É possível que eu fique naquela posição para sempre, uma estátua na porta de um banheiro.

Não preciso nem dizer que os Boçais não ficam felizes com minha interrupção na pausa para o cigarrinho.

— É o Nerd — anuncia Paul Green, como se eu fosse um convidado de alguma festa chique. O barulho das descargas automáticas é a cobertura perfeita para minha desgraça iminente.

— O Nerd — grunhe Humphries, abrindo um sorriso de crocodilo. — O que está fazendo aqui, Nerd? Não devia estar aprendendo alguma coisa? Ou veio fumar? — Isso desencadeia uma série de bufadas dos outros Boçais, que começam a andar bem devagar em minha direção. Já vi leões fazerem isso em programas sobre a selva, só que de um jeito menos ameaçador.

— Não — gaguejo. — Eu só ia... — Aponto para um dos reservados, de modo que não tenha que especificar uma função corporal em especial.

— Então vai — desafia Humphries, num tom de voz calmo que diz "Já matei antes e faria de novo".

MI: *Baterias! Carregar! *Bate rádio de comunicação contra uma pedra*. *Estática*.*

— Er... na verdade agora estou bem. Não preciso mesmo...

MI: *Não sei bem se isso é inteiramente verdade, neste momento...*

— Não tenha vergonha. — Humphries tenta me acalmar, o que é quase como ser apaziguado por um dos Uruk-hai. — A gente ajuda... PEGUEM ELE!

Os outros dois Boçais obedecem em um segundo: enquanto Humphries passa um dos braços em volta de meu pescoço, Paul Green agarra meus braços e Lewis Mills segura minhas pernas. De repente estou no ar, erguido na horizontal como um aríete, olhando para o chão, onde há três pares de tênis sujos.

MI: *Eles deviam amarrar melhor os cadarços. Podem tropeçar.*

A Etiqueta das Vítimas dita que, quanto mais eu resistir, pior será minha experiência, então tento manter os gritos no nível mínimo. Tento fazer com que qualquer um que escape soe como um elogio àquela emoção toda, com alguns "epas" e "eis", tal qual estivesse numa montanha-russa. Infelizmente, não consigo disfarçar a dor quando os Boçais resolvem me usar como aríete e abrem a porta de um dos reservados com minha cabeça.

— Vamos lá, galera: deixem-no entrar!

De repente fico cara a cara com a água do fundo de uma privada, que, por sorte, está limpa. Diferente do espelho de Galadriel, essas águas só revelam meu futuro. Ao me remexer como um peixe, consigo soltar meus braços das garras de Green e apoio as mãos na tampa da privada. Agora é uma batalha de vontades: meus braços estão travados, e nenhum esforço neste planeta conseguiria me fazer dobrá-los. Humphries tenta enfiar minha cabeça dentro da privada enquanto Green ajuda Mills a segurar minhas pernas, que se erguem cada vez mais, de modo que praticamente planto bananeira em cima do vaso. É aí que meus bolsos resolvem se esvaziar: moedas caem no chão de ladrilhos, tilintando, uma caneta bate em minha orelha e cai dentro d'água, alguma coisa faz um "plop" ao aterrissar aos pés de um deles. Passa-se uma fração de segundo em que ninguém faz mais nada, apenas mantemos a cena. Eu, de cabeça para baixo, tentando resistir a qualquer tipo de aproximação com a porcelana à minha frente.

— Olhe só isso! — grunhe Green, um pouco espantado. — Camisinhas! Ele estava andando com camisinhas!

De repente estou de pé outra vez, com as costas imprensadas contra a parede do reservado, o antebraço de Humphries pressionado contra meu pescoço e um pacote de Extra Proteção encostado no nariz. Mais que depressa, me pergunto se elas poderiam servir para alguma coisa, neste momento.

— O que estava fazendo com isso? — interroga Humphries, o hálito de nicotina quase formando uma nuvem entre nós.

— Ia jogá-las fora — confesso. — Não quero ficar com elas!

A pressão em minha garganta diminui, e tiques de confusão se espalham pelos músculos faciais de Humphries.

— Está de brincadeira?

— Não — arfo. — Pode ficar com elas.

O silêncio estupefato é interrompido por mais uma rodada de risadas-latidos.

— Você não saberia mesmo o que fazer com elas — zomba Green.

— Otário.

— É. Otário. — Humphries sorri, exibindo dentes pequenos e molhados. — Segurem ele.

Lewis Mills assume a posição de Humphries, me segurando contra a parede do cubículo.

Lutar é inútil: são três contra um, e estamos num espaço apertado. Rezo para que alguém, *qualquer* pessoa, entre e me tire dessa, mas meus poderes de Mestre do Jogo são inexistentes no Aqui e Agora. Humphries vira de costas para mim, e escuto um som terrível de algo rasgando.

MI: *AhMeuDeus! Ele está arrancando um dos próprios braços para bater em você!*

— Segura ele — repete Humphries, virando-se.

Lewis e Green apertam ainda mais as garras em mim, e uma coisa toca minha testa. Minha visão fica toda borrada, mas não é por um tipo de golpe: Jason Humphries está colocando uma camisinha em minha cabeça. O que não é tão fácil quanto pode parecer. É preciso esticar bastante, e algumas tentativas falham quando minha máscara de borracha sobe de volta pela minha testa e voa pelos ares. Resisto, movendo a cabeça, mas não muito. Se eu estragar o plano deles, é provável que apanhe. E meu cérebro logo entende que usar um preservativo como chapéu apertado vai ser muito menos doloroso que levar um soco.

Por sorte, minha boina Extra Proteção não desce além da altura de meu nariz, então não serei encontrado mais tarde, sufocado até a morte com uma camisinha na cabeça. Quando completam a obra, os Boçais se afastam um pouco para apreciar o trabalho. Mais risadas e insultos. Meu Departamento do Medo obviamente tem algum tipo de vantagem sobre meu ME, porque começo a rir com eles, apesar de a risada sair um pouco aguda e histérica. O suor começa a pingar nos meus olhos, mas não tenho como secá-los, então fico em pé contra a parede, rindo e piscando como um doido. Não consigo pensar em nada.

Parece que esse não era o efeito que meus agressores esperavam, porque, em questão de segundos, a única pessoa rindo sou eu.

MI: *Hora de calar a boca. Agora.*

Através da máscara de látex, escuto o sinal tocar.

— Acha isso engraçado, otário? — O borrão cor-de-rosa que é Humphries questiona. — Vamos ver se é engraçado mesmo.

Enquanto meu coração acelera, os Valentões me puxam para fora do reservado e do banheiro. Considerando as gargalhadas que ecoam pelas paredes do corredor, é bem engraçado mesmo. Mas não o bastante para eles, que preferem que a escola inteira ria de mim. Alguns empurrões fortes me levam até a beira da escada.

MI: *Não podiam simplesmente pedir? Aposto que você humilharia a si próprio sem problemas, se pedissem, e evitaria que tivessem trabalho.*

Não sei mais o que fazer. Se eu tirar meu Capô de Camisinha®, eles vão me destruir. Mas o cor-de-rosa fora de foco das escadas também não parece muito atraente. Um solavanco enche meu peito quando sou tomado pelo bom e velho Medo. Adoraria poder dizer que estava esperando meu destino com a calma·de James Bond, mas, trás da máscara de borracha, meus olhos estão cheios de lágrimas.

Enquanto me preparo para o empurrão, escuto um grito de algum lugar atrás de mim. Acho que é de Mills, e é um barulho de dor, mas mantenho-me em posição, na frente das escadas. O que quer que esteja acontecendo, sei qual é meu lugar. Então escuto a voz de alguém.

— Idiotas! Podiam ter machucado ele!

Conheço aquela voz.

MI: *Batman...?*

Sarah.

Em seguida escuto Humphries dizer:

— Não seja boba! A gente só tava brincando!

Em seguida escuto uma coisa que faz com que ele pareça ter perdido o fôlego, e percebo que é a voz de mercúrio de

Sarah, baixa e dura como aço. Não escuto tudo que ela diz, exceto "... a não ser que queira que todo mundo saiba sobre...".

Há mais um pouco de falatório, então um barulho perigoso vem do meio da multidão. Não é um grito, mas uma daquelas vogais altas que significam que todos viram uma coisa que pode significar várias outras. E, em seguida, a voz de Humphries atravessa o corredor, agora de longe, quando ele grita a palavra "otário" em minha direção.

MI: *Acho que acabo de ser resgatado.*

— Archie?

MI: *Ainda dá tempo de se jogar das escadas.*

Mesmo através da névoa de borracha, consigo distinguir a moldura de ébano dos cabelos de Sarah. De onde estou, ela parece uma Cleópatra meio embaçada.

MI: *E todo mundo já sabe o que você parece.*

— Oi — consigo responder. Parado num corredor, meio cego, com uma camisinha na cabeça. Não era bem o reencontro romântico que eu esperava.

— Archie — repete Sarah. Sua mera presença é como um sopro de vida. — Por que não tira isso logo?

— Er... é — respondo, de um jeito meio idiota, tirando a cara de borracha e piscando para o ar gelado que parece soprar em minha cabeça. — O que aconteceu? Por que eles fugiram?

— Você está bem?

Pode ser por estar no alto das escadas, mas sinto como se pudesse mergulhar em seus olhos.

— Estou... mas o que aconteceu?

— Digamos que acho que Jason não quer que eu leia a aura dele. — Ela está escondendo alguma coisa, mas estou aliviado demais para insistir em saber o que é. Estendo minhas mãos à frente, como se estivesse prestes a tocar piano. Estão tremendo.

— Nossa — consigo continuar. — Obrigado. Achei que estava perdido!

— Bem... — É uma daquelas frases que geralmente terminam com "preciso ir nessa". Mas ela fica suspensa entre nós um pouco além do confortável, e há um meio sorriso em seu rosto. É como se ela estivesse esperando alguma coisa.

MI: *Contato iniciado. Missão liberada. Fase Um: Lançar Mísseis de Encanto! *Aperta o botão*.*

— Olhe... Desculpe, aliás. Eu só... sabe... me desculpe.

MI: *Aperta o botão várias vezes*. Temos um problema!*

— Archie... tudo bem... não se preocupe.

— Não, queria mesmo pedir desculpas. Estou querendo fazer isso há séculos. Só por... você sabe... ter sido um grande babaca, e tudo o mais...

Sarah abre um meio sorriso, e vejo uma luz se acendendo em seus olhos. É quando sei que tudo vai ficar bem.

MI: *Tan-tan-TAN-tan...*

— *Tudo bem*, Archie. Pare de se preocupar tanto.

— É. Bem. Mas estou. Pedindo desculpas. Ha-há. — Não sei por que fiz aquele último barulho idiota, mas a outra metade do sorriso de Sarah se abre, então fico feliz por ter falado. Um aumento na movimentação de alunos ao redor indica que está mesmo na hora de ir para a próxima aula.

— O que vai fazer mais tarde? — pergunta ela, começando a caminhar de costas entre o mar de mochilas escolares e celulares proibidos.

— Eu e os meninos vamos à cidade.

— Te vejo nos portões? A gente conversa mais. Até lá. — E ela some como um lindo fantasma.

MI: *Fase Um cumprida.*

Pego meus livros e mochila na sala de biologia e corro até a de geografia, me sentindo leve e flutuante como se feito de gás hélio.

Atravessando a massa espessa de alunos, esbarro em Beggsy.

— Cara!

— Ah! Sir William of Beggs! — anuncio, imitando Big Marv.

— Não... *cara!* Ouvi falar que Sarah bateu em Humphries! O que aconteceu?

— Bateu...? — Minha boca fica seca de repente.

— Ela quase quebrou o pulso dele com uns golpes ninja! Achei que estava lá!

— Ninja...?

— É! Ela é tipo faixa-preta de karatê, ou coisa assim! *Cara!* O que *aconteceu?* Alguém falou que você estava de chapéu, ou coisa assim!

MI: *Ou coisa assim.*

Nossa. Karatê? Por algum motivo, isso não combina com a ideia que faço sobre como Sarah usa seu tempo livre. Ler auras: sim. Quebrar tijolos com a cabeça: não.

MI: *Ou apenas não gosta da ideia de ser salvo por uma garota...?*

Explico sobre o Incidente Camisinha, omitindo o fato de ser minha.

— Otário. — Beggsy ri, como se ele tivesse pensado naquilo.

— É. — Eu me sentia mesmo como um.

— Mas pelo menos você e Sarah voltaram a se falar.

— É — concordo. — Talvez eu devesse agradecer Humphries pela colaboração.

Entramos na sala de geografia, ocupamos nossas respectivas mesas e, em pouco tempo, começamos a aprender sobre rios que não parecem saber bem para que direção estão fluindo.

Assim que a aula acaba, Beggsy e eu vamos encontrar o resto do grupo, cortando caminho pelo bloco de ciências, só para evitar mais episódios com borrachas. Meu Detector de Boçais® examina a multidão, mas não acusa nenhum no relatório.

Matt e Ravi estão nos portões, esperando a gente.

— Oi, gente — diz Ravi, com a voz grave —, às armas!

— Só esperem um pouco a Sarah — disparo, do modo mais casual possível. — Ela também vai.

— Eles fizeram as pazes! — anuncia Beggsy, com voz esganiçada. — Agora ela pode ir ao LARP! Não é maneiro?

— Muito legal, Archie. — Ravi sorri, com admiração genuína.

Os Dedos da Culpa acariciam minha nuca, fazendo-me estremecer involuntariamente. Não posso receber nenhum crédito pelo Acordo de Paz.

— Não achei que você conseguiria, para falar a verdade — confessa Matt, e meus níveis de culpa sobem ainda mais. Mas não o bastante para eu confessar alguma coisa.

MI: *Voz de Vader*: Nunca subestime o poder do Lado Negro da Força!

— Lá vem! — avisa Ravi, com um estrondo, olhando por cima de meu ombro. Eu me viro a tempo de ver um grupo de meninas cuspir Sarah do núcleo. Ela acena para as amigas e anda até nós, como se fizesse parte do bando.

— Yo! Sarah! — grita Beggsy, a voz grossa de repente, e em seguida a abraça. Não é sem ciúmes que noto como ele mantém o braço em volta da cintura dela enquanto os dois dão pulinhos até nós. Ravi a cumprimenta, e Matt apenas dá um passo à frente: é o mais expansivo que consegue ser.

— Mensagem para você, Math-*thew* — cantarola Sarah. — Caitlyn disse que te liga mais tarde. — Matt assente discretamente, mas os cantos de sua boca suavizam. Sinto inveja dele.

MI: *Iniciar Fase Dois! *Revira a papelada*. Deve estar aqui em algum lugar...*

— Archie! — Um brilho atrevido se acende nos olhos de Sarah. — Quase não te reconheci sem a camisinha... — Quase escuto os barulhos de ossos quebrando enquanto os queixos de Matt e Ravi caem até o chão.

— Ha-há. — Sorrio com pesar, antes de recapitular todo o Incidente da Camisinha para Matt e Ravi. Sarah narra alguns trechos, descrevendo melhor como eu estava, e caminhamos aos risos, como se nada tivesse acontecido entre nós.

MI: *Vamos ser sinceros: nada aconteceu! Podia ter evitado muito ressentimento se tivesse tido coragem de admitir isso antes...*

Aos poucos, a calçada exige que andemos em dois grupos. Matt e Ravi respeitam minha retomada amizade com Sarah em silêncio e andam juntos à frente. Mas Beggsy não parece se tocar e caminha ao nosso lado, passando entre nós e à nossa frente como um beija-flor insistente.

— Bom trabalho com Jason Humphries, você deu uma lição nele! — Beggsy devia ser o representante de tudo que é americano.

— Ele precisava de uma. — Sarah dá de ombros, abrindo um sorriso de desculpas para mim.

— Nunca achei que ele seria derrotado por uma garota! — Há um brilho desafiador em seus olhos, e não tenho certeza se Sarah notou. Beggsy está armando alguma coisa.

— Por que não? — Sarah ri, espantada. — Não vi você botando ele pra correr pela escola esses dias.

— Mas isso é porque você recebeu *treinamento*, cara! Se eu tivesse sido *treinado*, teria dado uma boa surra nele!

— Mas não é para isso que o *treino* serve, é para autodefesa.

— Não... — Beggsy sacode a cabeça em depreciação. — Se O *Beggs*ter tivesse *treinado*... — Ele se abaixa, sorrindo, esperando o tapa de brincadeira no alto da cabeça. — Eu teria o colocado para correr! Sério — continua, se afastando e se aproximando —, você precisa admitir: ele não deve ter reagido porque você é menina!

Sarah aperta os olhos e o encara de soslaio, com um sorriso malicioso nos lábios.

— Precisa ter cuidado, Sr. Beggs. Sou a garota que derrotou o cara que te bate até em sonho!

MI: *Ponto para Sarah!*

Há um duelo verbal acontecendo agora, e, por mais que Sarah saiba que é brincadeira, posso perceber que seu sangue ferveu. As bochechas estão coradas de raiva, e o sorriso é cintilante e perigoso. Mas eu precisava que Beggsy desse a cartada antes de sequer pensar em me juntar a eles.

MI: *Falou o verdadeiro covarde!*

— OK, OK. — Beggsy boceja, revirando os olhos. — Blá, blá, blá... Quando vai admitir? Há coisas que podemos fazer e vocês, não!

MI: *Como acordar com uma civilização inteira incrustada no umbigo? Só comentando.*

— Como o quê? — Sarah mordeu a isca de Beggsy.

— Garotas não sabem imitar o barulho de metralhadoras. Fato. — O olhar dele é diabólico.

— O quê?

— Garotas não sabem imitar o barulho de metralhadoras — repete ele, num tom seco. Mas com um guincho, pois sua voz sobe como se estivesse fazendo bungee-jump. Então mergulha outra vez.

— E por que a gente ia *querer* fazer isso?

Chega uma hora durante uma rodada de provocações em que uma das partes esquece que se trata de brincadeira. Sarah esqueceu. Mas Beggsy fica rondando, para a frente e para trás, como um perverso hobbit boxeador.

— Viu? Não sabem!

— Sei, sim!

— Então faz.

Sarah para de andar e enruga o rosto com uma expressão de intensa concentração. Beggsy e eu congelamos, ansiosos para ouvir o que vai sair de sua boca. A falsa discussão de Beggsy de repente tornou-se Muito Importante. Há tensão, suspense e tudo o mais.

— Pthhbbbthhfffppt. — Parece um balão murchando.

— Hahaha! — guincha Beggsy, como se tivesse acabado de ganhar alguma coisa. — Viu? Eu falei! Garotas não sabem imitar metralhadoras!

— Bem, e *daí?* — pergunta Sarah. — Nós não *precisamos!*

Não sei o que Beggsy pretende, mas deixou Sarah bem onde queria.

— Cara! — Ele ri. — Você não está vendo o xis da questão: sabemos imitar metralhadoras porque brincamos com a imaginação, e brincamos com a imaginação porque temos mais imaginação que vocês. É simples!

— Vocês *NÃO* têm! — Se Sarah não der um soco nele, sua raiva dará.

— Temos sim! Pense bem: quem inventou o RPG? Homens. Quem *joga* RPG? Homens. Garotas não fazem essas coisas porque não têm imaginação.

MI: *Não seria porque elas têm vidas?*

— *Eu* joguei RPG! — protesta Sarah, indignada. — Você estava lá!

— É, mas você não entrou *direito* na brincadeira. Não *vivenciou* aquilo. Não pode, é uma garota!

MI: *Sinto cheiro de ameaça iminente...*

— Minha imaginação é bem melhor que a sua!

— Prove.

— Como?

— Sabe aquela coisa sobre LARP que contei a você na festa...

MI: *Considere-se ameaçado.*

— Eu disse que ia pensar no assunto... — Sarah percebe onde se meteu, e um sorriso relutante abre caminho por seus lábios.

— Sem imaginação! — Beggsy dá de ombros, andando de costas para Matt e Ravi. Pouco antes de se virar para se juntar a eles, suas mãos fingem segurar uma metralhadora invisível e ele dispara algumas rajadas vocais. Que soam bem autênticas. — O *Beggster*! — Ele sorri e sai de perto.

MI: *Isso que é classe! Espero que estejam anotando.*

— Você não *precisa* ir — digo, secretamente esperando que ela não vá, para que não precise me ver parecendo o Conde Nerdcula. Mas então percebo que, se ela fosse, teria chance de tentar alguns golpes só meus, então acrescento: — Mas *seria* legal se aparecesse!

MI: *Ops! Quase esqueci! *Limpa a garganta*. Tan-tan-TAN-tan...*

— Ele é *tão* canalha! — Sarah ri daquele jeito que garotas riem quando gostaram de ser enroladas.

— Ele é mesmo. — Rio de volta.

— Então, essa história de LARP parece engraçada — comenta ela.

— É. — Sorrio. — Vamos escolher nossas armas agora.

— E sua namorada? Ela vai ao jogo?

Meu pomo de adão sobe e desce como um elevador com defeito.

MI: *Calculando*. Então, se a luz viaja a 299.792.458 metros por segundo, isso significa que fofocas viajam a... espere aí... Dobra espacial!*

Então. Aconteceu. As notícias chegaram aos ouvidos de Sarah, bem do jeito que Clare previu.

MI: *Tan-tan-TAN-tan...*

Procuro no rosto de Sarah alguma pista do que ela está pensando.

Sem sucesso.

— Não... não é a praia dela.

— Que pena. Então, como ela é?

MI: *Pega roteiro*.

Dou uma descrição resumida do que sei a respeito de Clare e de como ela é fisicamente, e percebo uma mudança na energia entre nós. Isso vai soar meio estranho, mas é a única maneira de descrever: nossa energia costuma ser bem tensa, como uma corda esticada. Mas, agora, enquanto tagarelo sobre minha namorada de mentira, é como se a tensão sumisse, como se de repente estivéssemos cientes de que havia mais corda do que pensávamos.

MI: *Tan-tan-taaaan... Tan-tan-taaaan...*

Estou apenas um pouco ciente de que ela não para de fazer perguntas sobre o que Clare gosta de fazer, e minha boca parece ter algum tipo de Piloto Automático instalado, disparando mentiras como uma Light Phaser de Ficção®. Mas é a mudança entre nós dois que me deixa desnorteado, por um instante. Logo entendo o porquê: ela está relaxada. E, o que é ainda mais estranho, eu também.

Acho que ela pensa que, agora que está fora de meu radar, não precisa mais se preocupar com minhas tentativas atrapalhadas de tentar chamá-la para sair.

MI: *Não é bem a reação de ciúmes pela qual esperávamos...*

O que é meio decepcionante. Mas talvez signifique que eu devia ser mais esperto e começar a pensar em Clare como se ela fosse minha namorada e eu gostasse dela de verdade e tal. Guardo o pensamento para mais tarde e volto à conversa. Que voltou à partida de LARP.

— O que você vai ser?

— Um elfo. — Quando digo aquilo, percebo como parece bobo. Mas a risada tranquila de Sarah faz tudo parecer normal. — E você? Isto é, se você for...

MI: *Tan-tan-taaaan...*

— Veremos.

MI: *TAN-tan!*

Não é um sim nem um não, o que cai bem, porque ainda não sei o que seria melhor para mim.

Quando passamos pelo Casebre, Beggsy pergunta a Sarah se ela gostaria de olhar seus lordes vampiros na vitrine. Ela aceita, e sinto um pouco de ciúmes quando a vejo reagir com a admiração merecida.

MI: *Voltando ao mundo real! É só O Beggsy!*

Chegamos à loja de brinquedos e, depois de um tempo, encontramos as espadas NERF e um machado para Beggsy. As espadas são vendidas em pacotes com duas, então sobra uma, que logo penso em dar para Lucas como oferta de paz. Para nossa surpresa, as armas são melhores do que imaginamos: são rígidas, mas o látex é macio o suficiente para que não machuque ninguém. Sabemos disso porque passamos uns cinco minutos espetando uns aos outros, até um atendente vir perguntar se íamos comprá-las ou se só havíamos ido brincar. Um pouco envergonhados, pagamos e vamos embora, mantendo os armamentos escondidos em sacolas plásticas. Ninguém quer ser visto por Boçais enquanto carrega um arsenal feito de espuma.

Hoje seremos apenas mamãe e eu para o jantar. Tony saiu, foi fechar algum negócio no clube de sinuca. Gosto quando somos só nós dois e as intermináveis xícaras de chá de mamãe. Por algum motivo, o chá é uma parte importante de Nosso Tempo Juntos. A bebida costumava agir como um calmante para ela quando estava se separando de papai.

E gosto do fato de ela ter feito ovos e batatas para o jantar. É o equivalente em comida a uma grande xícara de chá, um abraço em forma de prato.

— Mãe, acha que consegue costurar uns mantos para mim e os meninos? — pergunto, molhando um pedaço de batata na gema. — Para a partida de LARP?

— Hummm. Precisaria das medidas. Que tipo de manto?

Enquanto comemos, discutimos os tipos de manto que ela pode fazer, e optamos por um modelo com capuz, mas não muito comprido, como as capas élficas usadas por Frodo e os outros hobbits.

MI: *Porque é preciso ter estilo quando se está vestido como um elfo e agitando uma espada de borracha! *Tapa o rosto de vergonha**.

Depois do jantar, subo até a Toca, me perguntando se deveria escrever alguma coisa mais óbvia no Facebook, alguma coisa que desperte a Fogueira de Ciúmes dentro de Sarah. Mas desisto, sentindo-me bobo e infantil por sequer pensar naquilo. Em vez disso, leio minhas mensagens. Há uma de papai:

Oi filho tdb? Legal tv no findi. keria q fosse + tempo! Sei q n foi legal com lucas & obg por tentar. ainda não to legal com ele. algm ideia? Rsrs a gnt se v em breve. ti amu pai xxx

MI: *Abreviações e sinais! Abreviações em vez de palavras!* ARGHHH!

É hediondo. Simplesmente hediondo. Na verdade, é tão hediondo que tem uma parte de mim que preferia que ele nem tentasse. Não sei por que os adultos acham que precisam ser descolados em coisas como mensagem de texto. Talvez seja algum tipo de tentativa de parecer relevante. Não interessa o motivo, aquilo só consegue me irritar.

"Alguma ideia?". Uau. Para meu pai, isso é uma grande coisa. Acho que ele jamais pediu minha ajuda antes. Papai é o tipo de cara que apenas se cala e segue em frente, não lida com problemas. Não com os próprios, de qualquer maneira. É a única coisa sobre a qual não conversa.

Toda a situação com Lucas deveria ser bem mais simples do que é: papai está sendo um imbecil, e Lucas também. Mas não consigo eliminar as suspeitas de que estou perdendo alguma coisa.

Envio uma mensagem de volta dizendo que o amo e paro por ali.

Mas sinto outra pontada de frustração que não consigo esquecer. Quando Clare explicou o Plano Feminino no trem, tudo pareceu tão simples. Eu não tinha previsto que teria que mentir para meus amigos nem receber uma caixa de Galochas de Chuva ©Beggsy de meu padrasto. Muito menos a completa falta de reação de Sarah. Em minha cabeça, a equação era:

Mentira + Ciúmes = Namorada.

Em vez disso, sinto-me mergulhado até a cintura em mentiras.

MI: *E tenho uma leve suspeita de que são as suas próprias.*
Hora de um pouco de Limpeza Mental, pintando espadas.

Tiro minha espada da embalagem de papelão e a examino. É bem legal, mas parece uma coisa que você veria num filme da série *Transformers*, não uma arma forjada dos fragmentos de Narsil...

Misturo a base seguindo as instruções de Beggsy, e a arma já começa a ficar mais bonita. Enquanto espero que seque, pego *O Cavaleiro das Trevas*, buscando encontrar algumas respostas para meus problemas nas ilustrações rasgadas do mundo sombrio de Frank Miller.

Sempre gostei do Coringa. Desde a primeira vez que li os quadrinhos da DC Comics, dava para ver que ele estava um pouco acima dos outros vilões. O sorriso louco, a cara de palhaço e a insana sede de vingança contra o Homem Morcego. Mas ninguém o leva muito a sério nos quadrinhos e no desenho: todos sabem que Batman sempre consegue estragar seus planos. O filme com Heath Ledger se aproximou de tudo que sempre quisemos que o Coringa fosse: perigoso, mortal e sem nenhum motivo que pudesse ser considerado racional. O Coringa nesse livro é exatamente assim. E temos Batman, assombrado pela ideia de ser responsável por todas as pessoas que o Coringa matou, só porque não tem coragem de fazer o mesmo com seu arqui-inimigo.

— Quantas mentiras mais, antes que eu finalmente o faça? — rosna ele, conforme a contagem de corpos aumenta.

Não tenho a sede de Bruce Wayne por perigo, mas, como o Cruzado de Capa, tenho a insistente suspeita de que o único inimigo que enfrento é o que me olha do espelho do banheiro todas as manhãs. E quase sempre com a escova de dentes num canto da boca enquanto flexiona os braços, para ver se criou alguma coisa remotamente parecida com um bíceps durante a noite. Não sei como, mas me transformei num mentiroso. E não gosto nada disso.

DEZ

A quarta-feira chega, límpida e ensolarada. Apesar do espinho em minha timeline. De Clare.

Olá, gatão! Mal posso esperar para ver você no trem semana que vem! Talvez a gente fique preso num túnel dessa vez... :) x

MI: *Aaaarrgggbh!*

Ah, Deus. As mensagens de texto do meu pai acabam de ser superadas por uma carinha piscando! Se tem uma coisa que não suporto mais que um "rs", é o uso de pontuação de lado sugerindo expressão facial ou emoção. É simplesmente errado. "Rs" já é péssimo suficiente, especialmente numa frase como a de papai, em que não há nada digno de risos. Mas a pessoa que estava deitada de lado um dia e, sabe-se lá como, fez uma carinha com parênteses e um ponto e vírgula devia ser enviada para as minas de Kessel até entender quanto dano causou.

MI: *XD*

Parte do problema em ser Nerd é que, quando você está no modo "compromisso", por mais que queira recuar, se vê escrevendo de volta, desanimado:

Olá você, gata. Também mal posso esperar pra te ver.

O gosto amargo em minha boca me persegue durante o café da manhã e a maior parte da caminhada até encontrar o pessoal.

— Olá, gatão! — provoca Beggsy, enquanto meu Departamento de Sorrisos® faz uma busca em seu estoque minguado.

— Olá, você.

A zombaria acaba depressa, e conversamos sobre as espadas que estamos pintando até chegarmos aos portões da escola, que aparecem rápido demais e nos pegam de surpresa. De repente, logo que começamos a discutir se devemos ou não acrescentar runas de poder usando Tengwar autênticas, o tempo parece diminuir de velocidade. Vejo Sarah correndo em nossa direção. Além da animação radiante estampada no rosto, não deixo de notar cada pulo de seus peitos enquanto ela corre. Então viro o rosto, fingindo olhar para outra coisa, lembrando a promessa que fiz a mim mesmo no trem.

MI: *Peitos. PeitosPeitosPeitosPeitosPeitos. Lindos Peitos Saltitantes.*

— Oi! — Ela chega sem fôlego e suada. Quer eu goste ou não, a imagem é registrada para apreciação posterior.

Beggsy vai até ela sem nenhuma cerimônia e a abraça, relaxado. E eu assisto com inveja. Mas tenho namorada, não devia nem estar ligando.

— E aí, Sarah? — pergunta Beggsy, numa tentativa de fazer a voz soar sexy. — Como está indo sua metralhadora? — Dessa vez ele demora demais para desviar do golpe que atinge seu ombro, e cambaleia para a esquerda com um melodramático "Aaai!".

— Não tão bom quanto meu gancho de direita — responde ela, um pouco convencida. — Mas tive uma conversinha com Caitlyn, e estamos dentro dessa história de LARP. Vamos ver quem é que realmente tem imaginação! Vou precisar da espada que sobrou!

Beggsy recupera a dignidade estalando os dedos e fazendo um tipo de rebolado.

— O *Beggster*! — declara, orgulhoso.

Caitlyn aparece, desarmando todas as bombas de sarcasmo que Matt já devia ter preparado. Ela fica ao lado dele, sorrindo, mas sem conseguir fazer contato visual. Matt fica tenso, como é comum acontecer, e eles começam uma conversa animada, um enorme contraste com as linguagens corporais. É como assistir a uma valsa entre dois ents.

Sarah rebola em minha direção, roçando o ombro atingido de Beggsy, e ele se inclina na direção dela com um sorriso espertalhão no rosto. Tudo parece tão *normal*, de um jeito meio perturbador, que não consigo entender. Nerds não agem assim.

MI: *Talvez eles estejam desNerdizando...*

— E você, como está, "gatão"? — Ela dá um sorriso de esguelha e ergue as sobrancelhas com a provocação, o que não facilita. Nem o sorriso fixo de Beggsy. Odeio o Facebook.

MI: **Deseja o manto élfico da Invisibilidade*. *Recebe a jaqueta da visibilidade*.*

— Rá. — É tudo que consigo dizer. Noto que minhas bochechas já estão ardendo.

— É sempre com os quietinhos que devemos tomar cuidado... — Sarah se desfaz em sorrisos, de um jeito que me faz desejar ter feito um voto de silêncio. Vai ser difícil me acostumar com toda essa coisa de interagir-com-garotas-como-seres-humanos-normais.

Estou pensando em tudo, menos em matemática. Enquanto o restante da turma está se dedicando a Pitágoras, minha cabeça pensa em todos os meus problemas, buscando algum tipo de visão geral antes de desistir e me concentrar no Caso Lucas. Tem alguma coisa que não estou enxergando. É o que mamãe chama de Problema Bigode: todo mundo consegue ver, menos você, já que está bem debaixo de seu nariz.

MI: *Não me admira não conseguir ver, então. Não há nada aí. Nem mesmo quatro semanas depois!*

Sem que eu perceba, minha mão toca em meu buço macio como bumbum de bebê. Parece a cena de *O Cavaleiro das Trevas* em que Bruce raspa o bigode antes de vestir o disfarce mais uma vez.

"Ele fica ainda pior quando você está por perto". Foi isso que Lucas falou. Mas por quê? Quando papai não morava em York, aquilo nunca parecia um problema. Eu ia até a casa dele e de Jane, brincava com as crianças, mesmo que meio a contragosto, e depois voltava para casa. Às vezes, passava lá para o chá, durante a semana, e parecia tudo bem. O que aconteceu depois que eles se mudaram? Por que minha presença agora significava que papai tinha se tornado algum tipo de über-Imbecil?

MI: *Bingo!*

Acho que entendi. Finalmente, pareço saber qual é o problema. Quando toca o sinal que indica o fim da tortura numeral, resolvo testar minha teoria e ligar para papai à noite.

Enquanto caminho pelo corredor, meu Detector de Boçais® percebe uma anomalia na massa à minha frente: Paul Green e Lewis Mills. Mas é uma tática de distração, como a dos velociraptors de *Jurassic Park*: olho para trás e dou de cara com Jason Humphries.

Só consigo me encostar contra uma das paredes e ter certeza de não olhar ninguém nos olhos. É uma postura que sinaliza rendição, sem ter que implorar em voz alta. Humphries chega mais perto, a testa franzida e as veias do pescoço saltadas. Mesmo que eu já esteja imprensado contra a parede, ele coloca uma das patas gigantes em cima de meu ombro e me empurra.

Ele se aproxima mais um pouco e olha pra mim. Uma expressão de nojo distorce os traços de seu rosto, esculpidos em pedra.

— Otário. — Sua voz é baixa e ameaçadora: este é o momento antes da tempestade. Mas ela não cai. Em vez do golpe forte que meu corpo já esperava, recebo apenas uma cutucada com o dedo no ombro.

Talvez a ameaça de Sarah de contar a todo mundo como ele pediu para que ela lesse sua aura seja mais prejudicial que imagino. Há um momento em que penso que Humphries está tentando incendiar minha alma só com os olhos, mas ele apenas rosna e se afasta.

MI: *Acho que essa discussão acabou.*

A mão de alguém encosta em meu ombro, mandando um Chamado de Emergência até meu cérebro, já que me faz esperar mais violência da parte de Mills ou Green. Mas o guincho de preocupação sussurrado por Beggsy faz meu sistema baixar a guarda.

— Cara! — Indicando *Preocupado*. — Tudo bem?

Relaxo os ombros, aliviado em constatar que ainda estou vivo.

— Humphries?

— É. — Respiro, me afastando devagar da parede.

— O que ele queria? — É uma pergunta Nerd padrão: checar por que outra pessoa acaba de ser assediada, apenas para ver se você mesmo pode vir a ser assediado.

MI: *Não existe honra entre os Nerds.*

— Só queria que eu lembrasse que ele se importa.

Andamos lado a lado em silêncio.

— Cara. Que bom que você e Sarah voltaram a ser amigos.

— É — afirmo. — É legal.

Mais silêncio, só que esse tem um certo peso.

— Está bem com isso? — pergunta Beggsy, como se estivesse se preparando para aquilo. — Você sabe... ser apenas amigo dela?

MI: *Aviso para o Departamento de Mentira: Terá que fazer hora extra.*

— É. Acho que sim.

— Isto é, está namorando, então deve ter superado Sarah, certo?

— Certo. — É estranho Beggsy estar tão preocupado com isso. Mas ter garotas no grupo é novidade para todos nós, e ele não quer que as coisas se compliquem.

— Maneiro. Te vejo nos portões.

É bom não ter mais medo da aula de artes. Na verdade, estou até ansioso para assistir. Chego na mesa, e Sarah e Caitlyn aparecem uns dois minutos depois. A Sra. Cooper quer que a gente forme pares e faça um exercício de percepção. Teremos que desenhar um ao outro, mas tentando capturar a essência do modelo. Não é para ser um retrato preciso, o que é ótimo, considerando minhas habilidades em desenho. Tudo que esboço acaba meio cartunesco.

MI: *Um pouco como sua vida.*

Para meu deleite, Sarah se vira, aponta o dedo para mim e, em seguida, para si mesma, erguendo a sobrancelha numa expressão de interrogação. Consigo conter a alegria o bastante para apenas levantar o polegar, e ela pega suas coisas e vem sentar perto de mim.

— Vai precisar de uma folha maior que essa.

— Por quê?

Com o rosto solene, flexiono um de meus músculos microscópicos. Parece um caroço de feijão equilibrado sobre um fio de varal, mas atinge o resultado desejado: a risada cintilante de Sarah enche o espaço ao redor.

— Não devia se depreciar assim!

— Preciso fazer isso antes que alguém decida se antecipar! — Sorrio de volta, abrindo o bloco de folhas em branco e apertando os olhos para ela, como as pessoas fazem quando estão desenhando alguma coisa.

— Seja bonzinho — avisa ela, assentindo para meu lápis. — Especialmente com meus olhos.

— O que quer dizer?

— O direito é um pouco maior que o esquerdo.

MI: *Olhos. Ela está falando dos olhos. Aquelas coisas na cabeça, não as coisas na blusa.*

— É? — Franzo a testa, me aproximando e olhando com atenção. E ela tem razão. É difícil perceber, por causa do lápis de olho preto que ela sempre usa, mas o olho direito é um pouco maior. Enquanto a encaro, percebo um leve avermelhado em suas bochechas. Acho que a estou deixando envergonhada, então digo: — Não, não vejo nada. Está sendo paranoica.

Sarah ergue uma das sobrancelhas:

— Ou minha maquiagem está muito boa, ou você está sendo gentil.

— Para um ciclope, você parece bem bonita... — arrisco, com esperanças de que o Humor Feminino seja parecido com o Humor Masculino.

Há um momento de silêncio antes de Sarah voltar a rir. Ela começa em explosões hesitantes, como alguém ligando o motor do carro numa manhã fria, e depois começa a, tipo, rir *mesmo*. Ri tanto que a Sra. Cooper chama nossa atenção do outro lado da sala, usando a Voz Ameaçadora.

— Desculpe — funga Sarah, secando os olhos imperfeitos. — Isso foi tão... engraçado!

MI: *Hora de mudar de tema, penso. É claro! James Bond! Lá vamos nós... Dinga-dingding-a-ding-a-dinga-dingding-a-ding-a...*

Nos acalmamos e começamos a desenhar, o silêncio pontuado por pequenos tremores de riso de Sarah. No começo é estranho ficar olhando um para o outro com tanta atenção, mas me dá a chance de realmente analisar seu rosto. Aos poucos, percebo que sua maquiagem esconde muita coisa, como a questão do olho. Mas são eles que me atraem e, quando encaro aqueles olhos e ela me olha de volta, detecto uma coisa que nunca percebi antes: eles são meio tristes.

Ou os sensores de Sarah estão online, ou estou encarando por tempo demais, porque ela interrompe o contato visual de repente, com um sorriso tenso. Finjo não notar, mas, no meu desenho, coloco a ankh que ela usa em volta do pescoço em cima de um dos olhos, como se ela visse tudo através do arco. No meu retrato de percepção, eles têm o mesmo tamanho.

— Como estão as coisas com Clare? — pergunta Sarah. Por um instante, esqueço quem é Clare. Todo mundo só fala "sua namorada", o que torna tudo mais fácil de lembrar.

MI: *Dinga-dingding-a-ding-a-dinga-dingding...*

— É... muito boas, acho. — Imagino que não tenha hesitado demais dessa vez. Mas preciso me lembrar de que esse é o objetivo da mentira, tentar deixá-la com ciúmes.

— Você acha?

— Bem... não temos nos falado tanto, porque...

MI: *Relembra as informações no perfil de Clare*. *Hum... ela não tem boca?*

—... ela estuda num colégio interno. — Falar a verdade é tão mais fácil, de verdade.

— Ah, entendi. Isso deve ser difícil.

— Na verdade, não. É legal.

— Não sei se eu conseguiria... parece trabalhoso. — Nós dois estamos desenhando, olhando de relance um para o outro e conversando de vez em quando por cima dos blocos.

— Sei lá, você não parece ter medo de trabalho duro.

Os olhos de Sarah se arregalam enquanto ela encara a folha fixamente e sacode a cabeça.

— Nãããão — balbucia. — Sou uma filhinha de papai, como mamãe costumava dizer. Significa que sou mimada. Consigo tudo o que quero, pelo que parece.

MI: *Atenção! Revelações Importantes!*

Aquilo deve ter sido um descuido. Nunca ouvi Sarah falar do pai antes e, para ser sincero, também nunca perguntei. Enquanto olho para ela, seu maxilar parece enrijecer. E, por mais que eu devesse estar numa missão para deixá-la com ciúmes, alguma coisa reage dentro de mim.

— Você ainda o vê?

Sarah pisca para o desenho antes de responder:

— Não. Ele simplesmente foi embora um dia. Não o vejo desde então. Mas isso foi há muito tempo. História antiga.

— Não há tristeza em seu tom de voz, ela controla aquilo muito bem. Mas há tristeza em seus olhos, seus lindos olhos assimétricos.

— É — concordo com a cabeça. — Quando meus pais se separaram, fiquei com a estranha impressão de que a culpa tinha sido minha. Como se eu tivesse causado aquilo, ou não fosse... Não sei... Eu não fosse.

— Como se não valesse a pena? Como se não merecesse as coisas que todo mundo tem?

— É. — Levanto o olhar e vejo que Sarah ainda está desenhando. Mas não importa, estamos compartilhando algo, e aquilo de repente parece mais importante que um beijo ou dar as mãos. — Isso mesmo. Também se sentia assim?

— Eu achava que era por não ser boa o suficiente. Tipo, se eu tivesse sido melhor, talvez eles nunca se separassem.

Concordo com a cabeça, sabendo exatamente como ela se sente.

— Mas sabe que isso não é verdade, não sabe? — pergunto. — Assim como essa sensação de não valer a pena.

Sarah levanta o olhar, um sorriso cansado preso em seu rosto por um fio.

— Eu sei — murmura. — Mas, às vezes, isso ainda... aparece para me assombrar.

MI: *Terra firme, Capitão.*

— Sempre há espaço para melhorar! — digo. E, para disfarçar qualquer tipo de desconforto, flexiono meu bíceps de novo. — Mas está se esquecendo de uma coisa: ninguém seria melhor em ser quem você é! E não importa o que todo mundo pense, só se você concordar! — A vontade de completar com "Acho você perfeita" é estupidamente forte, mas me contenho. Não é a hora certa para aquele tipo de coisa.

Os olhos de Sarah se apertam, e ela franze o cenho, como se estivesse lendo meu rosto.

MI: *Cérebro para Departamento da Aura: desliga essa porcaria!*

Mas acho que ela não está tentando ler minha aura agora. A tristeza em seus olhos parece a de alguém prestes a chorar, mas ela pisca as lágrimas de volta tão rápido que mal daria para vê-las.

— Obrigada. — Sorri. Há um momento em que apenas olhamos um para o outro de novo, mas ela o interrompe de repente, erguendo o bloco e me mostrando seu desenho. — O que acha?

O retrato é claramente meu, mas sem mostrar exatamente *a mim*. Para começar, estou musculoso e seguro um cajado como o de Gandalf enquanto disparo algum tipo de luz mágica da outra mão. O desenho é em estilo mangá que me faz parecer muito mais legal do que eu jamais conseguiria ser. Pareço algum tipo de profeta heroico.

— O que acha?

— Uauu. — Abro um sorriso. — Quem me dera ter músculos assim!

— É tudo questão de percepção, Archie. Lembra?

MI: *Mensagem pra você, Capitão. Mas parece estar criptografada...*

Queria entender melhor o que as garotas querem dizer quando falam certas coisas. Valeria a pena ter Clare aqui só para decifrar a frase de Sarah ou me dizer que estou enxergando significados ocultos onde não existem.

MI: *Qual opção é mais provável?*

— Vamos ver o seu. — Sarah aponta para meu bloco, e eu o levanto.

Está bem mais sujo que o dela. Acho que estava tentando copiar o estilo rabiscado das ilustrações de *O Cavaleiro das Trevas* para transmitir emoção. Mas, em comparação, parece ter sido desenhado por alguém com os dedos congelados. Em vez da experiência de corpo inteiro que Sarah desenhou, escolhi apenas seu rosto, mas o dupliquei, como se houvesse dois, um escondido atrás do outro.

— Está muito bom — opina ela, assentindo e olhando para o papel. — Eu pareço tão triste assim?

— Como disse — devolvo —, é tudo uma questão de percepção, lembra?

O sol está brilhando quando acaba a aula, e o pessoal já estava nos esperando quando Sarah, Caitlyn e eu chegamos aos portões. Beggsy está fazendo os meninos rirem com alguma palhaçada, e Matt fica perto o bastante de Caitlyn para tocá-la, mas não toca. Apenas Ravi parece não ser afetado pela presença de garotas, assistindo e observando com um leve sorriso no rosto.

Por mais que seja legal ver todo mundo junto, parte de mim quer continuar a conversa com Sarah. Pareceu que estávamos começando a conhecer um ao outro de verdade, como se eu estivesse tendo acesso ao que há por trás da máscara perfeitamente maquiada. Mas, enquanto andamos, ela parece determinada em manter certa distância, indo mais à frente com Beggsy. Acho que não quer ter aquele tipo de conversa em público, mas é como se a muralha derrubada na aula de artes estivesse sendo erguida de novo, e depressa. Sou deixado do outro lado.

É estranho, mas Caitlyn parece notar e anda um pouco mais devagar para caminhar comigo. Apesar disso, tudo em que consigo pensar é em não deixar a conexão com Sarah escapar por meus dedos. Preciso de alguma coisa que nos una. Alguma coisa não muito pesada.

MI: *Um laço de espuma?*

Bingo!

— Ei, pessoal! — grito. — Vou precisar medir vocês para as capas!

— Tem uma fita métrica? — pergunta Ravi, virando para trás.

— Não.

— E uma regua, cara? — guincha Beggsy, do lado de Sarah.

Ela não fala nada, apesar de sorrir com a sugestão dele.

— Acho que funcionaria. O que devemos medir?

— De ombro a ombro e a altura das costas — responde Caitlyn.

MI: *Scanners indicam presença de um novo Nerd. Identificada como sendo da espécie feminina!*

Lanço um olhar para Matt, que responde com um curto aceno de cabeça, como se medisse pessoas todos os dias.

MI: *Preparando-se para o futuro como agente funerário, sem dúvida*

— Caitlyn entende dessas coisas — afirma.

— OK — aceito, feliz. — Vamos nessa! — Pego minha régua. — Quem vai primeiro?

— Vamos lá! — Ravi se oferece, virando as costas para mim. — É melhor alguém anotar isso.

Matt pega um caderno e fica ao meu lado, caneta em punho.

Com as instruções de Caitlyn, meço os ombros de Ravi, marcando onde a régua termina com a ponta do dedo antes de continuar medindo o resto. É meio improvisado, mas ela disse que dá para o gasto. Caitlyn anuncia as medidas, e Matt as registra. Então meço das costas de Ravi até os joelhos, emitindo um afiado "Não se mova" quando tenho que apertar um dedo bem acima de sua bunda. Todos os envolvidos riem. Inclusive Sarah. Acho que consigo escutar a muralha se desfazendo outra vez.

Matt é o próximo, e ele arqueia as costas para a frente quando chego ao mesmo ponto, gritando um "Epa!", como se eu tivesse beliscado sua bunda. Beggsy vem depois, e, quando termino, chamo a próxima vítima sem nem pensar duas vezes. De repente, estou de cara para as costas de Sarah.

MI: *Não importa o que faça, não desmaie. Não costuma ser muito atraente.*

É tudo uma questão de detalhes, da maneira como as mechas de seus cabelos pretos contrastam com o marfim macio de sua nuca. Quando coloco a régua sobre seus ombros, meus sentidos são aguçados pelo cheiro dela. É puro e delicado, como deve ser o cheiro de um floco de neve. Depois de medir seus ombros perfeitos, me dou conta de onde aquela régua vai parar. Sarah não diz nada, então presumo que não ligue.

MI: *Se recomponha! É só a... bunda dela. Sua bunda perfeitamente redonda. *Dá tapas no próprio rosto*.*

Na verdade, ninguém diz nada. Quase consigo sentir os olhares de apreensão de meus amigos abrindo buracos em minhas costas. Minhas mãos ficam úmidas de suor, e sinto uma indesejável onda de calor na virilha, que tento ignorar e dissipar, sem sucesso.

MI: **Conjurando imagens de gatinhos mortos*. Nada.*

Meço até o meio de suas costas e pressiono o dedo lá, bêbado pela maciez da camisa e pelo jeito que ela disfarça a força da coluna.

MI: *Karatê. Ela faz karatê.*

Meço o restante a partir do dedo, o que leva a régua até os contornos perfeitos de seu traseiro coberto com a saia.

— Cara! Por que está demorando tanto aí embaixo? Não é pra medir um mapa pro Google Earth!

Odeio TANTO Beggsy nesse momento, mas sou minoria. Todo mundo ri, bufa ou cacareja, incluindo Sarah, cujo júbilo é traduzido por breves sacudidas do traseiro. Acho que não aguento muito mais.

MI: *Achei que não ia aguentar nada.*

Eu me ajoelho para continuar medindo, e tento não encarar o que está atrás da régua. Isso também me dá a oportunidade de aliviar a pressão insistente em minhas calças, que aumenta cada vez mais.

— Ande logo com isso! — zomba Ravi. Me atrapalho e deixo cair a régua, balbuciando "desculpe" sem parar, como algum tipo de cântico religioso. Pela primeira vez na vida, fico grato por não possuir visão de raio-X.

MI: *Se tivesse visão de raio-X, sua mochila estaria entupida de lenços de papel. Só comentando...*

Apanho a régua do chão e coloco sobre o bumbum de Sarah. Com os dedos trêmulos, meus sentidos entram em curto, tentando aumentar a sensibilidade a tudo que estes tocam. Enquanto isso, meu cérebro tenta ignorar tudo aquilo e acalmar o vulcão dentro de mim.

— O que diz aí, cara?

— O quê?

— Está em braile, não está?

— Dá um tempo, Beggsy. — Sarah ri.

Uma parte perversa de mim deseja que Beggsy não vá ao LARP. Chego à bainha da saia de Sarah, que flutua acima de seus joelhos, e dito as últimas medidas.

— Tudo bem aí embaixo? — Matt sorri, sarcástico, oferecendo a mão para me ajudar a levantar. Ele sabe o problema que tenho neste momento, mas olhar para seu rosto sorridente é o antídoto perfeito. — Quer que eu meça Caitlyn? — pergunta. — Pode ser um pouco demais para você...

A pulsação em minhas calças diminui devagar, até se tornar uma dor enfadonha. Hesitante, me levanto, verificando se as calças revelam alguma coisa antes de entregar a régua a Matt.

— É tão gentil da sua mãe fazer isso. — Sarah sorri enquanto Matt mede sua meio-namorada, e sinto que a muralha baixou mais um pouco.

— Ela gosta de fazer essas coisas — respondo, criando uma anotação mental para pedir mais duas capas a mamãe.

— E é ótima, também! — interrompe Beggsy, na voz de *Alvin e os Esquilos*, inspirando-se, em seguida, na de Darth Vader. — Devia ver as fotos da fantasia de Grúfalo que ela fez pra ele!

MI: *Negar! Negar! Negar!*

Por um instante, eu o odeio. Aquela informação era Apenas Para Olhos Nerds. É como se ele estivesse tentando me fazer parecer um idiota. Mas, quando Sarah cai na gargalhada, percebo que ele me fez um favor, mesmo sem querer. O resto do caminho para casa é dominado pela discussão do quanto eu parecia fofo/bobo/deprimente na fantasia, e entro na brincadeira, gostando da atenção. Mas Beggsy fica um pouco quieto, e tenho a sensação de que perdi alguma coisa.

Entro pela porta da frente e encontro mamãe ao telefone no corredor.

— Ah, espere aí, ele acabou de chegar. Vou colocá-lo na linha. — Ela me entrega o telefone e, antes que meu cérebro tenha chance de se perguntar quem seria, sussurra "seu pai". A encaro por um segundo. Por mais que tenha ligado para nossa casa algumas vezes desde que se mudou, papai tende a dar preferência à alegria das mensagens sem gramática.

MI: *Rs.*

Muito diplomática, mamãe indica o telefone com a cabeça e vai para a cozinha. Posso ouvir a chaleira sendo preparada.

— Oi, pai.

— Oi, amigo. Como está?

— Bem. Você? — A água começa a ferver. Conversar com seu pai quando ele não mora debaixo do mesmo teto é meio esquisito. Sei que mamãe diz que não vê problema algum, mas não posso evitar a sensação de ter convocado algum fantasma de seu passado, mesmo que tenha sido ele quem ligou.

— É... Olha. Queria conversar com você a respeito de algumas coisas...

Sinto um frio na barriga. Parece que fiz alguma coisa errada ou aborreci alguém, mas não consigo imaginar o quê.

MI: *Jane. Você não riu das piadas dela. Só pode ser.*

— OK.

— Bem, para começo de conversa, eu lhe devo um pedido de desculpas. Desculpe por ter ficado irritado quando Lucas fez aquele drama. Sei que estava só tentando ajudar, e não queria ter reagido do jeito que reagi.

— Pai — afirmo —, está tudo bem. Você se desculpou na última mensagem.

— É, mas às vezes é melhor falar coisas desse tipo; às vezes mensagens podem ser mal interpretadas.

MI: *Ainda + qdo vc scrv assim ;)*

— OK. Bem, resolvido. Mas escute, também ia te ligar... acho que sei qual é o problema com... você sabe... aquela coisa que mencionou na mensagem. — Não quero dizer em voz alta, caso mamãe escute. Quero manter as vidas pessoais de meus pais separadas uma da outra. Mas aquilo também me faz sentir um pouco culpado.

— Quer dizer Lucas?

— É! Acho que sei por que está daquele jeito.

— Diga.

— OK. É o seguinte: tentei conversar com ele no quarto sobre você ser "esquisito", como ele falou, e ele disse que você estava pior por eu estar lá. — Preciso ter mais cuidado com a maneira como vou dizer isso. Não quero causar mais problemas.

— OK... — Papai parece um pouco cauteloso, mas continuo.

— Acha que age diferente quando estou por perto?

— Eu estava tentando fazer Lucas se sentir tão importante quanto você... Exagerei?

— É — digo baixinho. — Um pouco. — Quase posso ouvir os ombros de papai murchando. Mas pelo menos imagino ele em sua casa, conversando comigo. Agora que visitei seu novo lar, ele não é mais uma voz solta no espaço. É reconfortante.

Papai suspira.

— Tem razão, Archie. Eu estava tentando fazer com que ele não se sentisse ameaçado por você ser... eu não sei... "um dos meninos". Você é meu filho, e eu te amo, mas queria que ele sentisse que não faz diferença, porque gosto mesmo dele. Mesmo que não seja meu filho. Só estava tentando mostrar que também estou interessado nele, mesmo com você por perto. Mas acho que me excedi um pouco. — Ele suspira outra vez. — Tudo bem eu te contar essas coisas, Archie?

— Sim, claro que sim. Mas você devia ter uma conversa com ele. E devia ser apenas você mesmo... — É algo que o próprio papai me disse um dia, e ele ri com a citação.

— Sábias palavras — admite, rindo com pesar. — Obrigado, filho. Agora, liguei para conversar com você, não para resolver meus problemas.

— O que é?

— Só uma coisa que ia te perguntar. Sei que as coisas estavam meio estranhas com Lucas, mas você também não foi o Archie de sempre. Estava com alguma coisa na cabeça... Então...

É minha vez de suspirar.

— É — resmungo, retorcendo os lábios. — Desculpe... Foi só que... — resmungo mais uma vez. — Eu tinha sido convidado para uma festa e queria muito ter ido. Todo mundo ia, e eu só... Desculpe.

— Ei, não precisa pedir desculpas! Olhe, achei que poderia ser alguma coisa assim. Conversei com sua mãe e concordamos que sempre que tiver alguma coisa que queira fazer em vez de vir, é só dizer. Desde que esteja feliz, eu também estou. *Onde quer* que esteja. OK?

— OK, pai. Obrigado. Desculpe.

— Não precisa se desculpar, filho. — Escuto vozes ao fundo. — Melhor desligar, as crianças chegaram. Vou te mandar uma mensagem. Te amo, Archie.

— Também te amo — respondo meio rouco, e o telefone fica mudo.

— Chá? — Mamãe aparece ao meu lado de repente, com uma xícara em cada mão. — Está tudo bem?

— Está. Estou legal. — Sorrio. — Só sinto saudades dele, às vezes.

Mamãe passa os dedos pelo meu cabelo, tirando-o de meu rosto.

— Eu sei — diz.

— Peguei as medidas. Para as capas — solto. — E daria para fazer mais duas? Caitlyn e Sarah também vão.

— Garotas? — provoca ela, me olhando curiosa. — Sem problemas, amor. Tony pegou as cortinas velhas no sótão, então posso começar à noite.

— Obrigado, mãe.

Depois de jantar e fazer o dever, me dedico à espada, pintando realces caprichados. Na metade do trabalho, encaro meu reflexo no espelho do banheiro, usando as orelhas de elfo. Alguma coisa não está muito certa.

MI: *Você tem 14 anos e está usando próteses de Vulcan... Mais alguma coisa?*

Sem pensar, penteio o cabelo para trás. De repente, a transformação ficou completa: as orelhas acentuam minhas maçãs do rosto, e a testa exposta dá um ar intelectual ao visual. Estou muito bem.

MI: *No SEU planeta, talvez.*

Na hora de dormir, sinto-me quase embarcado no Trem da Esperança: minha espada vai ficar legal, estarei bonito, e as coisas entre Sarah e eu estão indo bem. E dei um jeito de ajudar papai e Lucas. Se esse fosse o cenário de um jogo, o Mestre estaria me presenteando com baldes cheios de Pontos de Experiência. Analisando a situação toda, eu deveria estar subindo de nível, mas tem uma coisinha me segurando: o romance de mentira. É como um peso em minhas costas.

ONZE

A quinta-feira começa com mais um update de Clare:

Oi, sexy. Adorei conversar ontem à noite. Tem um beijo te esperando. Tudo que tem que fazer é vir buscá-lo... x

MI: *Toca a Marcha Fúnebre*.

A questão é que, não só essas mensagens não são para meu bem, como elas também estão arruinando minha vida pessoal. Tudo que fazem é martelar em minha cabeça que estou mentindo para meus amigos e fazendo um jogo estúpido com a garota com quem devia ser honesto. Penso em mandar uma mensagem privada para Clare, avisando que quero parar, mas meu Código de Comportamento Nerd não deixa. Não fazemos exigências. Não admira não existirem Terroristas Nerds:

O Casebre do Duende foi ocupado pela Frente de Libertação Nerd e está cercado por carros de polícia. Agachado atrás de uma viatura, um negociador pergunta com ajuda de um megafone:

— O que vocês querem?

Archie, o rebelde líder da FLN, responde por trás de uma janela, armado com uma espada de borracha:

— Nós educadamente exigimos permissão de dizer "não" para as pessoas sem sentir que estamos decepcionando alguém!

Há uma movimentação atrás das viaturas policiais enquanto o negociador conversa com o Chefe de Polícia. Vozes preocupadas confirmam a tensão da situação. Depois do que parece uma eternidade, o negociador levanta o megafone uma vez mais.

— Desculpe, mas não podemos concordar com essa reivindicação!

— OK. Sairemos em um minuto. Desculpe pela confusão.

É assim que funcionamos: do avesso, se pedirem.

MI: *Arriscando nossas vidas, se pedirem.*

Qualquer coisa desde que os outros fiquem felizes. Mas não consigo nem pensar numa resposta, meu cérebro não quer brincar. Então fecho o laptop e me apronto para a escola.

Os meninos estão me esperando, como sempre. Mas Matt parece um pouco diferente: tem andado menos com cara de medo de ser julgado a cada passo. Está cada vez mais parecido com alguém que não se importa tanto.

Beggsy, por outro lado, está agitado como sempre, o tempo inteiro em busca de sinais de aprovação após suas piadas e comentários idiotas. Conviver com garotas parece estar mexendo um pouco com ele. Apenas Ravi continua o mesmo: quieto e observador, mas confiável, como se estivesse apenas recolhendo informações sobre o comportamento de nós, meros mortais.

MI: *Ele escolheu o grupo errado se está atrás de informações sobre Comportamento Normal.*

Após chegarmos à escola, a manhã passa num borrão de biologia e geografia. Na hora do almoço, vou para o refeitório com Beggsy. Até conseguirmos pegar a comida, o resto do pessoal já arranjou uma mesa. A palavra "pessoal" agora inclui Sarah e Caitlyn como Sócias Honorárias: Caitlyn está sentada ao lado de Matt, que aparentemente está tão interessado no que ela diz que o resto da mesa parece não existir. Sarah está ao lado de Ravi, e Beggsy se senta do outro lado dela antes de começar a tagarelar sobre a última visita ao dentista. Ravi apenas observa, sorrindo e assentindo, mas é Sarah que estou observando. De repente, estou ciente de que cada risada confiante e que cada jogada de cabelo é como um tipo de disfarce. A Garota Mais Bonita do Mundo® tem problemas. Como o restante de nós.

— Ei, Archie — detona Ravi. — O que há de novo?

— Nada de mais. — Dou de ombros, sentando a seu lado.

— E Clare?

MI: *Tum!*

A palavra "Clare" cai sobre a mesa com barulho, e há uma ligeira mudança na atmosfera. Talvez seja apenas impressão minha, mas tenho certeza de sentir que Sarah está prestando atenção, mesmo sem olhar.

— É, ela é maneira. — Sorrio, de forma despreocupada. — Ih! Não peguei nada para beber! Alguém quer mais água? — É meio óbvio, mas me tira do centro das atenções. Quando volto, a conversa já tomou outro rumo.

São as palavras "papel higiênico" que chamam minha atenção. Os LARPers estão discutindo o que precisamos levar para o acampamento, e Matt diz "papel higiênico".

— Para quê? — pergunto distraído, distribuindo os copos.

— Para que você acha? — dispara Matt. — Pra assoar o nariz que não é!

MI: *Nem pra sua próxima pesquisa pelos catálogos da NEXT!*

— Mas pra quê?

— Cara! É um acampamento! Não vai ter banheiro! — Fico tão grato por Beggsy estar aqui para dar sua opinião de sabichão.

219

O problema é que aquela informação resulta num frisson de medo em meu cérebro já sobrecarregado.

MI: *Não tem BANHEIRO?*

Não sei o que é pior: um banheiro em York, onde você pode ser ouvido ou ouvir algo que não devia, ou a possibilidade de precisar fazer suas necessidades ao Ar Livre, onde pode ser flagrado a qualquer momento.

MI: *Vestido de elfo.*

Beggsy introduziu a expressão "agacha e faz" na conversa, então é hora de assumir o controle e mudá-la de rumo. Não quero a cabeça de Sarah cheia de imagens minhas agachando ou fazendo.

— E aí? Todo mundo já está de fantasia pronta?

Surte o efeito esperado. Em instantes, estamos conversando sobre o que vamos usar.

Passo o resto do dia me sentindo meio sufocado. Pela primeira vez, tudo parece razoavelmente bem em minha vida. A não ser pela enorme e estúpida decisão de me envolver no plano de Clare. Acho que este é um daqueles momentos em que queria ter papai por perto. Ele sempre tem um jeito de fazer eu me afastar dos problemas e ver tudo sob uma nova perspectiva. Infelizmente, seu filho não tem a mesma facilidade.

Quando encontro o pessoal na frente dos portões, no fim do dia, parte de mim deseja que tudo pudesse voltar a ser como era antes de conhecermos Sarah. As coisas pareciam tão mais simples.

Entro e saio da conversa, que vira uma explicação para as garotas sobre as regras de combate e de mágica, cortesia de Matt e Beggsy. Eles acabam fazendo uma rápida improvisação com as réguas, enquanto Matt narra a batalha. No entanto, por mais que esteja todo mundo rindo, e por mais que meu ME se esforce ao máximo para emitir os ruídos apropriados, meu coração não está no mesmo clima. Sinto como se fosse ser exposto como uma fraude e um mentiroso a qualquer momento.

Depois de nos despedirmos e eu chegar em casa, há um eclipse solar acontecendo acima de minha cabeça.

Até mesmo o sorriso arteiro de mamãe quando entro na cozinha só consegue provocar uma imitação de sorriso em resposta.

— Está bem, amor? — pergunta ela, bagunçando meu cabelo e colocando uma xícara de chá na mesa à minha frente. — Parece estar carregando o peso do mundo nas costas.

— É... estou bem — suspiro. — Só... você sabe... é só a Vida. — Aquilo sai mais sombrio do que eu pretendia, mas acho que meu ME está tentando entregar seu pedido de demissão.

— Talvez isso alegre você. — Mamãe vai buscar a chaleira e também uma embalagem de papel pardo. Ela o coloca na minha frente e dá um daqueles sorrisos engraçados e ansiosos de quando está excitada.

MI: *Talvez seja uma vida nova.*

Fico confuso por um instante, encarando o pacote. Então, ao lado dos selos, vejo um carimbo vermelho desgastado, visível o bastante para eu ler as palavras "... Colony". Olho de volta para mamãe, que sorri mais uma vez e se senta, segurando a xícara com as duas mãos.

— Abra! — insiste ela, indicando o pacote com a cabeça.

Rasgo a embalagem e chego ao papel de seda branco e fino que protege alguma coisa macia. Rasgo um pouco mais e encontro um quadrado de tecido, que se desdobra numa camisa. Mas não uma camisa qualquer. Uma Camisa Incrível.

Uma dessas camisas que você vê em filmes medievais, com mangas bufantes e gola de amarrar, a qual posso deixar um pouco aberta para revelar parte do peito.

MI: *Talvez tenha que pegar a barba de Beggsy emprestada para decorá-lo, antes.*

— Nossa!

— Olhe o resto!

Tiro um quadrado preto e o abro, como um daqueles brinquedos em forma de cápsula que você coloca na água e se transformam em um brinquedo de espuma ou, neste caso, em calças. Calças pretas de veludo. E então, debaixo delas, há um cinturão, com fivela de caveira e uma alça para pendurar a espada.

— Mãe! O que...? Como você...? — O eclipse solar acima de minha cabeça está acabando depressa.

— Entrei no site onde compramos as orelhas e dei uma pesquisada. Acertei?

Ela sabe que fez mais que acertar, e me aproximo para abraçá-la.

— Não vai experimentar?

— Vou! — Mamãe é deixada comendo a nuvem de poeira que fica para trás.

Disparo até minha Toca, tiro as roupas com dificuldade e entro em contato com verdadeiras roupas de elfo. Visto as calças, a camisa, o cinturão e as orelhas. Coloco minha espada na bainha para ver o resultado completo e, em seguida, corro até o quarto de mamãe e Tony. Preciso me ver de corpo inteiro. É como se alguém tivesse trocado de canal no espelho. Em vez da imagem habitual de um Nerd incorrigível, meu corpo magro está escondido atrás da camisa esvoaçante, e até minhas pernas parecem bonitas debaixo do veludo. A caveira em volta da cintura acrescenta o elemento perfeito de perigo e mistério. Estou olhando para alguém muito mais impressionante... até mesmo imponente. Uma rápida penteada para trás no cabelo e Bararc Folhaescura me encara de volta, com a Sabedoria dos Eldar nos olhos.

MI: *E toda a ignorância dos Nerds telegrafada pelas orelhas.*

Mamãe aparece no reflexo atrás de mim e coloca uma coisa sobre meus ombros. É meu manto. E ficou perfeito. Fecho o botão, ajeito o capuz, e, de repente, não há mais nada de Archie em mim. Deve ser assim que Bruce Wayne se sente quando veste a armadura.

MI: *"Comissário, é verdade que os criminosos de Gotham estão sendo caçados por um gnomo gigante?"*

— Gostou, amor? — pergunta mamãe, sabendo muito bem que sim, mas querendo ter o prazer de me ouvir admitir.

— Genial, mãe! — Eu rio. — Obrigado! — Enquanto ela dá risadinhas de felicidade, me viro, desembainho minha espada e a persigo escada abaixo, cutucando-a com a arma de espuma.

Se não consigo me divertir com minha própria vida, vou ter que me divertir com a de outra pessoa. Pelo menos elfos não se metem em romances de mentira.

Coloco novamente meu jeans de sempre, Tony chega, e nos sentamos à mesa para comer uma torta de carne feita com soja ou algum grão parecido. Em seguida, subo as escadas como sempre, mas faço o dever de casa e dou os toques finais na espada ainda usando as orelhas de elfo. E, em respeito por outro cara de orelhas pontudas, deito cedo e abro *O Cavaleiro das Trevas*.

Frank Miller sabe como fazer uma surpresa: esse é o último duelo entre Batman e o Coringa! Mas Batman não o mata, como deveria. Ele não pode, não tem o que é preciso. Então o Coringa faz aquilo por ele.

Na minha interpretação, não é porque Batman não tem coragem, e sim porque seria como destruir uma parte de si mesmo. O Coringa é o que o define e, sem ele por perto, Batman não seria nada. E talvez seja assim que eu me sinta com relação a Sarah. Talvez o tormento pelo qual me faço passar seja o que me define.

E, sem ele, eu não seria nada.

MI: *Daria no mesmo, então...*

Quando estou prestes a apagar a luz do abajur, R2 apita em meu criado mudo. Minha tristeza aumenta quando descubro que é uma mensagem de Clare.

MI: *Estou com um mal pressentimento em relação a isso...*

Atenção, fofinho! Todos os sistemas estão prestes a fechar! Ollie mordeu a isca, então é hora de eu voltar a ser solteira. Mudei meu status — sugiro que faça o mesmo. Foi ótimo namorar você! Te mantenho informado. Nos vemos no trem, sua Ex-namorada, C xxx

MI: *Fase Três: iniciada...*

Saio da cama, entro no Facebook pelo laptop e abro minha timeline para ver o update de status de Clare, que revela a mim e ao resto da internet que ela está "Solteira". Acima dos diversos comentários de condolências de suas amigas, alguém deu Like.

Alguém chamado Oliver.

Entro no meu perfil e mudo meu status também. Mas não me sinto como parte de um plano brilhante. Pode ter funcionado para Clare, mas a mim só mostrou como é fácil mentir. Para Sarah e meus amigos ainda por cima. Eu devia estar aliviado e feliz pela próxima parte da missão estar começando. Em vez disso, só consigo me sentir pior que nunca.

DOZE

A sexta-feira começa antes do despertador tocar. Estou acordado e ansioso: é dia de LARP! E uma coisa se resolveu da noite para o dia: estou solteiro! O que significa que posso começar a me aproximar da Garota de Olhos Assimétricos Mais Linda Do Mundo®, mas em meus próprios termos. E meus termos são: me vestir de elfo e embarcar numa perigosa aventura com ela.

MI: *Não existe nada que você preferiria fazer... sabe.. tipo arrancar os olhos com uma colher? Só uma sugestão.*

A primeira coisa que faço é examinar minha espada: está bonita, cheia de mistérios antigos e histórias nunca antes contadas. Em seguida, dobro a fantasia de elfo com cuidado e guardo as orelhas nos bolsos das calças. Em cima da fantasia, coloco *O Cavaleiro das Trevas*, meu iPod e meu celular. Partes Importantes resolvidas.

MI: *Robinson Crusoé não teria feito melhor. Não mesmo.*

Vou até o banheiro, tomo uma chuveirada rápida e pego um rolo de papel higiênico debaixo da pia. Com alguma sorte, não precisarei usá-lo. Não consigo me imaginar, nem mesmo nos sonhos mais loucos, anunciando para Sarah que preciso sair do campo de batalha para fazer o número dois. De jeito nenhum.

MI: *Ninguém parecia fazer isso em O Senhor dos Anéis. Nem mesmo Sam ou Frodo, e eles caminharam por meses. "Cadê Gandalf? Tem um Balrog vindo!". "Está vendo aqueles arbustos com um chapéu pontudo no meio? Ele está ali lidando com o próprio Balrog..."*

Desço as escadas correndo e descubro que não sou o único acordado. Mamãe está lá embaixo, cercada de pilhas de coisas.

— Chá? — pergunta, já enchendo uma xícara. — Arrumei suas roupas, e as capas estão na mesa, passadas. O saco de dormir está enrolado ao lado da tenda.

— Puxa, mãe! — Parece até que tenho minha própria fada de acampamento.

— Bem, devia agradecer a Tony, foi ele quem arranjou a cabana e comprou um fogão de acampamento, mesmo que Marvin já vá levar um. Há potes, panelas, pratos, facas e uma tocha. Vou preparar comida para você levar.

Não sei nem o que dizer. Eu só havia pensado nas orelhas e na espada de borracha.

— Obrigado, mãe.

Depois de tomar café, saio para encontrar os meninos. E, para minha surpresa, Sarah e Caitlyn. O grupo está reunido na Hamilton Road, sem dúvida impaciente para começar a conversar sobre os planos para mais tarde.

— Prazer em vê-los, companheiros! — cumprimento, caminhando da forma mais imperiosa possível, erguendo o braço numa saudação. Mas, em vez da rodada de saudações medievais que estava esperando, tudo que recebo de volta são acenos mornos de cabeça, então a conversa se interrompe de repente.

MI: *Checando para ver se o zíper está aberto*.

— O que foi?

É como se eu tivesse chegado de surpresa num velório. A atmosfera, que devia estar cheia de entusiasmo e risadas ansiosas, está estranha e apreensiva. Vejo algumas trocas de acenos de cabeça entre Beggsy e as garotas, antes de Sarah e Caitlyn começarem a caminhar à nossa frente. Os garotos trocam olhares desconfortáveis antes de, como um só, me banharem de olhares incertos.

— Você está bem, Archie? — pergunta Ravi, por fim, enquanto os outros olham fixamente para a calçada.

— Estou bem. O que está havendo?

MI: *Estou sentindo uma perturbação na Força.*

— Cara... Clare! — desabafa Beggsy, dando uma palmada na própria testa de tanta impaciência, como um tipo de estereótipo de chef italiano.

MI: *Aqui fala o Monólogo Interior de Archie. Não estou no momento, mas, se desejar, deixe uma mensagem após o sinal...*

Caramba. Em meio à excitação pelas orelhas, barracas e espadas de borracha, esqueci. Sou recém-solteiro.

MI: *Fácil de esquecer, considerando que é o mesmo status que sempre teve.*

— Er... é — assinto, meu ME fazendo meu rosto se enrugar numa careta que espero dar a impressão de profunda e dolorosa dor.

— Cara! — Beggsy desabafa de novo, se aproximando como se fosse me dar um abraço ou coisa parecida, mas, no meio do caminho, acha esquisito demais. Seus braços balançam de um jeito estranho, como se a pessoa que estava manipulando os barbantes tivesse acordado de repente, mas voltado a dormir logo depois. — O quê... Isto é... O que *aconteceu?*

Respiro fundo e, em seguida, dou o suspiro mais longo possível, sem, de fato, desmaiar. Isso não apenas reforça a impressão de Homem Atormentado, mas também me dá um tempo vital para pensar em alguma coisa. Depois de alguns instantes, escolho uma versão da verdade.

— Ela... er... ela... tem outro cara. — Aquilo meio que diz tudo.

MI: *Exceto a parte da mentira horrorosa...*

— Cara! — exclama Beggsy. — Mas que... Quero dizer... Que *vaca*! — Acho que nunca o vi tão ultrajado, e os acenos de cabeça de solidariedade de Matt e Ravi só pioram a horrível sensação de culpa que enche meu peito. Parece algum tipo de veneno. — Sinto muito, cara. — Beggsy pisca sem parar. — Sinto mesmo. Sei que gostava dela e tudo...

— Acho que essa é uma boa hora para calar a boca — repreende Matt, tentando aliviar meu lado.

MI: *Oh, tempo. Vais resolver tudo isto, não eu. É um nó difícil demais para que eu o desfaça. Ato Dois, Cena Dois. Obrigado.*

— Archie — ribomba Ravi, dando um tapinha em meu ombro —, somos seus amigos. Estamos aqui para você. Se precisar conversar ou algo assim... é só avisar, OK?

— OK.

Embora isso possa soar um pouco melodramático para os outros, é preciso lembrar que aquilo nunca acontecera com nenhum de nós. Nenhum de nós jamais teve namorada, e nenhum de nós jamais foi largado. Meus amigos Nerds e graciosos estão lidando com isso da única forma que sabem: desajeitada e cheia de clichês. Mas cada palavra e gesto gentil que eles oferecem só servem para me lembrar ainda mais de como sou um mentiroso duas-caras.

MI: *Farsa (substantivo): s.f. Peça teatral de poucos atores apresentada através de um simples diálogo, ação trivial ou burlesca, gracejos, situações cômicas, ridículas etc. Ato ridículo, coisa burlesca. Fingimento. Consultar também: Archie.*

Matt caminha ao meu lado e dá um tapinha hesitante em minhas costas, sinalizando a pena que sente de mim e lembrando a todos que precisamos mesmo ir para a escola. Andamos em silêncio, as cabeças de meus amigos mais baixas que a minha, e cada um deles perdidos nos próprios pensamentos, expressados apenas pelos ocasionais acenos ou por um ou outro suspiro de descrença.

Alcançamos os portões onde Sarah e Caitlyn já estão nos esperando, presumivelmente para ver se estou cheio de catarro e lágrimas. Sei que é errado, e preciso encerrar isso o mais rápido possível, mas parte de mim está adorando esse novo papel de Romeu de Coração Partido.

— Galera — anuncio, apesar de parecer que outra pessoa assumiu o controle de meu corpo —, só queria dizer obrigado. Mas não vou estragar esse final de semana com meus problemas. Era para a gente estar se divertindo, não era? Então vamos esquecer o resto e ir nessa. — E então, num momento de inspiração, acrescento em minha Voz de Declamação®: — Bararc Folhaescura está mandando! — É brilhante. É como nos filmes, quando estão sendo atacados e o cara de quem todo mundo gosta leva um tiro na perna, mas diz aos outros para continuarem sem ele.

MI: *Mas em geral ele não está fingindo.*

Os caras me dão tapinhas nas costas, mas Sarah passa o braço pelo meu e entramos na escola. Sinto-me como um Deus triunfante e traiçoeiro.

Acho que jamais me senti tão fantástico e tão mal ao mesmo tempo. Apesar de ela ter tido que ir para a sala de física, ainda sinto o braço de Sarah colado ao meu, ainda sinto seu cheiro de floco de neve. É como se estivesse caminhando com seu holograma ao meu lado. Mas Beggsy me desequilibra um pouco. É como se ele acreditasse ainda menos que eu no fato de que fui largado, e, durante a aula de Biologia, tenta me convencer a não desistir de Clare.

MI: *Mais uma mosca em sua teia perversa.*

— Cara. Precisa lutar por ela! É sua *namorada*!

— *Era* minha namorada. E, de qualquer maneira, o que quer que eu faça? Que eu o persiga pelo Facebook até matá-lo?

— Não, mas podia mostrar a ela como está arrasado! — Beggsy parece mais arrasado do que eu deveria estar.

— Por quê? De que adiantaria? Acabou.

— Bem, e se ela não quisesse terminar de verdade?

— O que quer dizer? — pergunto, um pouco irritado demais, de repente com medo de ele ter percebido o que realmente está acontecendo.

— Você sabe… E se ela estiver tendo "problemas"? — Ele gesticula um par de aspas com os dedos ao dizer a última palavra.

— Como o *quê*? — Na verdade, estou começando a ficar irritado. Só queria que ele deixasse aquilo pra lá.

— Você sabe… E se ela estiver "naqueles dias"?

— Que dias?

A seriedade de Beggsy combinada com suas palavras me pega de surpresa, e me desfaço em uma série de gargalhadas. Talvez seja o desgaste de toda aquela situação, mas quanto mais percebo que deveria estar conduzindo um experimento de cromatografia e quanto mais sério Beggsy fica, menos consigo me controlar. Passados dois minutos, tenho que fingir que deixei cair um lápis no chão para poder dar uma daquelas risadas de dentro do pulmão em silêncio enquanto as lágrimas escorrem.

— Archie — insiste ele quando levanto a cabeça, fungando e secando os olhos —, não pode deixar esse cara atrapalhar vocês. Ela é sua *namorada*, cara.

Não é a palavra "namorada" que subitamente me faz cair na real, é a percepção súbita de que estou cercado por um grupo de amigos que realmente se importam comigo. Claro, eu já percebera aquilo antes no tabuleiro, quando estivemos cercados de ogros e alguém se sacrificou pelo time, mas isso aqui é a Vida Real. Acho que estou começando a perceber a diferença. Não tenho dados nas mãos nem um Mestre de Jogo para me guiar. Estou inventando minha própria história, e, no momento, ela não está indo tão bem.

Por uma fração de segundo, quase confesso tudo a Beggsy. As palavras parecem querer pular de minha boca, posso senti-las. Mas os covardes morrem várias vezes antes da morte, e ainda tenho algumas centenas de vezes à frente. Engulo as palavras, esperando que elas não apodreçam demais em minha barriga.

Por sorte, quando chega a hora do almoço, todos parecem ter seguido o comando de Bararc Folhaescura à risca e a conversa volta a transitar mais uma vez entre as fantasias do LARP e as regras, que estamos começando a entender. Mas, apesar de eu estar conversando e interagindo com o resto da turma, sinto-me como se estivesse olhando tudo aquilo do lado de fora. A câmera de cinema em minha cabeça dá esses zooms em câmera lenta em cada um de meus amigos, procurando sinais de suspeita e dúvida, mas tudo que capta é preocupação genuína. Preocupação terrível e genuína.

MI: *Não seria essa a deixa para começar a se esconder em cavernas, tomar gosto por peixe cru e soltar a palavra "gollum" no meio de todas as suas conversas?*

Mas a luz de LARP no fim do Túnel de Mentiras brilha mais forte ao longo das aulas de matemática e de física, e, na hora em que toca a campainha da escola, já esqueci completamente que devia estar lamentando o fim de meu primeiro relacionamento.

A caminhada de volta para casa é impulsionada pela pressa, excitação e ligeira histeria. Parece que não conseguimos andar nem falar rápido o suficiente, e a conversa segue em círculos enquanto tentamos ter certeza de que todos vãos saber o que fazer.

— ...e você e Ravi podem dormir em minha tenda — tagarelo com Matt. — É para quatro pessoas, então teremos espaço de sobra, e vocês não vão precisar levar as suas.

— E vocês duas? — pergunta Ravi a Caitlyn e Sarah.

— Temos uma cabana, então estaremos bem, obrigada, Ravi. — Aos poucos, Caitlyn está expandindo seu campo de comunicação para além de Matt. E Matt parece confortável com isso, o que me faz me perguntar por que fico tão incomodado quando vejo Sarah conversando com outras pessoas.

MI: *Porque você não vale a pena. E parece estar numa missão para tentar provar isso.*

— Então, onde vamos nos encontrar? — pergunta Matt, sempre prático. — No Casebre?

— Er... a mãe da Sarah ligou para o Big Marvin, e ele vai até a casa de Sarah buscar a gente... — O modesto anúncio de Caitlyn arranca um "U-uu!" de mim e de Ravi. Considerando que elas nem o conhecem, estão recebendo uma das Maiores Honras.

— E se os meninos se encontrassem em minha casa? — sugiro. — Big Marv poderia buscar todos nós juntos, e vocês também dão uma olhada nas capas antes...

— Ela fez? — O rosto de Matt de repente parece preocupado. — Ficaram boas?

— É *claro* que ficaram boas! Foi a mãe de Archie quem fez! — responde Ravi. Acho que ele gostaria de ser adotado pela minha mãe.

— Ficaram incríveis — confirmo. — E têm capuz!

— Uau! — Matt e Ravi suspiram em uníssono.

— Capuz? — pergunta Matt.

— Capuz — repito.

— Épico. — Três sílabas que significam muito mais.

Não consigo evitar de me distrair com uma gargalhada alta da conversa de Sarah mais à frente. Beggsy deve ter soltado um de seus Americanismos ou histórias engraçadas. Sei que não devia, mas sinto raiva. Ele conseguiu, de alguma maneira, fazer Sarah gostar dele. Fico ainda mais irritado quando começa a esbarrar com o ombro no dela enquanto andam lado a lado. Ela retribui. Isso torna tudo ainda pior, porque sei que se fosse eu naquela situação, não teria coragem de fazer aquilo.

Quando chego em casa, vejo mamãe tagarelando, agitada como se eu estivesse saindo de casa para sempre. A pilha de coisas que separou para mim esta manhã parece ter crescido.

— Mãe! Para que eu levaria roupas de *banho*? É um fim de semana num acampamento!

— Nunca se sabe! — É a resposta de mamãe para tudo que ela não sabe como responder.

— Bem, *eu* sei — rosno, tirando da pilha aquelas roupas e todo o resto que imagino que não vá precisar. O que acaba sendo muita coisa. — *Matt* já está levando a bolsa térmica, então não vou precisar de uma! E *galochas?* Duas noites! Só vou passar *duas* noites!

Por fim, diminuímos a pilha de Coisas até uma altura com a qual eu me sinta confortável, e, em seguida, troco de roupa.

Tiro meu uniforme da escola como se fosse a pele de uma cobra, coloco calças jeans, meus tênis de skatista, uma camiseta de *Guerra nas Estrelas* (preta, com as palavras "Han Atirou Primeiro" na clássica fonte do filme) e um casaco com capuz. Por mais que esteja me arrumando um pouco mais para Sarah, também há uma certa sensação de liberdade envolvida em ir a um lugar onde dá para usar roupas Nerds sem ser perturbado.

Quando desço de volta à cozinha, encontro Tony.

— Já guardou as galochas na mochila? — pergunta ele, lançando uma piscadela que reforça o duplo sentido.

MI: *Oh, DEUS!*

Tenho uma visão estranha de mim mesmo, nu, usando galochas. Em outro lugar que não meu pé.

— Não, parece que não há espaço suficiente para elas — interrompe mamãe, como sempre por fora. — E ele não acha que vá se molhar.

MI: *Preparem-se...!*

— Precisa levá-las, Arch. Nunca se sabe quando vai se molhar...

MI: *Casco perfurado! Danos à estrutura e ao motor!*

Sei que Tony só está cuidando de mim, e sei que ele acha que está me providenciando entrada antecipada ao Grupo dos Adultos ao conversar sobre minha Privacidade, mas não gostei nada daquilo. Não gostei porque parece que ele tem um acesso à minha vida privada que não quero que tenha. Na verdade, desgosto tanto que uma palavra fica se repetindo em minha mente, uma palavra que trabalhei duro para banir de meu vocabulário.

MI: *Imbecil.*

Por sorte, uma campainha evita que a situação piore ainda mais. Abro a porta da frente e me deparo com Matt, Beggsy e Ravi, acompanhados dos pais e do que parecem restos de uma caravana de escoteiros: sacos de dormir, mochilas e cadeiras de acampamento. Mas temos Coisas Mais Importantes com as quais lidar.

— Oi! Gente! Querem experimentar as capas?

Enquanto mamãe assegura à Sra. Cameron, ao Sr. Beggs e ao Sr. Guramurthy que não há problemas em buscar seus filhos aqui mesmo, no domingo, eu e os meninos vamos até a cozinha.

— Um Anel para a todos governar, Um Anel para encontrá-los, Um Anel para todos trazer e na Escuridão aprisioná-los! — geme Tony de sua cadeira, entendendo tudo tão errado. Ele termina o showzinho com um gesto estranho, como se tocasse um piano invisível. Acho que era para parecer como se estivesse lançando um feitiço, ou coisa assim. Mentalmente jogo outro de volta para ele. Mas meus amigos dão risadas; parecem ser capazes de ver algo além do que me irrita tanto nele.

MI: *Vejo um reflexo, Archie...*

Entrego uma capa verde a cada um dos meninos. A expressão em seus rostos quando as seguram e as analisam é de pura vitória.

— Irado! — desabafa Ravi, enquanto Matt assente com intensa aprovação.

— Caras! — Querendo dizer *Melhor momento da História*. — Vamos experimentá-las! — Beggsy está parecendo uma criança de 6 anos que acaba de descobrir uma caixa cheia de chapéus de cowboy. Assim como todos nós. Vestimos nossos mantos e levantamos os capuzes, antes de nos observar no espelho do corredor.

Há algo em uma capa; ela cria uma mudança sutil na maneira com que nos portamos e andamos. É como se os heróis que passaram todos esses anos presos dentro de nossos corpos franzinos de repente tivessem tido permissão para flexionar os músculos. Queria poder usar capas todos os dias.

MI: *Por outro lado, dá para simplesmente mandar um convite para Jason Humphries te matar logo. Muito menos humilhante.*

— Irado! — suspira Beggsy, os olhos parecendo ter o dobro do tamanho. Acho que ele está vendo o que vejo, quatro bravos aventureiros de aspecto nobre, cobertos de verde, apenas esperando para descobrir o que o destino lhes reserva.

MI: *Olha com atenção*. *Não. Ainda vejo quatro Nerds usando cortinas.*

Não passamos muito tempo nos admirando. Mamãe aparece para avisar aos meninos que seus respectivos pais estão indo embora, então andamos em fila até a porta da frente, para que se despeçam. Mas tiramos as capas primeiro. Não somos *tão* bobos.

MI: *Pode me lembrar o que farão nesse fim de semana, mesmo...?*

Assim que os três carros se afastam da casa, são substituídos quase imediatamente por uma buzina e música alta: Big Marv chegou.

Numa van Volkswagen lilás. Com flores pintadas nas laterais.

MI: *Não é bem Scadufax, né?*

— A-há! — Big Marv desliga o motor e pula para fora da van. — Todos a bordo do Skylark! — Não faço ideia do que ele está falando, mas, do jeito Nerd de Big Marv, parece algo legal.

— Oh, Marvin! É sua? É ótima! — Mamãe já está tocando na van como se fosse uma nave espacial ou coisa parecida. — Posso olhar por dentro?

— Ha-haaa! Mas é claro que sim! E, enquanto isso... — Big Marv se vira para encarar o resto de nós —, ... hei de guardar seus pertences! — Ele abre a porta para mamãe, e damos de cara com a imagem de Sarah e Caitlyn sentadas de frente para uma mesinha dentro da van. — A-há! — declama Big Marv. — Elfas e fadas já estão aqui! — As garotas começam a rir, em parte de alegria e em parte por estarem começando a perceber como Big Marv é doido.

Sarah parece deslumbrante. Está com toda a maquiagem gótica: pele pálida, sombra esfumada, batom escuro e o cabelo preso no alto, os fios espetados como uma coroa de tinta escura.

MI: *Ou um porco espinho chamuscado. Só comentando.*

Está usando jeans skinny preto e uma camiseta branca e larga estampada com a imagem de um anjo sentado no chão, de asas abertas, que parece estar chorando, acorrentado a um poste por um dos tornozelos. É incrivelmente sexy.

Até Caitlyn parece um pouco diferente. Quando Sarah está por perto, ela nem aparece em meu radar. Mas agora é quase como se eu a estivesse vendo pela primeira vez.

MI: *Não que você seja tão cego, ou coisa assim.*

Ela está de cabelos soltos, o que meio que suaviza o comprimento de seu rosto. Também não me lembrava de tê-la visto sorrindo, mas no momento ela está abrindo um sorriso brilhante e grande que realça seus traços. Entendo Matt agora: ela é bonita, de um jeito livresco. Caitlyn nunca pareceria gótica ou algo do tipo, mas é uma transformação grande o bastante para Matt, que a encara por tempo demais para ser considerado apenas uma olhada.

MI: *Deve ser como receber uma piscadela de um Nazgûl.*

Enquanto as garotas mostram a mamãe o que o furgão de Big Marv tem a oferecer, Ravi e Matt ajudam a guardar nossas coisas em cima do carro. Conseguimos encaixar tudo, exceto alguns sacos de comida que decidimos beliscar ao longo do caminho.

— Quero uma dessas! — Mamãe ri, descendo da van.

— Infelizmente precisamos partir! — Big Marv faz uma reverência para mamãe e caminha até a porta do motorista. — E quem se juntará a mim no leme?

— Eu vou — balbucia Matt, sem jeito. — Fico enjoado quando viajo de carro.

— Então é hora de seguir em frente, Aventureiros! — exclama Big Marv. Matt senta na frente, e nosso guia liga o motor. O resto de nós se espreme ao lado das garotas, mas Beggsy fica no melhor lugar, ao lado de Sarah. É meio irritante; ele virou uma sombra de Sarah e sempre parece estar colado nela. Deve ser só por causa da novidade de estar perto de uma garota que não zombe dele assim que o olha. Pelo menos estou na sua frente, posso conversar com ela e me deliciar em me preocupar se são mesmo seus joelhos tocando nos meus.

MI: *Se não forem, você acaba de desenvolver um fetiche por pernas de mesas...*

— Me ligue quando chegar lá — pede mamãe, enquanto fecha a porta e diz sem som "Te amo!" pela janela. Reviro os olhos de forma exagerada e teatral, porque todo mundo já viu minha mãe dizendo que me ama, mesmo. As garotas fazem até gemidos de "Awwww!". É tudo brincadeira, mas me lembra de que ainda não sou o Homem Misterioso que gostaria.

— E bem-vindos ao Marvmóvel Mágico! Ha-haaa! Próxima parada: Ailae! — O entusiasmo de Big Marv é contagiante, e, conforme passamos pelas ruas de minha cidade natal, o inundamos de perguntas sobre o que estamos prestes a fazer.

Big Marv conta o máximo que consegue sobre LARP, o que leva cerca de meia hora, pontuada por risadas medievais e referências obscuras a filmes ou livros. É o tipo de conversa que os Nerds amam. Segundo Marv, os jogadores são divididos em times, ou "facções", e agora somos parte da facção de Big Marv. Não é muito diferente das nossas Noites de Jogo. Temos eventos que seguem um roteiro e acontecem em horas certas ao longo da partida, como invasões do acampamento por orcs e duendes ou enigmas a serem decifrados, mas as diversas facções ajudam a criar mais histórias ao interagirmos um com o outro, como personagens, durante o fim de semana. É o equivalente de Nerd-gri-lá. A única parte ruim é que, como é nossa primeira vez, se morremos, morremos.

MI: *É uma grande partida de Faz de Conta. Com orelhas.*

Mas absorvemos. Absorvemos tudo como grandes esponjas Nerds. Big Marv explica como um bardo medieval, nos envolvendo e tecendo a história daquele mundo imaginário, seus personagens e batalhas. Até mesmo as garotas parecem interessadas. E, quanto mais o escutamos tagarelar com sua voz retumbante, mais aquilo parece uma aventura *de verdade.*

O tempo passa, e, enquanto seguimos, o sol do final de tarde ilumina as janelas do furgão, emoldurando Sarah num fluxo constante de paralelogramos dourados. Ravi e Beggsy começam a discutir sobre o pior Doutor em *Doctor Who*, e fico livre para conversar com as meninas.

— Quais vão ser os nomes de suas personagens? — pergunto, já pensando se poderia oferecer minha experiência naquele departamento.

Os olhos de Sarah cintilam de travessura e reprovação de brincadeira.

— Achava que você já teria adivinhado a essa altura! — Acho que aquilo foi meio que um insulto.

MI: *Ruídos de poeira e de grilos*.

— Er...

— Nox Noctis! — sibila Sarah, num sussurro exagerado. — Nox Noctis, a Feiticeira da Noite!

Nox Noctis é o nome que dei a sua personagem quando Sarah foi à minha casa para um jogo trágico de Dungeons & Dragons. Minha mente deveria ter sido invadida por imagens sensuais, provavelmente envolvendo botas até as coxas. Mas não. Em vez disso, sinto como se alguém tivesse lavado minha alma e ela estivesse mais brilhante e leve que nunca. Sinto como se não existisse passado nem futuro, apenas Este Momento®.

MI: *Numa van.. Com um punhado de Nerds. Ansiosos para se fantasiar e brincar de magos. Quem disse que o romance acabou?*

— Bem, é mesmo um nome incrível — respondo. Acho que posso estar flertando.

MI: *Verifica bancos de dados*. Nenhuma informação disponível, Capitão.

— Caitlyn tem um nome bom! — Matt obviamente estava prestando atenção em nossa conversa. Seu comentário faz Sarah apertar o braço de Caitlyn e fazer uma daquelas expressões de Aww que fazem seu nariz enrugar.

— Ah é? Qual é? — se intromete Beggsy.

— Mirella Thistlebark — responde Caitlyn, surpresa pela atenção que está recebendo. — Sou uma curandeira.

— Ha-haaa! — Big Marv ri pelo espelho retrovisor. — Excelente! Precisaremos de uma curandeira, pois a nossa foi assassinada por Ogros Rato! Precisamos proteger Mirella Thistlebark de todas as maneiras!

— Ogros Rato? Cara! Alguém trouxe queijo? — Beggsy começa a grunhir esganiçado e finge roer o braço de Sarah. Para minha aversão.

— Terra à vista! — grita Big Marv, do banco da frente. — Quase lá!

Olhamos pelas janelas a tempo de ver a placa de "Bem-Vindos" que precede a vila perto de onde iremos acampar. Entrando nela, passamos por uma série de ruas sinuosas, cercada de altas cercas vivas e asfalto rachado.

— Olhem! — Beggsy aponta para a frente.

Viramos os pescoços e vemos uma placa amarela pintada a mão, com "QuestFest" numa caligrafia antiga e uma seta apontando para a direita. Ela nos leva a uma estrada de terra, que abre um caminho empoeirado entre dois campos.

— É uma fazenda? — pergunta Sarah para Big Marv.

— Ha-haa! É sim! A aventura acontece no terreno de uma fazenda a menos de dois minutos daqui!

Avançamos mais, chegando à fazenda, e, em seguida, viramos para a esquerda até um campo que foi designado como estacionamento. Big Marv para o carro e desliga o motor.

— Ha-haa! — cantarola, saindo da van e esticando as pernas. — Ali estão os toaletes, Aventureiros. — Ao longo de um dos lados do campo há uma fileira do que parecem dez naves TARDIS de plástico.

MI: *Aquilo? Aquelas coisas? Toaletes?*

Quase sinto meu sistema digestivo desligando os motores, só de pensar. Mas as garotas deviam estar explodindo e logo abrem caminho até os banheiros químicos em meio aos carros. Enquanto as esperamos, eu e os demais ajudamos Big Marv a tirar as malas do teto do carro. Então andamos até um buraco na cerca viva que rodeia os fundos do estacionamento. Pouco antes de chegar lá, Big Marv para e aponta o campo à frente, deixando cair algo da mochila no processo.

— Aventureiros! Bem-vindos a... Ailae!

Com uma risada final e alegre, ele pega o tubo de pasta de dente do chão e passa pela cerca rumo a outro mundo.

TREZE

Entrar naquele acampamento é como entrar em outro mundo. Algumas barracas já estão montadas, e não estou falando daquelas com formato de sempre, como a que estou carregando e com a qual me sinto bastante inadequado.

MI: *Poderia este ser o primeiro caso documentado de inveja de barraca?*

As barracas de um LARP parecem cabanas de verdade, construídas com material de cabanas de verdade, com abas redondas na frente; outras são octogonais, com tetos pontudos, no estilo medieval. Alguns grupos estão atrás de cercas com quebra-ventos pretos agrupados, criando pequenas vilas em meio a uma comunidade maior. E alguns dos quebra-ventos têm inscrições élficas pintadas, enquanto outros estão enfeitados com galhos ou folhagens falsas. Estas, explica Big Marv, são as bases de diversas facções: os Elfos das Trevas (Drow), o Povo Gato (Felinetta), os Celtas (Cessair) e nós: a Tribo. Há até mesmo um portão formado por estacas do lado de fora de algumas das barracas, com caveiras e cabeças espetadas. De borracha.

MI: *Para dar um ar mais autêntico.*

Isso tudo é demais para Beggsy, que começa a pular sem parar, puxando Sarah pelos ombros e apontando para todos os lados: fogueiras, panelas iguais a caldeirões, uma bigorna e alguns escudos. Sei que é legal, mas queria que ele a deixasse em paz. Matt observa cada detalhe enquanto andamos, como se quisesse destruir tudo aquilo com o olhar, e permanece perto de Caitlyn. Sarah, no entanto, também parece muito entusiasmada, estimulada pela quase histeria de Beggsy.

— Irado! — exclama Ravi. — Mas cadê todo mundo?

— Jogando! — responde Big Marv, apontando um declive de onde é possível ouvir gritos distantes. — Ora, estamos atrasados, e a Aventura já começou!

Ele tem razão. Já começou mesmo. No canto mais baixo do campo, depois de um pequeno lago, uma batalha acontece a todo vapor, delimitada por cercas vivas. A multidão é uma mistura de cores. Alguns optaram pelo estilo discreto de *O Senhor dos Anéis*, enquanto outros escolheram vermelhos, azuis e amarelos vibrantes.

MI: *Cinquenta Tons de Nerd.*

E há também os vilões. No verdadeiro estilo das trevas, estão vestidos de preto e carregam clavas, bastões e escudos circulares já amassados. Mesmo de longe, seus rostos verdes os denunciam: são orcs.

— Cara! — guincha Beggsy. — É de verdade! Olha! Estão realmente lutando!

Estão. Espadas colidem...

MI: *Silenciosamente. Ah, sim, o som de espuma contra espuma!*

... feitiços são lançados...

MI: *Por pessoas que parecem não ter vergonha alguma...*

... e monstros, massacrados...

MI: *O que significa que eles se deitam por alguns instantes e, em seguida, saem do campo de batalha parecendo sentir pena de si mesmos. A atenção aos detalhes é espantosa.*

Por um momento, é ridículo. Mas também é empolgante e estranhamente belo. Meus olhos parecem registrar tudo em câmera lenta, e a batalha parece um balé colorido e caótico.

Quase posso escutar a música tema de *O Senhor dos Anéis* tocando ao fundo.

MI: *Na verdade, você está escutando mesmo. Ravi está assobiando a música.*

Uma figura à margem do balé-batalha olha para nós de repente e começa a subir o declive em nossa direção. Ele tem mais ou menos a idade de Big Marv e cabelos escuros e curtos, barba grossa por fazer e uma bela espada, que invejo assim que vejo, assim como a armadura de couro preta, decorada com algum tipo de design celta, cravejada de rebites prateados e brilhantes. Além da esvoaçante camisa preta que usa por baixo, arrematada por luvas de couro também com rebites. E não podemos esquecer as botas de couro cheias de fivelas.

MI: *E a doninha labial. Não se esqueça da doninha labial.*

O bigode é algo que acho que jamais terei: grosso, preto e curvado nas pontas. É como uma cerca viva em miniatura acima de sua boca.

— Lorde Gyrus! — grita Big Marv, largando tudo que estava segurando e abraçando o Homem de Preto.

— Lawmar! — responde Lorde Gyrus, em seguida fazendo uma expressão triste. — Sua chegada não poderia ter sido mais oportuna: as forças das trevas se espalham entre nós. Há uma necessidade premente de mais guerreiros em nossos exércitos. — Então ele para e ergue uma das mãos.

MI: *Talvez esteja pedindo para ir ao banheiro.*

É o sinal que indica que está saindo de seu personagem. Mas, para reforçar, ele explica:

— Fora do personagem: é a primeira batalha da noite, amigo. Seria uma pena se vocês perdessem essa. Larguem as coisas do lado de fora de minha barraca e se troquem lá dentro. As garotas podem se vestir em meu alojamento, vou dar uma olhada em suas armas.

— Excelente! — Big Marv está radiante. Não tenho mais certeza se estou vendo Big Marv ou Lawmar naquele instante. — Aventureiros! Entreguem suas armas a Lorde Gyrus, que vai verificar se são seguras para o jogo. Apressem-se! Precisamos enfrentar o inimigo na batalha!

Uma onda de entusiasmo toma conta do grupo, e entregamos nossas espadas e o machado de Beggsy para Lorde Gyrus, que os aperta um pouco. Ele os devolve e entrega a Caitlyn uma adaga extra, dizendo a ela que pode ser que precise. Em seguida, acompanhamos Big Marv até uma tenda octogonal com uma bandeira vermelha do lado de fora. Por dentro, é ainda melhor. É enorme, cheia de almofadas espalhadas no chão e tapetes de pele falsa. Numa ponta, na frente de uma divisória para trás da qual as meninas se encaminham, há uma cadeira de madeira ornamentada, coberta por peles e com uma pilha de caveiras de borracha de cada lado. E no centro há uma mesa baixa cheia de coisas: livros de capa de couro, penas para escrever, vidros com líquidos de diferentes cores, um pequeno baú de tesouros, moedas de ouro — basicamente tudo que alguém esperaria encontrar se acordasse um dia e se visse dentro de seu livro de fantasia preferido.

Com a decência das garotas protegida, largamos as mochilas e começamos a pegar nossas fantasias. Damos muitas risadas conforme tiramos as roupas e vemos as cuecas estampadas de Doctor Who de Big Marv, que se troca a poucos metros de nós. As risadinhas se transformam em gargalhadas mal-abafadas quando Matt pergunta se elas são maiores por dentro do que por fora.

As transformações começam. Sou o primeiro a terminar quando coloco minhas orelhas pontudas, e recebo aplausos do grupo e uma saudação vulcana de Matt. Ele é o segundo, mas sua fantasia tem uma cara mais improvisada: jeans preto e uma camiseta. Mas a capa ajuda. Em seguida vem Ravi, que ficou ótimo como o clérigo Jh'terin. Arranjou uma camisa de mangas bufantes também e alterou um velho casaco de camurça para usar de colete. E finalmente vemos Beggsy. Na verdade, ele está muito bem: vestiu um moletom comprido tingido de prata para parecer malha de aço, com um cinto de couro largo. E não é o capacete viking de plástico que me incomoda...

MI: *O capacete viking historicamente incorreto com CHIFRES de plástico...*

... ele o pintou muito bem. Também não são as galochas. É a barba — a enorme barba castanha que chega quase até a cintura. Não é tão Gimli quanto ele gostaria.

MI: *Parece mais com Sam Gamgee escondido atrás da bunda de um wookie.*

— Cara! — *Indicando mágoa ao flagrar um amigo rindo dele*. — Acho que ficou bem legal!

— Parece que você foi assaltado por um ewok — comenta Matt, o que faz o resto de nós rir ainda mais.

— Vamos lá, garotos! Parem de brincadeira: temos uma batalha para vencer!

É a voz de Sarah, e me viro para me deparar com uma visão que faria o Senhor Frio parar numa sauna.

— Ah! Belas donzelas... sejam bem-vindas! — anuncia Big Marv, atrapalhado em seu manto azul.

Meu queixo quase bate no chão. Pensando bem, corrija isso: ele bate.

MI: *Houston, temos um problema...*

Durante mais que meros segundos, meus pulmões esquecem de cumprir sua função, e só me resta tentar evitar que meus olhos pulem para fora das órbitas. Ela está usando a capa verde feita por mamãe...

MI: *E um espartilho.*

... com uma saia de veludo preta que bate pouco acima dos joelhos...

MI: *E um espartilho.*

... botas acima do joelho com abas dobradas e luvas de veludo que sobem até acima dos cotovelos.

MI: *ESPARTILHO!*

E um espartilho. Por ser Sarah, estou *realmente* tentando não encarar, mas minha visão periférica não me dá trégua. Por mais que esteja absorvendo a beleza sombria de sua maquiagem gótica, meus olhos estão mais ocupados em mostrar que ela parece ter um bumbum colado no peito. Odeio a mim mesmo por minha vulgaridade, mas não consigo ignorar a imagem. Por alguns preciosos momentos, há apenas ela e eu aqui; todos e todo o restante parecem desaparecer...

MI: *Puxa, como minhas "Calças de Herói" estão apertadas...*

Graças à minha capa, consigo enfiar uma das mãos no bolso discretamente, ajustar o ângulo de meu sabre de luz ligado e o prender por baixo do cós da cueca. Dói, mas é melhor que nada. Não sou o único boquiaberto. Mas, em vez de apenas ficar parado olhando, como eu, Beggsy anda até ela de uma maneira estranha e lenta, assentindo com aprovação.

MI: *O Jovem Papai Noel: Os Anos Pervertidos.*

— Sexy la-dy-y! — elogia, arrancando uma risada de Sarah, antes de ela responder que ele também ficou ótimo. Beggsy se aproxima ainda mais para abraçá-la, e ela o abraça de volta, porém com cuidado: provavelmente não quer amassar sua fantasia. Sei que ele é meu amigo, mas não consigo deixar de pensar que ele gostou um pouco demais do abraço. Mas Sarah, sendo Sarah, abraça a todos nós de um jeito que, estranhamente, parece menos cuidadoso. Até mesmo Matt, que é contra contato físico com outros humanos, recebe um. Mas ele só tem olhos para Caitlyn, que faz uma reverência humilde, exibindo os mantos outonais que arrancam um sorriso do rosto geralmente inexpressivo de Matt. Apenas Ravi mantém a dignidade, dizendo que as garotas estão lindas com uma naturalidade que eu invejo.

Encerramos os preparativos comparando nossas armas. Todos fizeram um bom trabalho, e Ravi até mesmo incrustou algumas runas na lâmina. Sarah colou cristais na empunhadura, dando a ela uma aparência mágica e misteriosa. Nós as brandimos por um minuto ou dois, emitindo grunhidos teatrais e gritos de guerra.

— À batalha, Aventureiros! — exclama Big Marv, com sua voz grave. Sua fantasia é de veludo azul: um roupão de mago com mangas compridas e punhos dourados; um chapéu azul-escuro como o de Gandalf, perfeitamente dobrado na ponta; sapatos adequados para um mago, com o bico curvado; e um cajado mais alto que ele. É feito de espuma e látex, mas pintado de modo que pareça ser de prata, arrematado por uma garra de dragão prateada na ponta, agarrando um cristal vermelho redondo. Feito de espuma.

— Puxa, Marvin! Está incrível! — elogia Caitlyn por baixo do capuz.

Marv ergue uma das mãos para responder.

— Não sou mais Marvin! A partir de agora, a não ser que estejamos fora do personagem, sou Lawmar e vocês são seus personagens. O jogo começou!

Quando estamos saindo, Sarah se vira para mim, os olhos encobertos pelo capuz.

— Belas orelhas — comenta, e posso ver o canto de sua boca se encurvando em um sorriso atrevido. Sabe quando Popeye come seu espinafre e Scooby ganha biscoitos? Bem, é assim que me sinto. E felizmente tenho à frente uma batalha na qual poderei descarregar a energia acumulada em meu corpo.

Assim que saímos, Lorde Gyrus nos leva correndo até o alto do aclive.

No campo de batalha há um pequeno portão, através do qual um bando de cerca de vinte orcs avança, gritando e agitando as espadas de borracha. Alguns dos heróis já correram para enfrentá-los em combate, gritando no calor da batalha.

MI: *Ou apenas gritando de alegria por terem deixado suas vidas Nerds para trás.*

Em meio aos gritos de guerra e berros dos mortos e feridos, várias pessoas anunciam "Um ponto!", "Dois pontos!" ou "Quatro!", ao enumerar o estrago que suas armas são capazes de infligir. Magos também se preparam para usar seus poderes misteriosos, e isso é perceptível porque precisam gritar "Convocando Magia!" antes de lançarem um feitiço. É meio como quando os Power Rangers gritavam "Força Mística!" ou sei lá o quê, pouco antes de fazerem algo legal.

MI: *"Força Nerd!" não parece ter exatamente o mesmo efeito.*

Hora de me fazer notar.

— Orcs! — rosnei. — Vamos lá!

Tirando a espada do cinturão, começo a correr. Beggsy está ao meu lado, a barba ameaçando engoli-lo, enquanto Ravi está do outro, gritando o mais alto que consegue. Matt e as meninas estão atrás de nós, agitando as armas e correndo a toda. É lindo. Com quem mais eu poderia fazer uma coisa assim? Tenho orgulho de ser Nerd.

MI: *Alguém precisa ter.*

Quando chego em meu primeiro orc, um corajoso grito de guerra escapa de meus pulmões:

— Baaaararrc!

Pode ser só um cara de máscara, mas nesse momento estou na TwiLARP Zone: ele é um monstro com uma cimitarra intimidadora, e eu sou o elfo perfeito para o trabalho. Ele tenta atingir minha cabeça, mas me esquivo e atinjo seu corpo do lado esquerdo. O orc bloqueia meu ataque e, enganchando sua espada na minha, afasta a lâmina de seu corpo, se aproximando para tentar um golpe fatal em meu pescoço. Eu me abaixo e miro mais uma vez na lateral de seu corpo, forçando-o a se afastar.

MI: *Vá lá, Bararc! Ensine uma lição a esse orc! Lute como um elfo!*

Continuo atacando, mirando sua cabeça. Ele se defende. Tento atingir sua perna e a acerto, gritando:

— Um ponto!

O orc grita de dor e cambaleia para trás, então avanço mais uma vez, com vontade. Ele bloqueia minha tentativa de atingir seu braço esquerdo, mas precisa recuar mais uma vez. E então acontece uma coisa: o orc de repente olha para trás, levanta o pé de um jeito nada Uruk-hai e ergue uma das mãos. Fico imóvel, ofegante.

— Esterco — explica o orc por trás de sua máscara de borracha. — Está cheio de esterco de vaca aqui. Se importa se andarmos um pouco para o lado?

— OK. — Nós nos movemos como caranguejos cerca de 1,5 metro para a direita, com o orc examinando o chão ao redor.

— Pronto — conclui. — Desculpe por isso. — E em seguida ele baixa a mão.

Reembarco na Zona sem dificuldade. Em segundos volto a atacar meu inimigo e consigo atingi-lo mais duas vezes, observando com sombria satisfação enquanto ele cai no chão com um grito final.

MI: *Engula essa espada de espuma, orc maldito!*

Dou meia-volta, caso mais monstros de pele verde queiram me pegar, mas os invasores estão sendo forçados a recuar pelo portão por onde entraram. Um tapinha nas minhas costas anuncia a chegada de Ravi. Ele está com uma das mãos erguidas e com um enorme sorriso no rosto.

— Uau! — Ele ri. — Isso é Irado! Matou o seu?

— Acho que cortei as pernas dele. E você?

— Matei! Ele me atingiu uma vez, mas foi só um golpe de um ponto! Não acredito em como isso é épico!

Enquanto rimos e caminhamos para encontrar os outros, percebo que me sinto ótimo, como se tivesse acabado de liberar toda a energia. Durante breves momentos, *realmente* fui um elfo, lutando uma batalha de verdade, livre da tirania da vergonha.

MI: *Pode acrescentar "dignidade" também.*

Encontramos Sarah e Caitlyn ajoelhadas junto a Beggsy, que está deitado de pernas abertas na grama. Matt está ao lado delas, de cara feia.

— Oi! — ofego. — O que foi?

— O poderoso Damli recebeu um golpe mortal em sua barba. Caitlyn está tentando curá-lo. — Adoro o sarcasmo de Matt. Especialmente quando não é usado contra mim.

— Ei, cale a *boca*! — protesta Beggsy. — Era uma arma envenenada! Estou morrendo!

— Bem, acho que você está demorando muito para morrer — devolve Matt.

— Regras são regras — retruca o soldado ferido. — Se elas dizem cinco minutos, ficarei aqui durante cinco minutos!

Se não o conhecesse melhor, eu poderia jurar que ele só estava enrolando para ficar cercado de garotas de espartilhos e capas.

MI: *A essa altura, seu argumento é inválido.*

Esperamos o tempo necessário até Beggsy recuperar Poder da Barba suficiente, ou seja lá o que os anões têm, e voltamos para o acampamento para montar nossas barracas.

Já está escurecendo quando finalmente terminamos, estão acendendo as fogueiras, e o cheiro de comida começa a fazer nossos estômagos roncarem. Por sorte, não precisamos cozinhar nada, graças à generosidade dos outros campistas, e pouco tempo depois estamos também sentados em volta do fogo, comendo ensopado.

Ficamos sentados conversando, ainda usando nossas fantasias, e somos apresentados a outros LARPers. Mesmo que todos estejam fora de seus personagens, a conversa permanece maravilhosamente Nerd, e, ainda assim, Sarah e Caitlyn conseguem participar. Enquanto Matt, Ravi e Beggsy ficam conversando com Mark, o lobisomem de óculos de grau, sobre a evolução de Dungeons & Dragons, as garotas conversam com Mally, uma linda elfa loura, e Bastet, uma mulher-gato, sobre como vieram parar aqui e por que isso é muito legal. Até mesmo Kev, o assassino tímido, sai de sua concha para nos contar como o LARP melhorou sua autoestima.

Não conheço muitos outros lugares onde você poderia ter esse tipo de conversa com um monte de adultos e ser levado a sério. E, ao olhar em volta para meus amigos Nerds conversando entre si e para a luz da fogueira que brinca no rosto de Sarah, percebo que não há lugar onde eu preferiria estar. Essa é a versão Nerd do Paraíso.

MI: *O Jardim do Nérdem?*

Big Marv, segurando uma taça de prata numa das mãos e um sanduíche de bacon na outra, puxa uma cadeira dobrável para perto de nós.

— Aventureiros! — começa ele. — Estão se divertindo?

Todos concordam que está sendo ótimo e que estamos nos divertindo de verdade.

— São muito gentis — diz Marv, assentindo. — E, para respeitar os desejos de seus pais, devemos concordar numa hora para dormirem. Seria um enorme peso para mim devolver seus filhos num estado de exaustão. São quase dez horas, seria um horário aceitável para vocês?

Concordamos que dez da noite provavelmente é um bom horário, o que agrada nosso lojista necromântico, e ele nos agradece, antes de começar a falar sobre jogos de tabuleiro. Faço o possível para explicar os termos específicos a Sarah e Caitlyn, e tento fazê-las entenderem por que Espíritos Indestrutíveis são uma coisa boa, mas, no final, acabamos conversando sobre o que pode acontecer no dia seguinte. O máximo de planejamento que conseguimos fazer é Caitlyn decidir que todo mundo deveria tomar café da manhã na barraca dela.

Logo já são dez da noite. A essa altura já estamos todos bastante cansados, depois de tanto matar orcs e tal, e prontos para dormir. Com um cavalheirismo que parece só se manifestar quando se está usando capas, acompanhamos as meninas até sua tenda e depois seguimos para a nossa.

Ravi e Beggsy ficam com um compartimento, e eu e Matt com outro.

— O que achou? — sussurro, assim que fechamos nossos sacos de dormir.

— Do quê?

— Do LARP.

Matt se vira de lado, fazendo barulho.

— Acho que deve ser a coisa mais estranha que já fizemos. Mas é muito legal.

— É. — Consigo ouvir Ravi e Beggsy se remexendo. — O que será que as meninas acharam?

Há um intervalo enquanto Matt pensa, no escuro, embalado pelo burburinho das conversas em volta das fogueiras.

— Acho que gostaram. Não sei por que não gostariam.

— Espero que *vocês dois* não estejam se aproximando *demais* aí dentro! — A voz alegre de Beggsy interrompe o silêncio. — Se é que me entendem...

— Vá dormir, Beggsy — responde Matt. — Talvez tenha sorte e possa conhecer o homem de seus sonhos.

— Há-há.

Quando a conversa termina e ficamos confortáveis, consigo ouvir os barulhos do acampamento. Conversas viram histórias, histórias viram gargalhadas, e gargalhadas viram canções. Mas não consigo dormir, então pego minha lanterna e mergulho no *Cavaleiro das Trevas*.

Uma hora depois de Hipnos, o Deus do Sono, finalmente fazer seu trabalho, Bexigus, o Deus do Xixi, vem me visitar. De acordo com meu celular, passa da meia-noite e tudo está quieto.

MI: *Talvez você possa simplesmente fazer numa moita?*

Encontro minha lanterna e abro a aba do compartimento o mais silenciosamente possível, escutando a respiração de Beggsy e de Ravi, e o ronco anasalado de Matt. Em seguida abro a aba da entrada. É incrível, mas, em contraste com o silêncio de quando se dorme na natureza, até mesmo o menor som parece amplificado. No entanto, meus amigos continuam dormindo, e caminho na ponta dos pés para trás da tenda, em busca de um bom lugar para fazer xixi.

MI: *Pelo menos, se você escutar um lobisomem bufando, será um de verdade. Usando óculos...*

Preciso escolher o lugar. Não quero acordar ninguém com meu xixi da meia-noite. Tem uma cerca viva atrás de nossa barraca, que separa o acampamento do estacionamento, mas há tendas próximas demais do local para meu gosto. Caminho ao longo dela, em direção à entrada, passando pela tenda de Sarah no caminho. Involuntariamente desligo a lanterna e paro, meus sentidos aguçados tentando escutar alguma coisa. Nada.

Então escuto um farfalhar. Fico imóvel.

MI: *Não que você a esteja perseguindo nem nada.*

O sussurro de Caitlyn atravessa o tecido da tenda:

— Por que simplesmente não conta para ele? — pergunta, com voz sonolenta.

Com a menção das palavras "ele" e "por que simplesmente não conta", minha aguçada audição élfica se manifesta. Fico parado, respirando pela boca sem fazer barulho, me esforçando para absorver cada nuance da conversa, procurando por alguma pista de que possa ser para mim que ela precise contar alguma coisa.

— Você *sabe* por quê — murmura Sarah em resposta. Ela parece mal-humorada e cansada.

Fico desapontado, mesmo que as duas possam não estar falando de mim. Escuto mais um farfalhar do saco de dormir, como se alguém tivesse virado de lado, e, em seguida, uma pausa antes de Caitlyn retomar suas perguntas sonolentas.

— Você está sendo paranoica. É porque gosta dele?

Fico esperançoso.

— É claro que gosto dele. É meu amigo!

E fico desapontado de novo.

— Sabe o que quis dizer. Você *gosta* dele?

Mas minha resposta é o estalo de um galho no qual estou pisando. As garotas se calam, e eu fico imóvel.

— O que foi isso? — sussurra Sarah, preocupada.

— Provavelmente algum bicho ou coisa assim — murmura Caitlyn, sem se importar.

— Será que devo dar uma olhada?

MI: *NÃÃÃÃÃÃO!*

Sem esperar para ouvir a resposta de Caitlyn, eu me afasto furtivamente, o mais rápido possível, dando os passos compridos que aperfeiçoei na casa de papai. Num raro momento de lucidez, continuo com a lanterna apagada, para não atrair mais atenção que o necessário. A última coisa que quero é ser visto por um Drow insone ou algo assim.

MI: *Ou por Bastet indo usar sua caixinha de areia.*

A grama do estacionamento está começando a ficar úmida com o ar frio da noite, e fico feliz por estar de tênis. Consigo enxergar a silhueta fantasmagórica dos banheiros químicos contra a cerca, então sigo em frente, tentando ouvir sinais de outros ninjas de banheiro noturnos. Quando chego no último cubículo, noto que o furgão de Big Marv está aceso. Ele está sentado do outro lado da mesa de Lorde Gyrus, ambos ainda de fantasia e com uma garrafa de vinho meada, provavelmente discutindo Coisas Importantes do Jogo. Mas estão longe o bastante para não me verem nem me ouvirem, então abro a porta e entro em silêncio.

Fazer xixi só com a luz de uma lanterna é novidade para mim, nunca teria imaginado o trabalho que dá. De bexiga vazia, desligo a lanterna e saio. Uma rápida olhada agora mostra que as luzes de Big Marv se apagaram, então faço o caminho mais comprido de volta à minha tenda, o mesmo que fizemos ao chegarmos. Não quero arriscar ser flagrado por Sarah e ela somar dois e dois, chegando ao resultado "fofoqueiro". Mas queria saber do que ela e Caitlyn estavam falando... Parte minha realmente quer acreditar que era de mim. Mas tem outra parte que nem ousa dar ouvidos àquele pensamento; ele é grande demais e muito parecido com algo que não mereço.

De volta à tenda, entro de fininho e me fecho em meu casulo.

CATORZE

O dia seguinte chega um pouco mais tarde do que deveria. Acordo e descubro que todo mundo já se levantou e saiu, o que me irrita. De mau humor, olho meu celular, vejo que são nove da manhã e me visto às pressas, com direito às orelhas e todo o resto.

Piscando para a luz do sol, vou aos banheiros em forma de TARDIS outra vez, antes de ir até a barraca das meninas. Aos poucos, o acampamento começa a dar sinais de vida quando o cheiro de bacon começa a pairar sobre as fogueiras e fornos, e o mundo de Ailae começa a despertar.

— Fique parado! — Identifico a voz superarticulada de Caitlyn em meio às gargalhadas que vêm das tendas. Faço uma curva e vejo o pessoal sentado do lado de fora da tenda das meninas. Matt e Ravi estão de pernas cruzadas no chão, comendo mingau de aveia, enquanto Sarah e Caitlyn estão ajoelhadas de cada lado de Beggsy, que está numa cadeira dobrável. A cabeça dele está inclinada para trás, enquanto as garotas parecem estar se debruçando sobre sua barriga.

— Oi, pessoal! — Fico surpreso em descobrir como minha voz está rouca. Deve ter sido toda a gritaria durante a batalha.

— Ele acorda! — declara Matt. — Estávamos debatendo se seria necessário encontrar um príncipe encantado para ir lhe dar um beijo.

— Rá rá. Podiam ter me acordado.

— Tem mingau na panela, cara. Vai em frente. — Ravi indica um fogareiro de camping.

— Valeu, Rav. Dormiram bem?

— Tirando os peidos de Beggsy a noite inteira, não foi nada mal.

— Cala a boca, Ravi! — protesta Beggsy de sua cadeira. — Não era eu!

— O que estão fazendo? — pergunto, montando um prato de café da manhã. Beggsy faz cara feia e resmunga.

— Estamos tentando trançar a barba dele — esclarece Sarah, de um jeito que sugere que seu cliente não anda sendo nada cooperativo.

— Por quê? — Rio. — Para quê?

— *Aparentemente* — diz Matt, enfatizado a palavra —, a barba do poderoso Damli fica voando e grudando em seu rosto, motivo pelo qual ele quase foi morto ontem...

— Aquele orc estaria morto se não fosse a barba! Mole, mole! Sou O *Beggster*!

— Fique *parado*! — Caitlyn está começando a parecer irritada.

— *Gimli* nunca pareceu ter problema algum com a dele — dispara Matt de volta, com um sorriso irônico para mim e para Ravi.

— Bem, isso é porque *Gimli* tinha tranças na barba! E é o que estou fazendo! — protesta Beggsy.

Com uma bufada final de frustração, Sarah se levanta.

— Pronto! É só o que vamos fazer! Vamos lá, Caitlyn. Terminamos!

Elas se sentam e examinam o trabalho. Ficou muito melhor, e elas também trançaram algumas contas coloridas para dar certo peso aos fios. Mas não é a barba de Beggsy que chama minha atenção. Pela primeira vez desde que a conheci, Sarah está sem maquiagem. E a tristeza que vislumbrei em seus olhos na aula de artes está ali de novo, em seu rosto. Acho que não repararia se já não a tivesse visto antes, mas, a exemplo de seu decote generoso, agora que vi, não consigo *parar* de olhar.

Sem maquiagem, um pouco de Sarah agora é legível, como letras pequenas que de repente entram em foco. Finalmente posso ver o que ela está pensando. E ela tem tanto medo do mundo quanto eu.

MI: *Melhor ficar olhando pro decote generoso — vai ser menos humilhante pros dois.*

Meus olhos encontram os de Sarah, e ela deve ter percebido o que estava se passando na minha cabeça, porque de repente anuncia que vai terminar de se arrumar e desaparece dentro da tenda, seguida por Caitlyn. Os meninos e eu passamos os minutos seguintes discutindo o que achamos que vai acontecer naquele dia e escutando Beggsy nos contar nos mínimos detalhes como ele vai derrotar o próximo inimigo, agora que a barba não é mais um obstáculo.

MI: *Fazendo tranças neles até a morte?*

Caitlyn sai da tenda primeiro, parecendo renovada, mas não muito diferente. Sarah sai perfeita, mas, agora que vi seu rosto sem maquiagem, percebo que está perfeito *demais*. Esconde partes dela que a tornam interessante. Sua maquiagem não parece mais tão sexy, e sim a faz parecer um pouco perdida.

— Ha-haaa! — Big Marv pula por cima das cordas com uma agilidade que eu não teria esperado de um adulto vestido da cabeça aos pés como mago. — Quem aqui sabe reconhecer ervas medicinais?

MI: *Todo mundo, certamente! Não é um tópico da aula de biologia?*

Estou quase certo de que é uma de minhas habilidades, mas verifico a ficha de meu personagem antes de levantar a mão, como se estivesse na escola. Bem na hora em que Sarah diz:

— Eu, eu sei.

MI: *Este será dia um dia de vitórias!*

— É claro! Um elfo e uma feiticeira! — Ele se inclina com ar conspiratório. — Estou preparando uma poção, mas preciso de determinadas ervas... Talvez pudessem fazer a gentileza de coletá-las na floresta para mim?

— Claro — respondo, mas em seguida resolvo interpretar meu personagem: — Mas precisarei ser recompensado.

Big Marv/Lawmar assente, sábio.

— Não precisava nem dizer. Traga as ervas até minha tenda e chegaremos a um valor.

— Acho que devíamos combinar o valor antes — discorda Sarah, num tom de voz ríspido.

— Muito bem. — Big Marv desamarra uma algibeira do cinturão e conta algumas joias de plástico. — Isto aqui deve ser mais que suficiente por seu trabalho. — Sarah estende a mão, mas Big Marv devolve o pagamento à bolsa. — Só receberão depois de entregar o que pedi — acrescenta, antes de se virar e se afastar.

— Vamos? — pergunto.

— Acho que sim — responde ela.

— E o que *a gente* vai ficar fazendo? — choraminga Beggsy.

— Vá encontrar alguma *sexy la-dy-y* para impressionar com sua barba — digo, com uma risada. É meio ríspido, mas preciso de um tempo sozinho com Sarah. Preciso ver se consigo me conectar com ela, como aconteceu na aula de artes.

MI: *Tan-tan-tan-TAN-tan...*

Conforme caminhamos pelo acampamento, reparamos nas combinações entre o mundo de Ailae e aquele que devíamos ter deixado para trás: homens-gato e mulheres-gato escutam as notícias no rádio, elfos mexem em seus celulares, e guerreiros armados conversam e escovam os dentes ao mesmo tempo. Os dois mundos se encontraram, mas acho que é impossível deixar a Vida Real totalmente para trás.

Atravessamos o campo até a floresta. Nossa conversa é descontraída e agradável, e, mais uma vez, estou vendo o mundo com lentes cor-de-rosa. Mas a diferença dessa vez é que estou mais ciente que nunca da Sarah de verdade. Por mais que esteja impressionado com sua aparência, finalmente não sou mais ofuscado por ela.

MI: *Seus olhos podem enganá-lo, Archie. Não confie neles. Siga seus sentimentos...*

Parece mesmo que estou com alguma coisa como a Força ao meu lado. Mas não posso mais ceder ao medo ou a mentiras, senão irei para o Lado Negro da Força.

MI: *Darth Archie? Não chega bem a dar arrepios, não é?*

Apesar do sol da manhã, a floresta está escura e silenciosa, iluminada apenas por pequenos feixes de raios de sol filtrados pelas árvores. Não é um terreno dos mais acolhedores: há rochas, pedaços de vidro, latas velhas e garrafas espalhadas no solo. Quando nos embrenhamos ainda mais na mata, um silêncio pesa entre nós. Todos os meus sistemas estão em Alerta Vermelho, esperando que um de nós o quebre.

Mas não o faço, com medo de dizer algo errado.

MI: *Como: "Eu ia fazer xixi atrás de sua tenda ontem à noite, mas ouvi vocês conversando e mudei de ideia". Algo assim?*

É Sarah quem quebra o silêncio, com uma marreta gentil:

— Então, como está se sentindo em relação a Clare?

A pergunta me pega de surpresa. Enquanto procuro alguma coisa para dizer, Sarah interpreta meu silêncio como Conflito Interior.

— Tudo bem. Não precisa tocar no assunto se não quiser.

— Não... Tudo bem...

MI: *Folheia o Guia Sobre Garotas para Principiantes*. *Quanto tempo temos que ficar de luto? Quarenta e oito horas são suficientes? Demais? De menos?*

Esse é o problema. Simplesmente não sei. Se já tiver superado, isso pode sugerir que sou insensível, e, se não tiver, pode insinuar que ainda estou a fim de Clare.

MI: *Vou deixar essa passar. Você está por conta própria.* *Barulho de porta batendo*.

— Acho que estou percebendo o quanto não nos conhecíamos — digo, sem muita segurança. — O que é uma pena, mas acho que é melhor saber antes...

—... antes de ter se envolvido demais?

— É. Isso aí. Antes de alguém...

—... ter se machucado?

— É. — Rio, em parte pela alegria que sinto quando ela termina minhas frases e em parte porque acho que acabei de perceber uma coisa. Arrisco: — Você parece saber muito sobre o assunto...

— Ah! — Sarah sorri, como se tivesse sido pega. — É... Longa história.

MI: *Lembre-se, Archie: um Jedi pode sentir a Força correndo por suas veias...*

— Namorado? — Estou canalizando tanta sensibilidade que acho que meus midi-chlorians estão trabalhando em dobro.

265

— Algo do tipo. Antes de entrar para sua escola.

— Certo... Não foi uma boa experiência, imagino.

De repente, escuto uma pancada surda na árvore atrás de mim e algo caindo sobre uma pilha de pedras. Congelamos, e me viro para olhar.

— Que diabos foi isso? — murmuro.

— Olha! — Sarah está apontando para algo que parece uma flecha, exceto pela bola de borracha no lugar da ponta.

Quando me abaixo para apanhá-la, mais uma flecha atinge a árvore, passando raspando por minha cabeça.

— Mas que...?

— São flechas do jogo, Archie! Estamos sendo atacados!

Maravilha. Simplesmente ótimo. Aqui estou, prestes a fazer contato direto e sincero com a garota de quem realmente gosto, e alguém está atirando flechas cegas em mim.

MI: *Será que o cupido tem noção do quanto sua resistência para dor é baixa?*

Quando nos abaixamos para olhar entre as árvores, Sarah tropeça e cai de lado.

— Merda! — reclama ela. Por um instante fico chocado: um palavrão vindo daquela boca é como se Yoda de repente tivesse resolvido abaixar as calças.

— O que foi?

Sarah levanta algo preto, um pedaço de plástico quebrado.

— Meu salto! — responde ela, irritada. — Quebrou! — E, só para ficar claro que estamos encurralados, mais duas flechas batem na árvore atrás de nós.

— Isso é ruim? — Meu conhecimento a respeito de saltos femininos é bastante limitado.

— Não posso andar assim!

— É melhor tirar então?

— Não estou de meias! Esqueci de trazer!

MI: *Confie em seus sentimentos, Archie...*

Sei o que fazer. E, desta vez, não há segundas intenções, apenas vontade de ajudar.

— Espere aí — sussurro, tirando meus tênis. — Coloque esses.

— O quê?

— Coloque meus tênis! Tudo bem: estou de meias, consigo voltar pro acampamento! — digo. — Rápido! — Posso ver silhuetas correndo em meio às árvores e se multiplicando. Orcs.

Tum. Tum. Mais duas flechas. Tum. Mais uma. Os orcs estão se espalhando entre as árvores, cada vez mais próximos.

Sarah tira as botas e calça meu tênis. Só tenho tempo de uma rápida risadinha ao ver como ficaram grandes, antes de ouvir um rugido vindo das árvores e quatro orcs saírem das sombras em nossa direção, rosnando, as espadas cintilando. Eu me levanto para enfrentá-los, numa silenciosa sinfonia de espuma contra espuma.

MI: *Podia fazer aqueles barulhos que ouviu seu pai fazendo...*

Os orcs são incansáveis, chegando como uma onda de pele esverdeada. Brando minha espada loucamente, mantendo-os longe de mim. Ao fundo, escuto Sarah lançando algum tipo de feitiço. Avanço mais uma vez, e os orcs recuam como uma só massa. Mas, quando os ataco, minha guarda fica aberta do lado esquerdo, e sinto o barulho da borracha acertando meu corpo. O orc responsável pelo golpe anuncia o dano causado, e faço minha parte, reagindo com um grito de dor.

— Um poderoso punho do Submundo: PARA TRÁS! — Sarah estende o punho ao completar seu feitiço, e, na hora certa, os orcs cambaleiam para trás como se golpeados por uma força mágica invisível. Seguindo as regras, tropeço para a frente, como se também tivesse sido pego pelo feitiço, e solto um segundo grito. Só que dessa vez é um de verdade.

Largo minha espada e me dobro no chão quando uma pontada de dor atinge meu pé direito. Mas os orcs, já recuperados, voltam a atacar, grunhindo com raiva orc. A batalha não terminou. Felizmente me lembro das regras e ergo uma das mãos. Os orcs param.

— Você está bem? — pergunta o orc mais próximo a mim, baixando a espada.

MI: *Eles não faziam isso em O Senhor dos Anéis!*

— Acho que cortei o pé! — exclamo, tirando a meia com todo o cuidado e exibindo um caco de vidro brilhando em meio a uma poça de sangue.

— Vá chamar Marvin — diz o orc para um de seus amigos, e em seguida para mim: — Não arranque. Espere Marvin chegar, ele é nosso responsável pelos primeiros socorros.

Sinto-me tão idiota. Aqui estou, vestido como um dos Eldar, agarrando meu pé e soltando patéticos gemidos de "Ai".

Sarah se ajoelha do meu lado:

— Sinto muito, Archie. A culpa é minha.

— Ah! Não foi sua culpa! — murmuro, possivelmente exagerando a dor que estou sentindo.

— Mas se eu não estivesse usando aquelas botas idiotas!

— Não são mesmo as mais adequadas para um combate — opina o orc, se abaixando. — Devia ter usado galochas ou tênis.

— É nossa primeira vez — balbucio, com surpreendente agressividade. Acho que estou defendendo a escolha de sapatos de Sarah.

Big Marv chega, tira o caco de vidro e limpa minha ferida, depois termina com um Band-Aid e ataduras. Na verdade, meu ferimento de batalha não foi tão feio assim, mas dói o bastante para me fazer mancar de um jeito heroico. Quando voltamos ao acampamento, Big Marv me diz para ficar de fora das batalhas se doer demais. Mas de jeito nenhum vou perder um único Nerd-segundo — isso é divertido demais.

MI: *Venham, venham, crianças de outrora*
Da ferida contarei a história...

Sarah me faz sentar numa das cadeiras dobráveis do lado de fora de minha tenda e me olha com um meio sorriso e um ligeiro balançar de cabeça.

— Foi realmente legal o que você fez — começa ela depois de um tempo, me devolvendo o tênis. Que calço com grande expressão de dor.

A frase "Você merece" ameaça sair de minha boca, mas eu a engulo: é brega demais e não quero assustá-la. A conexão da aula de artes está voltando, posso sentir. Então resolvo dizer apenas:

— É o que nós, elfos, fazemos.

MI: *Legal, Legolas.*

— Cara! — A chegada ofegante de Beggsy destrói qualquer chance de desenvolver algo mais além daquilo.

— O que foi, Beggs?

— Tem um monte de Drows no acampamento! Não sei se são bons ou não, mas estão com prisioneiros! Melhor ir até lá, está ficando esquisito!

— Archie cortou o pé — explica Sarah, colocando os tênis ligeiramente menos sexy. — Consegue andar?

— Cara! Quer ficar aqui?

— É claro que consigo andar! — Suspiro. — Não foi tão ruim assim.

MI: *Suspirando* Ele é TÃO corajoso!

Os Drow estão com tudo. Estão em formação, protegidos pelo tilintar das armaduras incríveis e impressionantes, que são banhadas de prata e devem ter sido polidas antes de entrarem em campo. Todos têm cabelos brancos, até mesmo os cavanhaques que alguns exibem, e cada centímetro de pele é de um azul pálido — inclusive as orelhas pontudas. Qualquer pessoa que conheça o mundo de Dungeons & Dragons sabe que esses caras são Elfos das Trevas com os quais não se mexe. E sabe também que eles não gostam de nós, elfos normais, então ergo meu capuz enquanto manco até o grupo. Só por precaução.

Big Marv parece ter assumido o papel de porta-voz do acampamento e está dando o melhor de si para acalmar os ânimos. Os Drow estão dizendo que estamos em seu caminho, e Lawmar/Big Marv quer saber quem são os prisioneiros, que parecem um bando de aldeões esfarrapados, cercados por fileiras de cerca de vinte Elfos das Trevas. Segundo os Drow, são algum tipo de traidores.

— Precisamos fazer alguma coisa — murmura Ravi. — Isso não parece certo.

— Sei o que quer dizer — respondo em voz baixa. — Seria bom se pudéssemos falar com os prisioneiros, descobrir o que está acontecendo.

— O que vocês fariam se estivéssemos numa das Noites de Jogo? — pergunta Caitlyn.

— Criaríamos uma distração — responde Matt na mesma hora. — E um de nós se esgueira por trás deles.

— Ótimo! Então como podemos distraí-los? — Sarah está de volta à Zona.

— Um insulto já funcionaria — responde Ravi devagar. — Os Drow são um povo sensível, se bem me lembro.

— É! — exclama Beggsy. — Alguma coisa a ver com serem adoradores de aranhas!

Para vocês que têm vidas, Beggsy está se referindo à religião Drow: eles idolatram uma aranha gigante chamada Lolita. Tudo isso faz perfeito sentido quando se está sentado ao redor de uma mesa, jogando dados e movendo homens em miniatura em volta de um mapa.

Pego a ficha de meu personagem e a releio depressa.

— Gente, tenho habilidade de me esgueirar, então vou dar a volta, qual é o sinal para Esgueirar?

Matt e Ravi respondem tapando a boca com uma das mãos. É uma coisa Nerd, uma maneira de ajudar todo mundo a saber o que você está fazendo e suspender sua descrença, porém, mais importante, é uma regra.

MI: *E os Nerds amam regras.*

— E quem vai distraí-los? — pergunto, guardando a ficha de volta no bolso.

— Seria melhor vindo de um anão, não seria? — sugere Ravi.

— O quê? — reclama Beggsy. — Por que eu?

— Porque eles são *elfos?* — explica Ravi, usando aquela entonação que transforma uma afirmação em pergunta e revela sua irritação, tudo ao mesmo tempo.

— Vamos lá, *Beggster*, vai se sair bem — encoraja Sarah. E parece dar certo.

— É melhor vocês me darem cobertura — grunhe ele, antes de abrir caminho em meio à multidão. Cubro o rosto e manco até a retaguarda do pelotão, obedientemente ignorado por todos que me veem. Enquanto me aproximo, posso ver que os Drow se posicionaram numa formação semelhante a de um triângulo sem base.

Um súbito levantar de tom de voz na frente do triângulo indica que Beggsy começou a lançar as iscas élficas. Manco o mais rapidamente que meu pé latejante consegue até o meio dos prisioneiros, antes de tirar a mão de cima da boca. Num belo exemplo de o que se trata RPG, três prisioneiros agem como se eu tivesse acabado de aparecer do nada, assustados e chocados.

— Saudações — sussurro. — Sou Bararc, o elfo, e não sou amigo dos Drow. Quem são vocês? Precisam de ajuda?

O prisioneiro mais perto de mim dá um tapinha em meu ombro e assente em minha direção. O outro prisioneiro olha em volta, atento e inquieto, como se realmente houvesse uma ameaça, e, em seguida, coloca uma coisa em minha mão antes de indicar com uma rápida inclinação de cabeça que eu devia me esconder. Cubro minha boca com a mão mais uma vez e começo a recuar. Quando estou quase fora do grupo de prisioneiros, alguma coisa grande acontece lá na frente, provavelmente Beggsy se empolgando. No mesmo segundo, um prisioneiro grita "Agora!", e eles começam a se espalhar, correndo, cada um por si. Alguns guardas Drow tentam impedi-los, mas os aventureiros no acampamento não aceitam.

MI: *Hora da espuma!*

Quando me viro, um Drow me vê e saca sua espada, dando uma rosnada com os traços azul-cobalto.

— Elfo! — cospe ele, antes de tentar atingir minha cabeça. Consigo erguer a espada bem a tempo, bloqueando o ataque. Quando ele levanta a espada para mais uma tentativa, miro em seu peito, errando por pouco quando ele recua.

Nos separamos, sem fôlego, mas mantemos nossas espadas em contato. Percebo que é inútil tentar atingi-lo no corpo, protegido por aquela adorável armadura prateada. Minha melhor chance é atacar seus braços ou pernas.

O Drow tenta acertar minha barriga, obviamente percebendo que não tenho nenhum tipo de armadura. Tropeço para trás, esbarrando em alguém correndo de outra pessoa. É tudo muito rápido, mas dá a meu inimigo a chance que ele procurava. Com um grito de "Um ponto!", ele me atinge no estômago. Respeitando o jogo, grito como se estivesse agonizando e caio num dos joelhos, mantendo a espada levantada para me defender de um novo golpe. Mas ele obviamente sabe o que está fazendo: num movimento ágil, muda a forma como segura a espada de modo que segure na lâmina, antes de batê-la como um martelo gigante em minha cabeça. Eu o bloqueio por instinto, mas era isso o que ele queria: sua guarda se engancha perfeitamente em minha lâmina, e, com um ágil puxão, fico sem defesas. Segurando a espada de modo tradicional, o Drow dá mais uma pancada de espuma em minha barriga. Grito mais uma vez e caio para trás.

MI: *Não pode morrer! Ainda é sábado!*

Mas, se ele acertar mais um, estarei colocando as orelhas de molho pelo resto do fim de semana. O Drow não tem piedade. Segura a espada com as duas mãos, erguendo-a acima da cabeça, pronto para desferir o golpe fatal.

— Um ponto! Um ponto! Um ponto!

O Drow se movimenta com cada grito e, em seguida, cai para a frente, revelando uma figura muito mais baixa e peluda atrás dele. É Beggsy.

— Cara! Salvei sua vida!

— Valeu, amigo! Achei que eu já era!

— O segredo está na barba, rapaz! — Beggsy sorri, fazendo a melhor imitação de Gimli. — O segredo está na barba!

E, em seguida, ele se vira, procurando alguém mais para sentir a ira de seu duro e frio látex. Manco até a lateral do campo e sou curado por Caitlyn enquanto observo o desenrolar da batalha. Matt faz o melhor que pode para protegê-la quando ela coloca as mãos sobre mim, mas ele está longe de ser um espadachim nato: é como assistir a um moinho de vento desgovernado lutar. Ravi é um pouco melhor, mas não muito; o matemático de cabeça fria dentro dele fica em segundo plano, e ele se atira entre a multidão, agitando a espada e, vez ou outra, atingindo alguma coisa. Amaldiçoando meu pé, vejo a espada de Sarah reluzindo enquanto ela luta ao lado de Beggsy. Talvez seja por estar usando um machado, mas ele está se saindo muito bem, girando-o em pesados e ligeiros arcos e berrando "Um ponto!" praticamente a cada tentativa.

MI: *Talvez ele esteja tentando dizer alguma coisa a Sarah...?*

Acho que, infelizmente, estou prestes a resolver mais um Problema Bigode.

Dez minutos depois, estamos de volta ao acampamento, escutando Beggsy relembrar a Desgraça dos Drow.

MI: *Em breve num cinema perto de você.*

— ... não; a *melhor* parte — fala, já tendo nos contado as outras três melhores partes —, ... a *melhor* parte foi quando eu...

— Cale a boca, Beggsy — corta Matt. — E você, Archie? Descobriu alguma coisa com os prisioneiros?

— Ah, é! Eles me entregaram uma coisa! — Tiro uma embalagem de papel do meu bolso e a abro. Dentro, estão duas pequenas garrafas, uma cheia de um líquido vermelho e a outra de um azul. — O que acham que isso seja?

MI: *"Eau de Nerd". Garantia de repelir todas as mulheres num raio de 30 quilômetros.*

— Não sei, mas tem alguma coisa escrita no papel — diz Ravi, apontando. Todos olhamos. Ali, em bela caligrafia antiga, estão três palavras: *Baelroth está chegando.*

— Quem é Baelroth? — pergunta Caitlyn, obviamente esperando que quatro Nerds tivessem uma resposta pronta. Mas não temos. Nenhum de nós jamais ouvira aquele nome antes.

— Devíamos mostrar isso a Big Marv — sugere Ravi.

— Boa ideia — concordo. Enquanto seguimos até sua tenda, não tenho como ignorar Sarah dizendo a Beggsy como ele foi brilhante. OK, sei que ela falou como uma mãe elogiando um filho, mas não consigo não sentir que o Problema Bigode está crescendo. Ele tem crescido debaixo de meu nariz esse tempo todo. Estou com uma incômoda suspeita de que ele gosta dela.

Tipo gosta *"gosta"* dela.

Encontramos Lawmar/Big Marv fazendo algum tipo de mágica num dos feridos do acampamento. Parece que tivemos algumas baixas, e um ou dois mortos. Quando mostramos o papel a ele, seu rosto se torna atipicamente sombrio.

— Essas são notícias graves — diz, com um sussurro, parecendo Obi-Wan por um momento. — Baelroth... Não escuto esse nome há muito tempo.

— Então, quem é esse Baelroth? — pergunta Sarah.

— Baelroth é um Grande Demônio do Subterrâneo, o que explica tantas investidas contra nosso acampamento. Os orcs e os Drow são seus servos. Assim como os mortos-vivos.

— Mortos-vivos? Irado! — grita Beggsy.

— E isso aqui? — pergunto, estendendo a ele as duas garrafinhas. O rosto de Big Marv se ilumina debaixo do chapéu pontudo.

— Ahá! São poções, elixires de poder. A vermelha é uma Poção da Coragem; quem bebê-la conseguirá enfrentar a presença até mesmo da mais terrível criatura! E esta... — Ele pega a garrafinha azul e a segura contra a luz — ... esta é muito preciosa. É uma poção para Cura de Ferimentos Graves. Até mesmo alguém à beira da morte poderia ter a saúde completamente restaurada com um pequeno gole desta garrafa.

MI: *Ela consegue transformar Nerds em Seres Humanos Normais? Só perguntando.*

— Caitlyn devia ficar com ela — opina Matt. — Ela é a curandeira.

— Muito sensato — comenta Big Marv. — E quem ficará com a outra?

— Archie, isto é, Bararc — diz Ravi diplomaticamente. — Afinal, foi ele quem as conseguiu.

— Haverá um banquete oferecido por Mally em nosso acampamento — diz Big Marv. — Depois disso, acho que seria pertinente fazermos uma reunião para revelar a descoberta sobre Baelroth. Até lá, não digam nada a ninguém. Ah, e Senhor Beggs... —Big Marv ergue uma das mãos, indicando estar fora de personagem. — Foi um grande exemplo de jogador mais cedo. Excelente. — E depois disso ele vai embora.

Conforme voltamos às nossas tendas, Beggsy entra no modo contador de histórias, nos deliciando com as melhores partes. Enquanto meus amigos riem e zombam nos momentos necessários, percebo estar observando-o com um novo olhar. Cada palavra que diz e cada movimento que faz parecem pensados para atrair a atenção de Sarah.

Um de meus melhores amigos se tornou meu rival. Gostamos da mesma garota.

Por insistência de todos, sou sentado numa cadeira dobrável do lado de fora de nossa tenda, com o pé para cima. Talvez seja por estar fora do personagem ou talvez seja a adrenalina se dissipando, mas o machucado está começando a arder. As garotas vão aos banheiros de TARDIS, e, de repente, tenho a oportunidade de colocar minhas suspeitas à prova.

— As garotas estão adorando tudo isso, não estão? — Atiro como uma isca para ver se Beggsy vai morder.

— Acho que estão se divertindo, sim — confirma Ravi, como se aquela ideia o tivesse surpreendido.

— Elas provavelmente vêm aqui o tempo todo — brinca Matt, e todos riem. Beggsy também ri, mas não fala nada. Ou percebeu a isca ou me enganei quanto a ele. Decido tentar outra tática.

— Parece que estava errado sobre Sarah, Beggsy.

— Como assim? — responde ele depressa, talvez depressa demais. Mas preciso ter certeza.

— A imaginação dela é tão boa quanto a sua.

— Cara! Aquilo foi só uma maneira de fazê-la vir, fazer as duas virem — corrige ele, mais que depressa. Talvez depressa demais.

— Bem pensado. — Ravi sorri.

— Deixe com o *Beggster*! — responde Beggsy, eficientemente mudando o foco da conversa. Mas ainda não terminei.

— Você e Sarah parecem bem próximos. — Digo aquilo com leveza e despreocupação, mas tenho a impressão de ver seu rosto corar. É difícil dizer, considerando que ele ainda está um pouco vermelho de tanto correr.

— Elas são parte do grupo, cara! — Se é para disfarçar, ele se saiu bem. Respondeu como se eu estivesse falando das duas garotas, não só de Sarah.

— E mais úteis do que você foi até agora — acrescenta Matt, em um tom sarcástico, interrompendo meu interrogatório sem perceber.

— Rá-rá. — Um apito abafado de R2D2 vindo da tenda faz eu me virar. — Meu telefone. Alguém pode pegar para mim?

— Pode ser o meu. — Beggsy sorri, se levantando. — Grandes mentes pensam igual! Vou dar uma olhada.

Escuto barulhos vindos de dentro da barraca enquanto ele tenta localizar o droide.

— Um anão se escondendo numa barraca — diz Ravi de repente. Parecia ter pensado na piada por um tempo.

MI: *Devia ter ficado calado.*

— Ravi, isso não foi nem uma piada! — O rosto de Matt está enrugado de irritação. — Não funciona em nenhum nível!

Quando a discussão começa, Beggsy sai de dentro da tenda e fica parado ali, olhando para o nada.

— Era o meu? — pergunto.

Beggsy pisca algumas vezes antes de virar a cabeça para me olhar, como se não tivesse certeza de que eu estava mesmo ali.

— Hã, não — murmura distraído, a voz subitamente grave. — Era o meu... Preciso fazer xixi. — E ele se afasta, ainda distraído, como se estivesse em um transe.

— O que há com ele? — Ravi franze a testa. — Ele está bem?

— Deviam ser os pais dele, sabe como são. — Assentimos, concordando com as sábias palavras de Matt. Os pais de Beggsy não entendem muito bem o que é ser Nerd; parecem ter, tipo, um caso agudo de falta de imaginação.

MI: *Mas também pode ser outra coisa...*

O almoço só ajuda a alimentar minha paranoia. Não é culpa dos hambúrgueres de Mally, estão deliciosos. É pela maneira com que Beggsy não me olha nos olhos nem tenta conversar. Nem mesmo com Sarah. Mas tenho uma distração bem-vinda quando Big Marv pede para que todos se reúnam. De cima de uma caixa térmica, ele faz seu pronunciamento:

— Aventureiros! Foi revelado a mim que uma sombra está prestes a cair sobre nosso acampamento! Poucos de vocês conhecem o nome "Baelroth", mas os que o conhecem entenderão a gravidade da situação. — Pausa para reações horrorizadas e chocadas de um punhado de indivíduos que, é seguro imaginar, o conhecem.

MI: *A não ser que tenham acabado de se dar conta de onde estão e do que estão fazendo... Tipo "Argh! Estou vestido como um gato! O que foi que fiz com minha vida?"*

— Este com certeza é um momento difícil. Mas precisamos nos preparar! Não vamos simplesmente cair e morrer! — Pausa para aplausos de quase todo mundo. — Sugiro que usemos o tempo que nos resta para relembrarmos nossas melhores capacidades! Aqueles que desejarem podem treinar com Maedoc, nosso melhor guerreiro!

MI: *Que estudou durante anos na Academia Ninjas de Espuma.*

Ao ouvir seu nome, um homem de 30 e poucos anos e barba loura, uma enorme barriga e roupa de guerreiro celta abre caminho até a frente da multidão e toma o lugar de Big Marv em cima do isopor. Ele fala num sotaque irlandês que parece ter feito um tour pelas Ilhas Britânicas e terminado em algum lugar da França. Maedoc nos diz que quem realmente quiser aprender a lutar deve encontrar um parceiro, e os dois devem encontrá-lo no alto do aclive em dez minutos.

— O que acham, pessoal? Estão a fim? — A ideia de receber instruções específicas de como lutar parece legal demais para recusar, em minha opinião, não importa o quanto meu pé esteja doendo.

— Estou dentro — diz Ravi.

— Eu também — concorda Caitlyn, e Matt segue a deixa e diz que também vai.

— Sim — concorda Sarah. — *Beggster?*

— Hã... é. — Ele assente. E depois continua, como se de repente quisesse acrescentar uma coisa: — É.

Formamos os pares: Matt e Caitlyn é meio óbvio, mas o clima fica meio esquisito na hora de decidir quem vai com Sarah. Quero ir com ela, mas não quero que isso fique óbvio demais, porém Beggsy tem outra coisa em mente.

— Vamos lá, Archie. Você e eu.

MI: *Bum.*

Sem querer estragar meu disfarce, sigo Beggsy colina acima.

— Orelhas contra Barbas! — provoco. Mas Beggsy não responde e continua andando, como se estivesse tentando abrir espaço entre a gente e os demais.

Cerca de vinte outros jogadores aparecem, e Maedoc nos divide em grupos, A e B, de frente uns para os outros, enquanto grita instruções numa variedade de sotaques. Na outra ponta da fileira, eu o vejo dando atenção especial a Matt, para evidente desconforto de meu amigo ruivo. Sarah e Ravi estão rindo debaixo de um raio de sol, trocando golpes em câmera lenta. E eu estou lutando contra um anão. Não é justo.

— Então vamos lá! — Suspiro, erguendo minha espada e colocando a perna esquerda à frente, como Maedoc mandou. — Vamos nessa!

Mas Beggsy continua com o machado parado ao lado e inclina a cabeça, me olhando de esguelha por baixo do capacete e por trás da barba.

— O que realmente aconteceu entre você e Clare? — Sua voz parece fria como aço.

MI: **Procura o Livro das Mentiras*. Ah... paramos aqui: página 43, acho.*

— Como assim? Ela terminou comigo, cara. Você viu no Facebook. Agora vamos, levante esse machado! — Mas, conforme as palavras saem de minha boca, sei que já cometi dois erros: sob interrogatório, nunca chame a outra pessoa de "cara". Isso indica que está desesperado para mantê-lo íntimo.

E mudei de assunto rápido demais.

Minhas mentiras estão começando a feder.

MI: *Achei que eram seus nervos...*

— Como ela pode ter terminado com você se nunca namoraram?

Quase sinto minhas orelhas falsas murcharem. Com o capacete e a barba escondendo o resto de seu rosto, só consigo ver os olhos de Beggsy. E eles estão cheios de suspeita.

— Do que está falando? Ela terminou comigo! Agora vamos, vamos lutar logo!

MI: *Cuidado com o que deseja, jovem aprendiz Padawan...*

Mas errei de novo; o sorriso que meu ME fornece é cheio de culpa, e já posso sentir o suor frio em volta do rosto. E estou falando rápido demais, como se quanto mais rápido eu mentisse, mais provável seria alguém acreditar.

— Mentira, Archie. — A barba de Beggsy se afasta de seu rosto de tanto desprezo na enunciação.

MI: *Missão comprometida! Agente atingido!*

Mas a orquestra em minha cabeça está em greve. Isso é sério demais, fui exposto como um mentiroso por um dos meus melhores amigos. Sei que devia calar a boca ou contar logo a verdade, mas meu cérebro entra em pânico e faz minha boca tentar mais uma vez...

— Beggsy... — Outro erro: não se usa primeiros nomes a não ser que esteja tentando ganhar tempo. — Você *viu* o que aconteceu... — E mais um: estou tentando sugerir que a percepção dele possa estar enganada. Mas a vergonha já está se espalhando em meu rosto e a sinto envolvendo meus olhos, como se as mentiras estivessem criando rugas ao seu redor.

— Palhaçada, Archie. — A barba esvoaça de novo. — A mensagem era no *seu* telefone. Eu li. E era da Clare.

— Você leu uma mensagem no *meu* telefone? — Mais um clássico do homem se afogando, a Encenação de Indignação. Mas o anão à minha frente não se deixa intimidar.

— Ela queria saber se Sarah já tinha *caído*, se o "plano" de vocês tinha funcionado. — Nem mesmo um guincho agudo em seu tom de voz diminui a seriedade do que está falando. Não aguento mais ver ele me encarando. Tudo que vejo são chifres e uma barba.

MI: *Você foi descoberto. Aceite.*

Mas não consigo. Tento pensar em alguma coisa — qualquer coisa — que me faça sair disso.

— Não foi bem assim. Foi...

— Então você ainda gosta dela. Sarah. — A barba exibia agora seus dentes e se mexia cada vez mais conforme sua respiração acelerava, e há pequenos movimentos debaixo de seu capacete, o que me diz que ele está ficando mais irritado.

— Espere um p...

O machado de Beggsy bate em meu ombro.

— Só me responde, Archie. Você ainda gosta dela?

— Gosto! — exclamo. — Gosto, tudo bem? Está feliz agora?

Mas Beggsy não está feliz. Ele balança seu machado de novo, atingindo meu outro ombro.

— E por que você mentiu?

— Não menti! Foi só...

MI: *Resposta errada, gênio.*

O anão então explode.

— Por. Que. Você. Mentiu? — Cada palavra vem acompanhada de mais um golpe em minha direção. O primeiro me acerta, mas meu instinto acorda e, me afastando com o pé já latejando, começo a bloqueá-los.

— Não sei! Aconteceu, OK?

Mas a única resposta que recebo é uma série de golpes rápidos e mortais que me fazem recuar ainda mais, levantando e abaixando minha espada e pulando fora do caminho com dor quando um dos golpes atinge minha barriga. Vejo um vindo na direção de minha cabeça e me abaixo, qualquer coisa para manter distância daquele machado incansável e violento.

MI: *Que é feito de espuma.*

Ah, é.

Eu paro e abaixo a espada, deixando as pauladas impotentes e esponjosas choverem em meu corpo. Uma vez que Beggsy percebe que vai precisar de um milhão de anos para causar algum ferimento real, ele para, e o machado cai ao seu lado. Ele fica parado no mesmo lugar, furioso e ofegante, a barba esvoaçando como um lençol feito de cabelos pendurado num varal.

— Beggsy — digo, arfando. — Eu menti. Desculpe. Mas gosto dela.

A barba ondula mais uma vez quando Beggsy solta um suspiro fraco:

— É. E eu também. — E, com aquilo, Damli, filho de Lufur, se vira e segue para a floresta.

MI: *Muito bem, menino-elfo.*

Eu o vejo partir, sentindo-me culpado, zangado e burro. Devia ter percebido muito antes: os esbarrões nos ombros, as roubadas de lugar, as provocações de mentira... Estava acontecendo bem diante de meus olhos, mas eu estava ocupado demais com minha própria mira para notar. É *claro* que ele gosta dela.

Nem mesmo o grito de "Chegando!" vindo do acampamento é capaz de me tirar do estupor. Sou como um dos trolls de *O Hobbit*, surpreendido pela luz do sol e transformado em pedra.

Mas por dentro sou puro pânico. O que ele vai fazer agora? Será que vai contar para a Sarah o que fiz e, em seguida, dar em cima dela?

MI: *Não julgue os outros com base em si mesmo, Archie. Beggsy é um dos mocinhos dessa história.*

Beggsy desaparece na floresta, e viro a cabeça para olhar na direção dos gritos. Entre as tendas, vejo relances de luta. Zumbis esfarrapados e abatidos avançam nos jogadores, que os atingem com suas armas. Os zumbis caem, mas como bons mortos-vivos, levantam de novo. De algum lugar vem a voz de Ravi, emitindo um feitiço para torná-los mortais, e, em seguida, gritos de comemoração. Ele vai ter trabalho.

— Archie! — Sarah aparece do meu lado, e sinto meu estômago se revirar; está dando tudo errado. — O que aconteceu? Cadê Beggsy?

— Ele entrou na floresta — balbucio, infeliz.

— Por quê? Vi vocês discutindo, vocês brigaram?

— Algo parecido.

— Por quê? — Sarah parece irritada por eu não ter respondido diretamente.

— Por nada — respondo. — Não sei.

— Vou ver se ele está bem. Você vem? — Ela não suporta ver ninguém triste e sozinho. É como se agora fosse Beggsy saindo da aula de artes aos prantos.

— Não. Acho que não seria boa ideia.

Meu rosto deve estar revelando minha tristeza, porque ela coloca uma das mãos em meu braço e diz:

— Vai ficar tudo bem — afirma, com sinceridade. — Você e Beggsy são tão amigos. Nada poderia atrapalhar isso.

MI: *É, tá certo.*

— Agora vá matar alguns zumbis — acrescenta ela, antes de seguir as pegadas barbadas de Beggsy. Fico observando a floresta engoli-la, e meu coração se aperta. Beggsy vai contar tudo, e Sarah nunca mais vai falar comigo. Terei perdido um de meus melhores amigos e a garota que amo. Este é oficialmente O Pior Dia Da Minha Vida.

MI: *Sempre haverá amanhã. Tempo de sobra para as coisas se deteriorarem...*

Vou mancando de volta para a tenda, ficando longe do massacre zumbi e mantendo uma das mãos erguidas para que todos saibam que não estou jogando.

Desabo dentro da tenda, passando a mão pelo lençol no chão até encontrar meu celular. E lá está, a mensagem que serviu de instrumento para minha perdição:

Oi. Archie! O plano deu certo! Bem, pelo menos para mim... Voltei com Oliver e me sinto amada! E vc? Sarah já caiu? Te vejo no trem! Bjo Clare Sua EX-namorada! :)

MI: :(

Tem até mesmo uma carinha para fincar ainda mais a estaca em meu coração.

MI: *Presumindo que você tenha um.*

Deitado no saco de dormir, tapo meus olhos com as mãos e emito um grunhido demorado e alto. Sou tão babaca. Um babaca tão grande, traiçoeiro, enganador e mentiroso.

MI: *"Imbecil", por favor. Vamos usar a terminologia correta.*

Sim. Sou um Imbecil. Fui para o Lado Negro da Força. Em breve Sarah não vai mais falar comigo, meus amigos vão me renegar, e sentarei sozinho em meu quarto, pintando miniaturas que ninguém jamais verá.

MI: *Igual a quando Sméagol morava nas Montanhas Sombrias. Só que ainda mais solitário.*

— Archie! Archie!

Ravi coloca a cabeça dentro da tenda, e me sento, imediatamente em Alerta Máximo caso ele esteja trazendo notícias ainda piores.

— Oi, Rav. Que foi? — Meu ME esboça alguma coisa em meu rosto. Acho que era para ter parecido um sorriso.

— Onde esteve? Procuramos você em toda parte!

MI: *Esta deve ser é a parte em que executam você.*

— Estava aqui.

— Ah, é! — Ravi ri.

— Então, o que está acontecendo?

— Baelroth está chegando! — diz. — Você já perdeu uma batalha, e agora tem tipo milhões de demônios chegando, e Baelroth está atrás deles! Ele é imenso! Mas não dá para chegar perto dele!

— Por que não?

— Ele tem algum tipo de poder que aterroriza as pessoas! Você precisa vir! O campo todo está sendo destruído! Precisamos juntar todo mundo e fazer alguma coisa!

Mas não sei se consigo encarar aquilo. Estou começando a pensar numa desculpa, como meu pé machucado, quando Ravi dispara mais uma pergunta:

— Viu Beggsy e Sarah?

— Não — balbucio. — Não vi.

Então eles ainda não voltaram. Uma imagem dos dois dando um beijo barbado no meio da floresta invade minha cabeça. Talvez fosse dele que ela estava falando na barraca — é seu amigo, ela gosta dele, os dois se dão bem. Talvez ela precise de alguém que a faça rir, como Beggsy. Alguém honesto. E não alguém que minta e trapaceie para conseguir o que quer. Como eu.

MI: *Mas precisa saber.*

Preciso. Não sei se me transformei em algum tipo de masoquista, mas parece que meu Departamento da Infelicidade® sempre tem espaço para mais. Se Beggsy e Sarah estiverem juntos, vou fingir que estou feliz por eles. Prefiro tê-los em minha vida como um lembrete de duas cabeças de minha inutilidade enquanto ser humano que não tê-los mais.

— Vamos lá, então — digo, com um suspiro. — Vamos nessa.

Até eu conseguir chegar mancando até o alto do aclive para me juntar a Matt, Ravi e Caitlyn, o massacre já começou. Há corpos de aldeões espalhados pelo campo de batalha, e demônios com asas de morcego ainda lutam com os sobreviventes. Mas o que está realmente dando trabalho aos mocinhos é Baelroth. Ravi tinha razão, ele é incrível.

Devem ter pegado o cara mais alto que encontraram e o colocado em pernas de pau, porque ele é muito maior que todo mundo. Tem um par de asas épico e a pele vermelha. Seus escravos são homens usando máscaras e maquiagem mais comuns, porque devem ter gastado todo o orçamento na máscara de Baelroth, uma caveira vermelha cheia de fogo com chifres saindo de todo lugar. Até mesmo as garras nos pés têm chifres, e seu rabo também pode funcionar como uma clava. Numa das mãos de unhas compridas, ele segura um tridente de aparência maligna, e, na outra, há exatamente o que você não gostaria que um Grande Demônio tivesse: um chicote de três pontas.

— Minha nossa — murmura Matt, parecendo e soando mais como Rony Weasley do que percebe.

Um monte de mocinhos corre na direção dele, mas Baelroth berra:

— Medo! Medo! Afastar! Afastar! — Seguindo as regras, todos precisam recuar cerca de 1 metro. Ninguém consegue se aproximar.

— Olha! — Caitlyn aponta para trás de Baelroth. Escondida atrás de uma árvore bem na beira da floresta está Sarah, de espada em punho.

— Ela enlouqueceu? — exclama Ravi. — Vai ser massacrada!

De repente, Big Marv corre até onde estamos.

— Um dia sombrio, Aventureiros!

— É... e olha aquilo lá! — diz Ravi. Ele aponta para o limite da floresta mais perto de nós. Agachado no matagal está Beggsy, só barba e chifres, segurando o machado, chegando cada vez mais perto do demônio alado em pernas de pau.

De repente, Sarah dispara, correndo por trás de Baelroth de espada erguida e pronta para atacar. Mas um dos Demônios Menores a vê e grita um aviso para o mestre cor de magma. Baelroth se vira e, com um potente movimento de seu tridente, ruge:

— Caia!

Sarah cai no chão.

— Ai meu Deus! — exclama Ravi. — Ela está no chão! Está morta!

— Não exatamente — intervém Big Marv. — Se alguém tivesse uma Poção de Cura, poderia salvá-la.

— Eu tenho! Eu tenho a poção! — grita Caitlyn, como se alguém tivesse colocado um cubo de gelo por dentro das costas de sua camisa. — Mas como a levamos até ela?

— Seria necessário alguém de natureza destemida — explica Big Marv, seus olhos cheios de entusiasmo, enquanto Beggsy de repente investe contra Baelroth, a barba trançada esvoaçando. Parece um herói, entrando na batalha por puro altruísmo, apesar de suas chances serem poucas. O Grande Demônio o faz recuar aos tropeços, com um bramido, e lentamente começa a andar na direção dele, agitando o chicote. Beggsy se levanta e se coloca entre o demônio e o corpo imóvel de Sarah. Igualzinho aos heróis de verdade.

— E — continua Big Marv, observando o desenrolar dos acontecimentos — só temos sessenta segundos até ela estar perdida para sempre...

MI: *O que é aquilo lá em cima? Uma sombra em meio às nuvens do anoitecer? Poderia ser... o Bat-Sinal?*

A frustração, a tristeza e a desonestidade dos últimos dias, tudo isso de repente parece ferver dentro de mim. Baelroth subitamente representa tudo de errado em minha vida: ele é Jason Humphries, é meu pai em York, é Clare, é a imagem de minhas mentiras ridículas e é Beggsy e Sarah. Neste momento, preciso canalizar a onda de emoção que nasce em meu íntimo e corre por minhas veias. Ninguém machuca meus amigos.

MI: *Não mesmo — esse trabalho é seu.*

Hoje matarei um demônio.

— Dê a poção para mim! — grito. — Tenho a Poção da Coragem! — Pego a garrafinha, tomo um gole do conteúdo e tiro a Poção da Cura das mãos de Caitlyn.

— Vá! — grita Ravi, e, com aquilo, saio em disparada enquanto espasmos de dor queimam meu pé na corrida. Mas não me importo.

MI: *Tan-taran-tan-tan-tan-tan-tan-tan-taran-tan-tan...!*

Atravesso o campo correndo tanto que mal noto uma de minhas orelhas caindo. Vejo pela visão periférica um Demônio Menor tentando me interceptar. Nós nos encontramos correndo, nossas pernas dessincronizadas enquanto ele tenta me acertar com seu bastão. Corro para a esquerda e me viro, atingindo-o com minha espada.

— Um ponto! Um ponto! Um ponto!

O Demônio Menor cai para a frente, sua força o levando ao chão num emaranhado de asas e rosnados.

— Beggsy! — grito. — Pegue! — Quando passo por ele, jogo os frascos. — As poções! A azul é pra Sarah! A vermelha é sua!

— Medo! Medo! Afastar! Afastar! — grita Baelroth por baixo da máscara de borracha.

— Coragem! Coragem! — grito de volta, enquanto ele se prepara para correr em minha direção e acabar comigo. Mas estou correndo como um trem, e nada desse mundo seria capaz de me deter. Levanto a espada e, me esquivando de um golpe de seu tridente, acerto um em suas pernas.

— Um ponto! — grito, enquanto ele cambaleia e uiva. Olho para a esquerda e vejo Beggsy fazendo Sarah beber a Poção de Cura.

Mas não tenho tempo. Quando Baelroth vira numa só perna, seu rabo corta a grama como uma ceifa e me dá uma rasteira, com um grito ensurdecedor de "Um ponto!". Enquanto o mundo vira de ponta-cabeça, me pergunto se ele poderia ter um microfone por baixo da máscara. Caindo de costas, vejo a silhueta de Baelroth encobrir o céu, assomando diante de mim. Seu chicote desce, e rolo para o lado, escapando por pouco.

De repente, sinto alguém agarrar meu braço, me ajudando a levantar. É Beggsy.

— Sarah...?

— Ela está bem.

— E você?

— Com Coragem — responde, com um sorriso sombrio.

Baelroth tenta nos atingir algumas vezes, pensando em quem vai devorar primeiro.

— Nunca achei que eu morreria lutando ao lado de um elfo — rosna Beggsy, em sua melhor imitação de Gimli. É uma bandeira branca, sinal de que ele não me dedurou para Sarah e que quer que sejamos amigos de novo. E sei exatamente qual a resposta para aquilo.

— E ao lado de um Imbecil? — Sorrio com arrependimento sincero.

— Certo. Isso eu posso aceitar. — Ele retribui o sorriso, e, em perfeito uníssono, levantamos nossas lâminas e disparamos para a frente, gritando.

MI: *Seca as lágrimas*.

Beggsy chega primeiro, golpeando as pernas do demônio com o machado, mas Baelroth desvia, atacando-o com seu tridente. Mas meu amigo barbado ergue o machado com as duas mãos e se defende do golpe. Usando o cabo para empurrar o tridente para longe, ele tenta mais uma vez atingir o demônio no flanco.

— Um ponto! — grita.

Ataco pela outra lateral, atingindo a outra perna, porém erro. Tento mais uma vez e a acerto.

— Um ponto!

Baelroth ruge e gira, as asas esvoaçando acima de nossas cabeças. Dessa vez, vejo seu rabo vindo me derrubar e pulo por cima dele, mas nosso adversário chifrudo usa a força do giro para lançar o tridente num arco ligeiro, e ele completa 360 graus. Por um instante, sinto-me como um verdadeiro e genuíno herói. Então sinto o temido impacto da espuma nas costas.

MI: *AAAARRRRGGGHHH!*

— Quatro pontos! — proclama Baelroth.

— Archie! — Enquanto caio, vejo Sarah de pé. Uma rápida sucessão de gritos de "Medo! Medo!" do demônio vermelho a faz cambalear para trás, e finalmente permito que minha cabeça descanse no chão.

— Ponto! Ponto! Ponto! — Abro um dos olhos e vejo Beggsy golpeando as costas de Baelroth. O demônio obviamente tem mais vidas na manga que a maioria, mas ele cai de joelhos e solta um uivo sinistro. Aquilo parece um convite aberto aos guerreiros sobreviventes, que correm para ajudar Beggsy, derrubando Baelroth numa nuvem de armas de espuma.

Acho que nunca saberei quem deu o último golpe, mas sei que, entre todos os pontos, de um, dois e quatro que são gritados, identifico a voz de menino-homem de Beggsy:

— E esse é por Bararc!

As histórias pós-batalha se espalham pelo acampamento. Beggsy é uma lenda viva, e eu, uma morta. Aparentemente, "A desgraça de Baelroth" será contada em volta de fogueiras durante gerações.

E, enquanto vejo Beggsy levando tapinhas nos ombros de guerreiros do dobro de seu tamanho e afagos na cabeça de homens e mulheres-gato que passam por ele, parte de mim torce para que ele tenha chamado Sarah para sair e que ela tenha dito sim. Ambos são meus amigos e nada deve atrapalhar isso. Nem mesmo eu. Mas, se *estiverem* juntos, estão sendo bastante discretos. O máximo que vejo entre os dois é um olhar significativo, seguido por um grande abraço. Deve ter acontecido alguma coisa, devem ter conversado — e a conversa deve ter ajudado Beggsy. É a única explicação para ele ter voltado a falar comigo. Matt, Ravi e Caitlyn felizmente ignoram a tapeçaria que é tecida na frente deles; estão ocupados demais aprendendo sobre os demônios do LARP com Big Marv.

A multidão finalmente deixa o herói barbado ir, e ele anda lentamente até mim, um sorriso de orgulho estampado no rosto.

— Muito bem, amigo — cumprimento, sorrindo para ele. — Beggsy, o Bravo.

— Bem, você ajudou! — argumenta ele. — Archie, o... o...

— Asno? — ofereço.

— Rá! — Ele ri. — Não posso pensar em nenhuma outra coisa! — Há uma breve pausa enquanto permitimos que as risadas extravasem de nossos corpos.

— Desculpe — balbucio, balançando a cabeça quando meu Cinema Mental® repassa cenas de meu comportamento recente. — Você sabe... sobre mentir e tudo mais.

— Cara! Está tudo bem. Somos amigos, tá. — Aquilo não é uma pergunta, e faz com que eu me sinta melhor.

— E... você e Sarah...? — Não consigo evitar. Preciso saber.

— Estamos bem, cara. Não se preocupe.

Quando estou prestes a perguntar a ele se estão juntos, mais um grupo de guerreiros o arrasta para longe em comemoração. Apesar de estar feliz por estarmos bem, ainda quero saber o que está acontecendo. É mais que isso: *preciso* mesmo saber. Mas acho que terei que esperar por um momento mais tranquilo.

MI: *Bexiga para cérebro: atingimos capacidade máxima!*

Corro até os banheiros, sentindo-me meio estranho, como se meu cérebro não estivesse conseguindo processar o conflito entre o alívio do cumprimento de minha missão idiota e a decepção pela iminente perda de Sarah, fora de meu alcance agora. Meio entorpecido, Miro na Porcelana© Beggsy.

Ao terminar, lavo as mãos e retorno ao sol da tarde.

— Archie. — É Sarah.

— Oi.

— Oi.

Se o desconforto tivesse forma, seria exatamente do tamanho do espaço entre nós dois, porque já sei o que está por vir e preciso lidar com isso como um adulto.

— Beggsy foi corajoso, né? — comenta ela por fim, olhando por cima do ombro na direção do acampamento.

MI: *Lá vamos nós. Prepare-se. Impacto em dez segundos.*

— É. — Dou uma risadinha. — Beggsy, o Bravo! Que anão!

MI: *...nove...*

Mais silêncio, dessa vez um que chega a doer.

— Sabia que ele me chamou para sair hoje?

MI: *...oitoseteseiscincoquatrotrêsdoisum! BOOM!*

— Meio que imaginei. — Estou tentando me agarrar com todas as forças a meus recém-descobertos sentimentos benevolentes, mas eles estão começando a escapar por entre os dedos. Mentalmente, amaldiçoo meu amigo barbudo por sua boa sorte.

— Ele não falou nada?

— Não. Só me disse que gostava de você, e imaginei que ele iria... você sabe... "tomar uma atitude". — Meu ME trabalha mais duro que jamais trabalhou e ressuscita o cadáver apodrecido de um sorriso. — Mas isso é ótimo! De verdade.

MI: *Sons de uma única corneta de festa*.

— Eu não aceitei.

Alguém acaba de apertar o botão de *pause*. Engulo em seco, absorvendo a informação. Beggsy a chamou para sair. Ela disse não. E Beggsy ainda está desfilando por aí como se nada tivesse acontecido. Cara, *isso* sim é coragem. Mas sei o que ele vai fazer: vai uivar e rir e guinchar o caminho todo até em casa e então, quando estiver em seu quarto sozinho, vai deixar aquilo o devorar. É mais homem que eu.

MI: *E olha que é um anão.*

— Puxa. O que aconteceu, quero dizer, por quê?

Sarah hesita, desviando os olhos dos meus só por um segundo. E, mesmo quando me encaram de novo, tem alguma incerteza neles, como se ela estivesse jogando um D20 pela primeira vez.

MI: *Para fazer um teste de Coragem, ao que parece. Com um modificador mais dois.*

— Disse a ele que não podia porque só gostava dele como amigo. Só como amigo.

MI: *"Amigo"* = *vai sonhando.*

— OK.

— Mas tem outro motivo...

— Hum.

— Disse que não podia porque gosto de outra pessoa. — Ela dispara aquelas palavras como se mantê-las presas por mais tempo fosse sinônimo de sofrimento. — Tive que dizer a verdade. *Porque ele é meu amigo.*

MI: *Rufar de tambores como o que acontece antes de alguém ter a cabeça cortada*.

Seus olhos mudam de novo, exibindo medo. Posso ver medo neles. Está vulnerável e não gosta nada daquilo. Qualquer que seja a guarda sendo baixada ali, é das grandes e está sendo muito difícil.

MI: *Ainda rufando*.

— Mas é mais que isso. Tenho uma conexão com essa pessoa, ele viu quem realmente sou.

— E... eu conheço essa pessoa? — Posso estar sendo burro, mas quero ter certeza de que o caminho que estou sentindo debaixo de meus pés não é amavelmente feito de areia movediça.

Sarah respira fundo, um pouco irritada. Manter aquela guarda baixada está sendo difícil para ela. Provavelmente mais que eu poderia imaginar.

— É você, Archie. Você.

Agradeço a Deus por ter feito xixi antes ou, neste momento, poderia ser um elfo com Calças de Herói molhadas. Sarah gosta de mim. Mais do que gosta. Sou eu. Não Beggsy nem Chris Jackson ou mais ninguém. Eu. Minha cabeça de repente parece leve demais para meu corpo, como se pudesse sair flutuando. Por um instante, experimento aquela luz ofuscante e clara da Felicidade Absoluta.

— Deus, você está dificultando tanto as coisas! — As palavras saem nervosamente de sua boca. — Archie, estou chamando você para sair.

— Mas eu pensei... — Pensei que seríamos apenas amigos. Pensei que ela não me via daquela maneira. Meus pensamentos devem ter sido telegrafados para meu rosto, porque Sarah engole em seco e dá um sorriso hesitante.

— Archie, aprendi muito sobre você durante os últimos dias. E acho que você me entende. É como se nem precisasse se esforçar, você me *vê*. Mas não vê quem todo mundo vê.

Há uma implosão silenciosa em minha cabeça. No espaço de cerca de cinco segundos, me vejo de mãos dadas com Sarah pela primeira vez. Vejo nossos lábios se tocando, hesitantes. Vejo-me dando a ela seu primeiro buquê de flores, e o primeiro que comprarei. Vejo nós dois rindo. Vejo a gente almoçando com mamãe e Tony aos domingos. Até mesmo ela indo comigo para York num fim de semana.

MI: *Essa não é a parte em que Elrond mostra a Arwen que não faz sentido ela se casar com Aragorn?*

E então percebo que, em toda essa Previsão do Futuro, há uma coisa faltando: meus amigos. E em seguida penso em Beggsy e em tudo que já passamos juntos, e em como ele foi rápido em me perdoar apesar de toda minha enganação e mentirada. E então entendo o que significa uma amizade e o quanto preciso de meus amigos e por que nunca mais vou mentir para eles. E, enquanto todos esses pensamentos me vêm um atrás do outro, eles formam uma única sílaba que pula de minha boca sem eu nem pensar duas vezes.

MI: **Voltando o rufar de tambores*.*

— Não.

MI: **Ruídos da guilhotina descendo*.*

Não acredito que acabei de dizer aquilo. Não acredito no que acabei de fazer. Minha cabeça parece prestes a explodir;

praticamente sinto os estalos começando. Mas é A Coisa Certa A Fazer. Pela primeira vez, sei disso.

— Não posso. — Apenas pisco. — Não seria certo. Beggsy... é meu amigo... um de meus melhores amigos...

Os olhos de Sarah mudam de novo. A guarda sobe, e aquela linda e invisível barreira é reinstalada.

— Não. — Ela também pisca. — Tem razão. A amizade entre vocês dois é importante demais para arriscar.

— Concordo. — Minha voz está rouca; é o som de um futuro que nunca vai se realizar.

— Bem... — Ela inspira, tentando reunir toda a falsa animação possível. — É melhor eu ir ajudar Caitlyn...

— Certo. Sem problemas. Vejo você daqui a pouco.

Fico parado, apenas observando-a caminhar pela grama. Quando não posso mais vê-la, finalmente expiro. Minha respiração sai com um gemido triste, como pedaços de meus sonhos escapando em meio ao vento.

Deve ser por isso que Batman sempre pareceu tão triste. Se ele precisa fazer A Coisa Certa o tempo todo, então deve ter um buraco na alma do tamanho do deserto do Saara. Não me admira ter que se vestir de morcego. Solto mais um suspiro infeliz, lentamente me recostando na porta do banheiro de TARDIS atrás de mim. Então a porta se abre. Tropeço para trás, caindo na privada. A porta se fecha, e fico ali sentado.

MI: *Como um gnomo com prisão de ventre.*

Por alguns minutos fico ali, de cabeça totalmente vazia e olhos fechados. Então me levanto e olho no espelho acima da pia. Um elfo de uma orelha só me olha de volta. Não acredito que fiz isso. Realmente não acredito. Acabei de dizer não para a Garota Mais Linda do Mundo®. De repente, uma coisa começa a ferver dentro de mim. Começa com um tremor em meus pés, sobe por minhas pernas até meu estômago e faz meus braços chacoalharem enquanto me seguro na pia. Um estremecimento sacode meus ombros e passa por minha garganta, e, então, subitamente, estou soltando um demorado, desesperador e frustrado grito para meu reflexo.

Enquanto me seguro na pia, alguém bate na porta.

— Só um segundo! — falo, saindo de meu estado de loucura.

— Cara? — É Beggsy. — Está tudo bem aí dentro? Que diabos está fazendo?

Apesar das circunstâncias, começo a rir ao abrir a porta.

— Não é nada. Só... — Não consigo completar a frase. De repente é tudo engraçado demais.

— Cara! Talvez tenham sido os hambúrgueres...! — Até mesmo Beggsy está rindo agora... apesar de eu não ter certeza se algum de nós sabe o porquê.

— Não — digo. — O que... o que foi? — Estou até chorando de tanto rir agora, me apoiando em meu amigo para ficar em pé. Por algum motivo, a ideia de ele achar que meus gritos eram fruto de problemas digestivos é, neste momento, a coisa mais engraçada que já escutei na vida. Enquanto rio, sinto toda a tensão, as mentiras e a decepção se esvaindo, sendo substituídas por uma espécie de sabedoria reconfortante; a exaustão que alguém sente quando acabou de fazer A Coisa Certa. — Como sabia que eu estava aqui? — Fungo.

— Sarah disse que tinha visto você perto dos banheiros.

— Então, o que está havendo? — pergunto mais uma vez, suspirando alto em meio às ocasionais crises de riso.

— Cara! — Beggsy pula. — Parece que Baelroth foi só o começo, há uma porção de minotauros vindo para cá! Precisamos de todas as cartas do baralho!

— Mas eu morri.

— Big Marv disse que vai mudar as regras só dessa vez e designar outro personagem para você, mas precisamos ir logo!

A preocupação e o perdão e todo o resto de Beggsy que o torna meu amigo de repente acende uma pequena leva de fogos de artifício dentro de mim.

— Sarah e eu — começo a dizer do nada. — Não vai rolar.

Beggsy me olha por um instante com uma expressão de compaixão que faz sua barba descer ligeiramente.

— Idem. — Ele dá um sorriso triste. — Quem será que é o outro cara?

— O outro...? — E então entendo tudo. Sarah não contou a ele que era de mim que gostava. E como não vou ficar com ela, ele acha que nós dois fomos dispensados por causa de outra pessoa. — É — concordo. — O outro cara. — Pode ser mais uma mentira, mas é uma que aguento contar, porque ter Beggsy como amigo é tão importante para mim. — Acho que nunca saberemos.

— Deve ser aquele lobisomem de óculos — brinca Beggsy.

— Rá!

— Cara! — diz ele por fim, como se alguém tivesse acabado de apertar seu botão "ligar". — Vamos matar alguns monstros!

— É — concordo. — É o que fazemos de melhor. — E, lado a lado, marchamos em direção à batalha, segurando nossas armas de espuma. Amigos. Amigos até o fim.

MI: *E Nerds até a alma.*

AGRADECIMENTOS

Acho que aprendi que o primeiro livro é aquele que você faz de alma e coração, e o segundo é aquele no qual você tenta acrescentar seu cérebro à equação. Sem a habilidade de edição da sempre paciente e alegre Jane Harris e sua incansável equipe, este livro seria cerca de três vezes mais longo. Obrigado, gente!

Também gostaria de agradecer ao maravilhoso e altruísta exército de blogueiros e leitores que escreveram suas resenhas e me apoiaram tanto. Se eu soubesse fazer medalhas, todos vocês ganhariam uma.

Este livro foi composto na tipologia Adobe Jenson Pro,
em corpo 12/15,3, e impresso em papel off-white
no Sistema Cameron da Divisão Gráfica
da Distribuidora Record.